D1755581

Schilderslief

Meer lezen van Simone van der Vlugt?

Kijk op p. 313

Meld je aan voor onze nieuwsbrief om op de hoogte te blijven van
de nieuwste boeken van Ambo|Anthos *uitgevers* via
www.amboanthos.nl/nieuwsbrief.

Simone van der Vlugt

Schilderslief

Ambo|Anthos
Amsterdam

Eerste druk 2019
Achtste druk 2020

ISBN 978 90 263 4619 4
© 2019 Simone van der Vlugt
Omslagontwerp Marry van Baar
Omslagillustratie © Young Woman at an Open Half-Door, 1645 (oil on canvas), Rembrandt Harmensz. van Rijn (1606-1669) / The Art Institute of Chicago, IL, USA / Mr. and Mrs. Martin A. Ryerson Collection / Bridgeman Images
Foto auteur © Wim van der Vlugt

Verspreiding voor België:
Veen Bosch & Keuning uitgevers nv, Antwerpen

1

5 juli 1650

De koets rijdt in volle vaart over de ongeplaveide wegen. Ik word voortdurend heen en weer geslingerd. Mijn handen en voeten zijn gebonden, dus ik kan niets doen om te voorkomen dat ik tegen de wand smak, en ik heb het gevoel dat ik onder de blauwe plekken zit. Het dorp ligt allang achter ons, maar ik kan nog steeds niet bevatten wat me overkomen is.

Het ene moment liep ik met een mand aan mijn arm over de landweg, en het volgende moment hoorde ik achter me paardenhoeven dreunen op de zandweg. Ik keek om en zag een koets met hoge snelheid op me afkomen. Met een sprong opzij bracht ik mezelf in veiligheid. De koetsier minderde vaart en hield halt.

Woedend nam ik mijn rokken bijeen en liep naar hem toe om hem even goed de waarheid te zeggen. Maar voor ik dat kon doen vlogen de portieren aan beide kanten open en sprongen er twee mannen naar buiten. Aan de kleuren van hun kostuums en de pluimen op hun hoeden, zwart en rood, herkende ik ze als stedelijke gerechtsdienaren uit Amsterdam.

'Geertje Dircx?' vroeg een van hen.

Op dat moment begreep ik wat er aan de hand was. Ik draaide me om en rende weg, maar ik was kansloos. De mannen hadden me snel ingehaald, grepen me vast en sleepten me mee.

'U bent gearresteerd, in naam van de vroedschap van Amsterdam. Wij hebben de opdracht u over te brengen naar het tuchthuis van Gouda.'

Ik verzette me hevig, maar tegen twee man was ik niet opgewassen. Ze boeiden me, werkten me hardhandig de koets in en stapten zelf ook in. Ik schreeuwde en schopte.

Het rijtuig kwam in beweging, maakte een scherpe draai en ik stootte hard mijn hoofd. Terwijl ik versuft tegen de wand aan lag, werden mijn voeten geboeid en daarna kon ik niets meer beginnen. Behalve schreeuwen, en toen ik dat deed, propte een van de mannen een doek in mijn mond.

Tegenover me zat een in het grijs geklede vrouw met een witte muts op, haar handen gevouwen in haar schoot. Ze leek niet onder de indruk van de manier waarop ik was binnengekomen.

Ik worstelde om los te komen, maar ik deed mezelf alleen maar pijn, en ten slotte bleef ik uitgeput stilzitten. Vragen wat er in vredesnaam aan de hand was ging niet met die doek in mijn mond. Ik probeerde hem uit te spugen, maar dat lukte evenmin.

En nu heb ik het opgegeven. Verslagen zit ik op mijn plek, terwijl ik moet vechten tegen de angst die in me omhoog stuwt.

De vrouw, die recht tegenover me zit, houdt me scherp in

de gaten. Ze heeft al die tijd gezwegen, maar nu richt ze het woord tot me.

'Als je rustig blijft, haal ik die prop uit je mond. Als je gaat schreeuwen, stop ik hem er weer in.'

Ik knik, verre van rustig, maar bereid om me in te houden. De vrouw maakt een gebaar naar een van de mannen, en hij bevrijdt me van de doek. Opgelucht haal ik adem.

'Ik ben Cornelia Jans,' zegt de vrouw. 'Ik werk voor het gerecht en heb opdracht gekregen je naar het tuchthuis van Gouda te brengen.'

'Waarom?' stoot ik uit, mijn mond nog vol vezels van de doek.

'Weet je dat echt niet?'

Natuurlijk heb ik wel een vermoeden, maar ik wil het van haar horen. Er is er maar één die me zoiets zou kunnen aandoen, en hoewel ik weet hoe hij over me denkt, verwachtte ik niet dat het zover zou komen. En toch zit ik hier, en de enige naam die in me opkomt is die van hem.

'Ik wil het van u horen,' zeg ik schor.

Even bespeur ik iets van mededogen op Cornelia's gezicht, maar als ze spreekt klinkt haar stem vlak. 'Goed dan. U bent schuldig bevonden aan contractbreuk, diefstal en hoererij. Uw zaak is voorgelegd aan de burgemeesters Cornelis Bicker, Nicolaes Corver en Anthony Oetgens van Waveren, en zij hebben het oordeel uitgesproken. De vierde burgemeester, Wouter Valckenier, is er niet in gekend omdat hij op sterven ligt. Maar de drie andere heren waren unaniem.'

Ik probeer rustig door te ademen. Het tuchthuis! Daar heb ik verhalen genoeg over gehoord, en alleen al de gedachte om daar wekenlang te moeten zitten brengt me in paniek.

'Waarom?' vraag ik met schrille stem. 'Wat heb ik misdaan? U had het over hoererij. Dat begrijp ik niet.'

'Echt niet? Blijkbaar heeft u zich overgegeven aan een zondig leven. Er is informatie over uw levensstijl ingewonnen en verschillende mensen hebben tegen u getuigd.'

'Wie dan allemaal?'

'De eigenaar van een nogal dubieus logement. Hoe heet het ook alweer?' Ze raadpleegt haar documenten. 'Het Swartte Bottje. Dat is een beruchte plek, waar heren een lichtekooi zoeken. En u hebt daar wekenlang gezeten.'

'Maar niet als lichtekooi! Ik huurde er alleen een kamer!'

Cornelia steekt haar hand op. 'Het is niet aan mij om daar een oordeel over te vellen. Ik geef alleen de feiten.'

Mijn verbijstering wordt steeds groter als de ontstellende waarheid tot me doordringt. Hij heeft het echt gedaan. Hij heeft me laten arresteren als de eerste de beste misdadiger. Vol ontzetting kijk ik Cornelia aan. 'Hoeveel weken heb ik gekregen?'

'Weken?' zegt Cornelia. 'U bent veroordeeld tot twaalf jaar.'

Als ik begin te schreeuwen, proppen ze opnieuw de doek in mijn mond.

Halverwege de reis stoppen we bij een herberg. Het wordt al donker, we bereiken Gouda nooit voor het sluiten van de poorten. De overnachting geeft me nieuwe hoop, misschien kan ik ontsnappen. Al gauw ontdek ik dat ik dat wel kan vergeten. De prop is weer uit mijn mond gehaald, maar ik blijf geboeid aan handen en voeten.

Een lange, slapeloze nacht volgt. Het is bijna een opluchting als de dageraad tussen de luiken door kiert en ik word gesommeerd om op te staan. Na een licht ontbijt, waarbij het eten in mijn mond wordt gestopt, gaan we verder. Onderweg is het geen moment stil in de koets. De gerechtsdienaren en Cornelia praten aan één stuk door. Mij negeren ze.

De hele weg kijk ik uit het raam naar de voorbijglijdende weilanden, sloten en dorpen. Twaalf jaar! Dat moet een misverstand zijn, zelfs dieven krijgen niet zo'n zware straf. Bij aankomst zal het wel rechtgezet worden, dan krijg ik vast te horen dat het twaalf weken zijn. Dat is al erg genoeg. Hoe moet ik die tijd doorkomen?

Even na de noen doemen de muren van Gouda op en een halfuurtje later rijden we de stad in.

Somber kijk ik naar buiten. De straten, de mensen, de markt en de grachten, het is allemaal zo alledaags en vertrouwd. Nog even en ik word daar voor lange tijd van buitengesloten. Twaalf weken tussen dievegges en hoeren... Het wordt een verschrikking, dat kan niet anders.

De koets houdt al snel halt en een schok van angst gaat door me heen. Rechts ligt een groot, witgeverfd gebouw dat deel uitmaakt van een klooster. Is dat het tuchthuis? Blijkbaar wel, want Cornelia opent het portier en stapt uit.

De gerechtsdienaren verwijderen de boeien van mijn voeten en helpen me uit de koets. Mijn knieën trillen zo dat ik moeite heb om overeind te blijven.

Op straat blijven mensen staan, en een jongen van een jaar of veertien roept: 'Daar komt er weer een!' Een ouder iemand zegt: 'Dat is denk ik geen hoer. Zal wel een dief zijn.'

Een paar jongens beginnen te schelden en rotzooi naar me te gooien, maar als de gerechtsdienaar een dreigende beweging maakt, rennen ze weg.

Het tuchthuis heeft een imponerende entreepoort, met een gevelsteen waarop drie vrouwen spinnen, naaien en breien, en drie mannen hout staan te zagen. De enorme deur is voorzien van ijzerbeslag.

Cornelia heeft al aangeklopt en er wordt opengedaan. Een man in streng zwart begroet haar en werpt een korte blik op mij.

'De regentessen vergaderen nu. Zet haar maar even in een cel,' zegt hij.

Ik word meegenomen, de hal door, een gang in, naar een langwerpige binnenplaats. Aan de overkant gaan we een deur door en dan een trap af. Een sterke grondlucht komt me tegemoet, mijn voetstappen echoën onder de gewelven.

Een cipier stapt naar voren met een bos sleutels in zijn hand en gaat ons voor de gang in. Halverwege opent hij een celdeur. 'Deze is vrij,' zegt hij.

De gerechtsdienaren leiden me naar binnen en verwijderen mijn handboeien. Vervolgens verlaten ze de cel en lopen weg zonder te groeten. Alleen Cornelia blijft nog even staan en zegt: 'Dag Geertje. Het beste.'

Dan gaat de zware houten deur dicht.

Ik zak neer op een bankje, verbijsterd dat dit allemaal echt gebeurt. Dat de man die ik zo heb liefgehad en die, dat weet ik zeker, ook van mij heeft gehouden, me dit kan aandoen.

Die verbijstering verdwijnt niet. Ze is er als ik uit mijn cel word gehaald en de binnenmoeder me naar de regentessenkamer brengt, waar ik de huisregels te horen krijg. Ze is er als ik stamelend vraag of mijn straf niet twaalf weken moet zijn, of er niet een vergissing is gemaakt. Dat blijkt niet zo te zijn.

Ik bespeur enig medelijden bij de regentessen, maar dat helpt me niet. Het is en blijft twaalf jaar. Ze overhandigen me een gerechtelijk document waar het op staat, ik ben bij verstek veroordeeld.

Ik huil en schreeuw niet als ik naar de werkzaal word gebracht, maar zak weg in een toestand van stille wanhoop, waarbij ik alleen maar voor me uit kan staren, naar een andere wereld, een ander leven, waarin ik dit nooit voor mogelijk had gehouden.

2

Hoorn, 1632

De herberg was overvol en zo lawaaiig dat ik de bestellingen bijna niet kon verstaan. Omgeven door slierten tabaksrook boog ik me iedere keer over naar de klant om te horen wat hij zei, geërgerd achteromkijkend als iemand aan mijn achterste zat.

Het Morriaenshooft was geen chique herberg, maar hij liep uitstekend, zo dicht bij de stadspoort. Ondanks lastige klanten en handtastelijkheden vond ik het er heerlijk. Er was altijd reuring en geen dag was hetzelfde. Het werk wel, natuurlijk, dat ging maar door en kon behoorlijk uitputtend zijn. Op zondag, mijn enige vrije dag, was ik vaak zo moe dat ik half zat te slapen in de kerk.

Maar het was beter dan mijn leven in Edam, waar ik jarenlang hele dagen vis had schoongemaakt. Ik hield niet van de haven daar. In het laagstaande water bleef van alles achter: stukken rottend hout, zeewier en dode vissen. Het bracht een stank met zich mee waar ik de hele dag in stond.

Thuis, op de scheepstimmerwerf waar mijn vader werkte

en waar we woonden, rook het naar vers geschaafd hout, zo sterk dat het wel leek of je midden in een bos stond.

Ik was nog nooit in een bos geweest, maar volgens mijn vader rook het daar precies zo. Hij beweerde dat hij aan de hand van de geur van het hout kon vertellen van welke soort boom de planken kwamen. Als kind geloofde ik dat, tot mijn broer Pieter me vertelde dat de houtsoort op de vrachtbrieven stond vermeld.

Gelukkig was het altijd wel gezellig geweest op het werk, thuis in Edam. Tijdens het sorteren was er voldoende gelegenheid om met de andere vrouwen te praten en grappen te maken.

Trijn Jacobs was een paar jaar ouder dan ik. Vanaf mijn eerste werkdag had ze zich over mij ontfermd en ze werd een goede vriendin. Ook Lobberich, mijn nicht, werkte in de haven. We hebben altijd veel plezier gehad met z'n drieën en we vergeleken de mannen op zee met vissen. De knappe, stoere mannen noemden we snoeken of kabeljauwen, de anderen waren scharretjes of haringen.

Ik was vijftien toen het mansvolk ook belangstelling voor mij begon te krijgen. Coenraad, een van de vissersjongens, kwam regelmatig naar me toe om een aparte vangst te laten zien, of om schelpen te brengen die in de netten mee omhoog kwamen.

'Volgens mij ziet hij wel wat in je,' zei Trijn. 'Hij staat de hele tijd naar je te kijken.'

'Het is een haring.'

'Echt? Meer niet? Ik vind hem wel een zilverbaars, zo slank en lenig.'

'Ik wil geen slanke vis, ik wil een stevige. Een snoek of zo.'
'Wees voorzichtig met wat je wenst,' zei Trijn. 'Een snoek is een roofvis. En Coenraad vind ik bij nader inzien toch meer een makreel. Goedgebouwd, actief en een krachtige staart. Vooral dat laatste.'

We proestten het uit en durfden elkaar niet aan te kijken toen Coenraad aan kwam lopen.

Misschien zou ik met Coenraad getrouwd zijn als ik in Edam was gebleven, of met een jongen zoals hij. Het is vreemd om te bedenken dat mijn leven dan heel anders zou zijn verlopen. Ik zou kinderen gekregen hebben en nooit iets anders hebben gezien dan Edam en omgeving, maar ik zou waarschijnlijk wel gelukkig zijn geweest. Het was de gewone gang van zaken, een leven zoals dat bijna alle meisjes in het dorp te wachten stond, veilig en voorspelbaar.

Niets wees erop dat mijn leven anders zou worden, maar toen de kans zich aandiende, greep ik hem.

Het was Lobberich die erover begon. Ze had gehoord dat in een herberg in Hoorn een dienster werd gevraagd. Als ze niet op het punt had gestaan om te trouwen, zou ze misschien zelf wel naar Hoorn zijn gegaan.

'Is het niet iets voor jou, Geertje?' vroeg ze. 'Het is hard werken, maar je stinkt in ieder geval niet meer naar vis.'

Die ochtend dacht ik voor het eerst na over mijn toekomst. Het idee dat ik kon weggaan wond me op en joeg me tegelijk angst aan. Ik had mijn hele leven in Edam gewoond, ik kende geen andere stad. Hoorn was een stuk groter, hoe zou het daar zijn? Hoe langer ik erover nadacht, hoe nieuwsgieriger ik werd.

Ik was inmiddels tweeëntwintig, als ik weg wilde was dit het moment. Misschien was het wel de enige kans die ik zou krijgen. Ik wist dat ik nergens bijzondere aanleg voor had, of het moest het talent zijn om in de problemen te komen, zoals mijn moeder altijd zei. Maar ik had wel iets anders meegekregen: ik was voor de duvel niet bang.

Mijn ouders waren niet bijzonder streng, en ik verwachtte dan ook niet veel weerstand tegen mijn plan. 's Avonds, tijdens de maaltijd van bonen en vis, vertelde ik over de betrekking in de Hoornse herberg.

'Ik wil ernaartoe,' zei ik. 'En als ik aangenomen word, blijf ik er meteen.'

'En als je niet aangenomen wordt?' vroeg mijn vader.

'Waarom zouden ze me niet aannemen?'

'Misschien hebben ze intussen al iemand.'

'Dan zoek ik ander werk. Ik kom sowieso niet meer terug, ik heb genoeg van vis sorteren.'

Pieter keek de tafel rond. 'Mevrouw heeft genoeg van vis sorteren.'

In eerste instantie reageerde mijn moeder niet, toen zei ze: 'In een herberg werken valt ook niet mee. Je zult er lange dagen maken.'

'Dat vind ik niet erg.' Tussen twee happen door keek ik naar mijn vader, die zijn lepel liet zakken.

'Wat is het loon?'

'Volgens Lobberich zestig gulden per jaar.'

Daar waren ze allemaal even stil van.

'Dat is meer dan je in de haven ooit zult krijgen,' zei mijn vader. 'Doe maar, Geertje, ga maar naar Hoorn. En als je wordt aangenomen, stuur je een kwart van je loon naar huis.'

Zo gemakkelijk ging het.

Ondanks de opwinding over mijn nieuwe leven viel het afscheid niet mee. Ik omhelsde mijn ouders lange tijd, en toen ik mijn armen om Pieter heen sloeg, tilde hij me een eindje van de grond.

'Ik kom je opzoeken,' zei hij.

Trijn haalde me thuis op en vergezelde me naar de Schepenmakersdijk. Ze had een kleine baal met geschenken bij zich die ik in Hoorn pas mocht bekijken.

'Zodat je me niet vergeet,' zei ze.

'Alsof dat zou kunnen,' zei ik. 'Je komt me toch wel een keer opzoeken in Hoorn?'

Dat beloofde ze, en ze beloofde ook om te schrijven. Ze dwong me de belofte af haar briefjes te beantwoorden, want ze wist hoeveel moeite ik had met het alfabet. Maar voor Trijn was ik bereid me erdoorheen te worstelen.

Het was vier uur lopen van Edam naar Hoorn, maar ik kon meerijden op de wagen van oom Jacob, de vader van Lobberich. Links strekte het frisgroene polderlandschap zich uit, rechts sloegen de grijze golven van de Zuiderzee stuk tegen de dijk. Toen we Scharwoude naderden, waren de muren en torens van Hoorn al zichtbaar en begon mijn hart sneller te kloppen. Daar lag mijn nieuwe woonplaats, net als Edam pal aan het water, maar groter en spannender. Ik wist dat er nog veel grotere steden waren, zoals Amsterdam en Haarlem, maar voor mij was Hoorn al een hele stap.

Via de Westerpoort bolderden we de stad in en onmiddellijk waren we omgeven door wagens, voetgangers, rennende kinderen, schreeuwende handelaren en vee dat door de smalle straten werd gedreven.

'Waar moet je zijn?' vroeg oom Jacob.

'Ik weet het niet, ik ben hier nog nooit geweest. De herberg heet Het Morriaenshooft.'

'Die ken ik wel.' Jacob liet de leidsels op de paardenrug neerkomen en het dier versnelde zijn pas.

We reden een wat bredere straat in, die waarschijnlijk om die reden de naam Breed had gekregen, en sloegen rechts af het Oude Noort op. Halverwege de straat zag ik de herberg liggen. Er hing een uithangbord van een man met een donker gezicht boven de deur, en er stonden twee rechtopstaande biervaten bij de ingang.

'Ik kom over een uur terug. Als het niks is geworden, kun je mee terugrijden,' zei oom Jacob.

'Ik ga niet terug,' zei ik, terwijl ik me van de bok af liet glijden. 'Dan zoek ik wel ander werk.'

'Wat jij wil.' Oom Jacob gaf me mijn baal met kleding en spullen aan, sprong van de bok en omhelsde me kort. 'Nou, maak er wat van, meid.'

Hij glimlachte, tikte tegen zijn muts en klom weer op de wagen. Ik draaide me om naar de herberg, haalde diep adem en ging naar binnen.

De waard was een vrouw, en ze heette Aecht Carstens. Aan de manier waarop ze me aankeek, scherp en taxerend, zag ik dat dit iemand was met overwicht, ook op mannen. Later bleek ook dat ze veel sterker was dan je in eerste instantie zou denken. Dat wisten alle vaste herbergbezoekers, en wie het niet wist kwam er snel achter. En als er dan nog steeds problemen waren was Simon, de knecht, er nog.

Op het moment van mijn aankomst had Aecht niet veel tijd. De gelagkamer zat stampvol en ze maakte een gehaaste indruk.

'Geertje, zei je? Laat maar zien wat je kunt, ik zal je vertellen wat je moet doen. Als ik tevreden ben, kun je blijven.' Ze reikte me een voorschoot aan en ik ging aan het werk. Aan het einde van de dag knikte ze me goedkeurend toe.

'Aan jou heb ik wel wat,' zei ze.

Hoorn was groter dan Edam, maar klein genoeg om me er snel thuis te voelen. Misschien ook vanwege de ligging aan de Zuiderzee, die de stad de sfeer bezorgde die ik van mijn geboortedorp kende. Er heerste dezelfde drukte en er klonk hetzelfde vertrouwde geklop en gehamer van kuipers en scheepstimmerlieden. Ook hier vond je overal touwslagers, zeildoekwevers en vissers. In de haven, bij het Hooft, lagen de fluitschepen, karvelen en lichters broederlijk naast elkaar aangemeerd.

In de herbergen rond de Roode Steen kwamen veel jongelui om te drinken, te dansen en naar hanengevechten te kijken. Meestal ging ik op pad met een andere dienster, Elisabeth, die in Hoorn geboren was en me op sleeptouw nam. Door haar leerde ik snel andere mensen van onze leeftijd kennen. Aan aanbidders had ik geen gebrek, maar ik was niet geïnteresseerd.

Iedere dag begon met het oppoken van het haardvuur in

de keuken en de gelagkamer. Daarna haalde ik water bij de pomp en sjouwde ik de emmers de keuken in, waar de kok bezig was met het voorbereiden van het ontbijt. Zelf aten we tussen de bedrijven door, want eerst moest de vloer in de gelagkamer schoongemaakt worden. Ik veegde het zand weg dat de gemorste drank en etensresten van de avond ervoor geabsorbeerd had en strooide schoon zand op de vloer. Tegen de tijd dat ik daarmee klaar was kwamen de eerste gasten naar beneden. Ik zette ze haring, brood en kaas voor en terwijl zij aten, ging ik naar boven. Het stonk altijd in de slaapvertrekken, die door meerdere mensen werden gedeeld, en ik gooide de luiken wijd open zodat de dikke slaap- en pislucht kon ontsnappen. Daarna nam ik de kamerpotten mee naar beneden en nadat ik ze in de gracht had geleegd, spoelde ik ze af onder de pomp op het achtererf. Vervolgens leegde ik de piston die bij de achteruitgang stond. Daarmee was de meest onaangename taak achter de rug en kon ik beginnen aan de vaat die zich in de stenen spoelbak opstapelde.

Op een frisse, zonnige voorjaarsmiddag kwamen mijn vader en mijn broer onverwacht de herberg binnenlopen. Ik slaakte een kreet en vloog eerst mijn vader en toen Pieter om de hals.

'Wat een verrassing! Wat doen jullie hier?'

'Jou bezoeken,' zei mijn vader terwijl hij me tegen zich aan trok. 'Hoe gaat het?'

Het was op dat moment niet druk in de herberg en Aecht gebaarde dat ik wel even vrij kon nemen.

We gingen aan een tafeltje in een hoek zitten en ik overstelpte mijn vader met vragen. Hij vertelde dat moeder een beetje ziek was en niet kon komen, maar dat het niets ernstigs was. Met de rest van de familie en met mijn vriendinnen ging het goed, hij had brieven bij zich.

'We doen tegenwoordig zaken met een Hoornse houthandelaar,' zei Pieter. 'Vandaar dat we hier zijn. We zullen voortaan wel vaker naar Hoorn moeten, of in ieder geval een van ons.'

Dat was geweldig nieuws. Ik liet hem beloven mijn moeder mee te nemen zodra ze beter was. Nadat we wat gegeten en gedronken hadden, stapten mijn vader en Pieter op, en ook ik moest weer aan het werk. We namen afscheid, maar met de lichte, ontspannen toon van een spoedig weerzien.

In de weken die volgden zag ik hen inderdaad vaker, kort maar regelmatig. Op mijn vrije dag kwam mijn moeder af en toe mee, evenals Trijn en Lobberich. Het deed me altijd goed om ze weer te zien.

'Ik heb verkering, met Albert,' kondigde Trijn aan tijdens een van haar bezoekjes. 'Heb jij nog geen vrijer? Echt niet?'

'Onze Geertje is kieskeurig,' zei Aecht, die net langsliep, met een knipoog. 'De mannen zwermen om haar heen, maar ze is niet geïnteresseerd.'

Ik glimlachte maar wat. Er was wel degelijk iemand in wie ik geïnteresseerd was, maar dat hield ik liever nog even voor mezelf.

3

Zijn naam was Abraham. Als vaste klant was hij me al eerder opgevallen, wat niet vreemd was, want hij was lang en erg knap. We hadden regelmatig oogcontact en als ik met mijn rug naar hem toe achter de tap stond, zag ik hem in de spiegeling van de bierketel naar me kijken.

Een zeeman, concludeerde ik. Je haalde ze er zó uit, met hun tanige huid en oorringetjes.

Abraham was gebruind, waarschijnlijk maakte hij verre reizen. Heel verre reizen, want ik had hem al een hele tijd niet gezien. Maar opeens was hij er weer. Terwijl ik hem en zijn vrienden bediende, probeerde ik iets van hun gesprekken op te vangen, en inderdaad, ze waren allemaal net terug in Hoorn. Of ze ver weg geweest waren wist ik niet, de namen van de landen en steden die ze noemden zeiden me niets.

Ik talmde met het neerzetten van de kroezen en wierp een snelle blik op Abraham. Hij keek net mijn kant op en van schrik gooide ik bijna de laatste kroes om.

'Ho!' zei hij, en hij greep de kroes, waarbij onze handen elkaar raakten. Een plezierige tinteling ging door me heen. Dat had ik nog nooit bij iemand gevoeld, en toen ik opkeek, zag ik de blauwste ogen die ik ooit had gezien. Ik glimlachte, en hij lachte terug.

Een week of twee later bewoog ik me met een blad vol kroezen door de drukte en zette de bestellingen op de tafels. Langzaam maar zeker naderde ik de tafel waar Abraham zat, maar tot mijn teleurstelling was hij in gesprek en had hij totaal geen oog voor mij.

'Hé, mop! Heb je nog wat vocht voor me?' Een wat oudere man draaide zich naar me toe.

Ik zette een kroes bier neer op het omgekeerde wijnvat dat dienstdeed als tafel en zei: 'Zeker. Alsjeblieft.'

De man nam me goedkeurend op, greep mijn bil en zei met een grijns: 'Dank je, schat. Al zou ik liever wat van jóúw vocht proeven.'

'Dat kan,' zei ik, en ik spuwde in zijn kroes.

Een daverend gelach steeg op. Het gezicht van de man vertrok van woede. Zijn hand schoot uit, hij greep me bij de arm en trok me met een ruk naar zich toe. Ik verloor mijn evenwicht en viel tegen hem aan, waarna hij me bij de haren pakte en mijn hoofd naar achteren trok.

'Vuile snol, wie denk je dat je bent?' snauwde hij.

Ik probeerde mijn gezicht opzij te draaien om uit de buurt van zijn stinkende mond te blijven, maar de man boog zich alleen maar verder over me heen. 'Nou?' bruldehij, razend om het gelach van zijn vrienden.

'Zo kan-ie wel weer, Krijn. Laat dat meisje los, dan kan ze

een nieuwe kroes voor je halen.' Abraham verscheen achter hem en legde zijn hand op Krijns schouder.

Ik keek omhoog en Abraham knikte me geruststellend toe.

Nog even hield Krijn me vast, toen duwde hij me van zich af. Ik viel op de grond, maar Abraham hielp me overeind en gaf me een duwtje in de richting van de bar.

Die nacht droomde ik van hem.

Een paar dagen later kwam hij aan het einde van de ochtend de herberg in en bestelde een kroes dunbier en drie haringen met brood. Ik haastte me om alles te halen en mijn hart fladderde onrustig in mijn borst toen ik zijn bestelling op tafel zette. Ik bleef even dralen, maar hij begon te eten zonder iets tegen me te zeggen.

'Nog bedankt voor laatst,' zei ik.

Hij keek op. 'Voor wat? O, Krijn, bedoel je.'

Ik knikte.

'Graag gedaan,' zei hij en at door. Net toen ik weg wilde gaan, vroeg hij: 'Hoe heet je eigenlijk?'

'Geertje Dircx. En u?'

'Abraham Claeszoon Outgers. Werk je hier al lang?'

'Een paar maanden. Ik kom uit Edam.'

'Je bent inwonend, hè? Ben je hier helemaal in je eentje naartoe gekomen?'

'Mijn oom heeft me gebracht.'

'Maar je bent hier alleen. Hoe oud ben je, Geertje Dircx?'

'Tweeëntwintig.'

'Tweeëntwintig,' herhaalde hij, en hij stopte een stuk haring in zijn mond. 'En wat heeft jou naar Hoorn gebracht, Geertje Dircx?'

'U bent zeker nog nooit in Edam geweest, anders zou u dat niet vragen.'

Hij lachte en nam een slok bier. 'Zeg maar "je" hoor. Zoveel ouder dan jij ben ik ook weer niet.'

'Hoe oud dan?' vroeg ik. Zijn gezicht had het verweerde van iemand die veel buiten was, en ik schatte hem tegen de veertig.

'Dertig,' zei hij. 'O, daar kijk je van op?'

'Ik dacht veertig,' zei ik, en hij schoot in de lach.

'Dus je had er genoeg van in Edam,' zei hij. 'Wat wil jij dan van het leven, Geertje?'

Hij verwachtte waarschijnlijk dat ik 'een man en kinderen' zou antwoorden, maar ik zei: 'Vrijheid.'

Nadenkend veegde Abraham met de rug van zijn hand langs zijn mond. 'Ja,' zei hij.

'Ben je getrouwd?'

Hij schudde zijn hoofd. 'Vrouwen zijn niet erg geïnteresseerd in een man die zijn halve leven op zee zit.'

'Je vaart?'

'Ik ben scheepstrompetter. Zeg, waarom kom je niet even bij me zitten? Je bazin is weg, er is niemand.'

'Ik heb werk te doen,' zei ik, maar ik maakte geen aanstalten om verder te gaan.

'Heel even maar, Geertje.'

Ik kon de verleiding niet weerstaan en ging zitten op de stoel die hij naar achteren trok.

'Bevalt het je hier?' vroeg Abraham.

'Ja, Aecht is een goede bazin en er gebeurt van alles in de herberg.'

'Het is wel hard werken zeker? Ik zie je altijd maar rennen.'

Een beetje verbaasd keek ik hem aan. Iedereen moest immers hard werken voor zijn brood, wat was daar bijzonder aan?

Abraham stopte een Goudse pijp en blies de rook voor zich uit. Intussen keek hij me peinzend aan. 'Als je drie wensen mocht doen, wat zou je dan kiezen?'

Ik had geen idee. Waar ik vandaan kwam deden de mensen niet zo aan wensen, en al helemaal niet aan drie. Ja, je wenste dat het zou ophouden met regenen zodat de oogst binnengehaald kon worden, en dat de modder in de straten opdroogde, of dat er een einde kwam aan je verkoudheid en je zere keel, maar veel groter had ik nooit durven dromen. Hoewel, dat was niet helemaal waar. Ik had altijd weg gewild uit Edam, en die wens was in vervulling gegaan. Het enige waar ik nu nog op hoopte was een leuke man om een gezin mee te stichten. En de man die tegenover me zat, voldeed daar heel goed aan.

'Ik heb alles wat ik nodig heb,' zei ik. 'Een dak boven mijn hoofd en fijn werk. Het is in ieder geval beter dan de hele dag vis schoonmaken en 's nachts in bed nog steeds schubben tegenkomen.'

Hij keek alsof hij zich daar iets bij kon voorstellen. 'Maar je zult toch ook weleens plezier willen maken, Geertje Dircx?'

'Ja, natuurlijk. Het is binnenkort jaarmarkt.'

'Precies. Lijkt het je leuk om daar samen met mij naartoe te gaan?'

Het leek me natuurlijk geweldig, maar ik deed alsof ik erover na moest denken. Toen Abraham een verontschuldigend gezicht trok en iets wilde zeggen, stemde ik snel in. Met een glimlach ging ik weer aan het werk.

Helaas kreeg ik geen vrij van Aecht. De jaarmarkt met de bijbehorende kermis was de drukste periode van het jaar, ze had alle meiden en knechten nodig. Ik had verwacht dat Abraham dan wel naar Het Morriaenshooft zou komen, maar ik zag hem de hele week niet.

Terwijl ik met dienbladen vol kroezen bier door de gelagkamer liep, keek ik voortdurend naar hem uit, hoopvol en bevreesd tegelijk. Waarschijnlijk was hij op stap met een ander meisje. Misschien was het maar beter dat ik hem niet zag.

Een paar dagen na de jaarmarkt dook hij weer op, om te vertellen dat hij een tijdje wegging, naar Elmina.

'Elmina?' Ik voelde me een beetje dom dat die naam me niets zei, maar Abraham leek het niet vreemd te vinden. 'Elmina is het Hollandse fort aan de Goudkust, in Afrika. Het heet Goudkust omdat wij, de West-Indische Compagnie dus, daar handelen in goud en slaven,' legde hij uit.

'Goud,' herhaalde ik.

'Daar krijg ik niet veel van te zien, hoor. Ik ben maar een eenvoudige scheepstrompetter.'

'Scheepstrompetter lijkt me geen onbelangrijk werk.'

'Nee,' gaf hij toe. 'Dat is het ook niet. Als de bemanning niet op tijd de juiste signalen krijgt, gaat het mis. Dan kun je op een zandbank of een rif lopen, of onder vuur genomen worden door de Spanjaarden of Portugezen.'

'Wanneer vertrek je?'

'Over drie dagen.'

In de stilte die viel boende ik een tafeltje. 'En hoe lang duurt de reis?' vroeg ik toen, terwijl ik mijn stem luchtig probeerde te laten klinken.

'Ongeveer een halfjaar. Kan korter, maar ook langer zijn.'

Ik zei niets.

'Dus je zult het een tijdje zonder mijn gezelschap moeten doen, Geertje Dircx. Gaat dat lukken, denk je?' vroeg hij met een knipoog.

'Vast. Maar ik hoop wel dat je veilig terugkomt.'

Hij wees naar de zilveren ring in zijn oor en vertelde dat iedere zeeman er een droeg, voor het geval ze overboord vielen. Als dat gebeurde, kon de zeegod Neptunus ze daaraan gemakkelijk uit het water vissen.

'Dus maak je geen zorgen,' zei hij.

'Maak jíj je nooit zorgen? Ik zou doodsbang zijn met al dat water om me heen.'

'Dat ben ik ook weleens, vooral als het stormt. Maar met rustig weer valt het wel mee. Eigenlijk is varen vrij saai.'

'Waarom ga je dan?' vroeg ik.

'Ik ben er ingerold. Varen leek me leuk, in het begin.'

'Nu niet meer?'

'Jawel, je ziet wat van de wereld, dat is mooi. De reis duurt alleen zo lang, en het valt niet mee om elke keer alles en iedereen achter te laten.'

Ik durfde de vraag die in me opkwam niet te stellen en bleef een beetje dommig staan, met een lege wijnkruik in mijn handen.

'In die verre landen zijn vast leuke meisjes om je te troosten,' zei ik ten slotte.

Hij knikte langzaam. 'Maar het gaat erom wie er op je wacht als je terugkomt. Niet iedereen kan ertegen met een zeeman te leven.'

'Ik zou wel wachten.' Het ontsnapte me, en ik voelde mijn wangen gloeien, maar ik had geen spijt van mijn woorden. Gespannen wachtte ik op zijn reactie.

Abraham keek naar me op, met een lachje op zijn gezicht, en toen schoof hij zijn stoel naar achteren. Hadden mijn woorden hem weggejaagd? Ik durfde niets meer te zeggen en bleef een beetje ongelukkig staan, met de kruik tegen mijn borst gedrukt.

Abraham knipoogde naar me, legde wat munten op tafel en verliet de herberg.

De volgende dag vertrok hij uit Hoorn. Tijdens zijn afwezigheid maakte ik me niet alleen zorgen, ik miste ook Abrahams verhalen, grapjes en knipoogjes. Er waren wel meer mannen die aandacht aan me besteedden, maar dat was anders. Niemand keek naar me zoals Abraham, niemand vroeg naar mijn diepere gedachten, niemand was zo geïnteresseerd als hij. De volle gelagkamer leek leeg zonder hem, de dagen lang en eentonig. Zelfs het werk dat ik zo leuk had gevonden begon me tegen te staan, en ik begreep dat het door Abraham kwam dat ik het zo naar mijn zin had gehad in de herberg. Zonder hem verloor alles zijn glans.

Hoewel ik vaak aan Abraham dacht, was ik niet voorbereid op zijn terugkeer. Ik wist wanneer ik hem ongeveer kon verwachten, maar het kon ook weken of zelfs maanden later zijn. In ieder geval niet veel eerder, en toen hij voor me stond schrok ik dan ook alsof hij een geestverschijning was.

'Hallo Geertje,' zei hij.

Zijn stem klonk heel anders, hij keek ook anders. Onderzoekend, alsof hij me voor het eerst zag, of alsof hij iets zocht.

Hij pakte mijn hand en sloot die van hem er stevig omheen. Ik keek ernaar en zei in gedachten tegen mezelf: hij houdt mijn hand vast. Hij is zeven jaar ouder dan ik, een echte man. Hij had de hand van ieder meisje kunnen vasthouden, maar hij staat hier met mij.

Ik glimlachte naar hem, en hij glimlachte terug. Toen boog hij zich naar me toe en kuste me. Een paar ademloze hartslagen lang voelde ik de warmte van zijn lippen op de mijne en verdwenen alle woorden die in mij opkwamen. Ik sloot mijn ogen en toen ik ze weer opende, was alles wat ik zag het blauw van de zijne.

Om ons heen werd geroepen en geklapt, maar het klonk ver weg. De drukke gelagkamer leek van ons weg te drijven en al het rumoer mee te nemen. Abraham kuste me opnieuw en op dat moment wist ik dat hij mijn man zou worden.

Op 26 november 1634 beloofden we elkaar eeuwige trouw in de gereformeerde kerk van Zwaag. Trouwen was daar goedkoper dan in Hoorn, en hoewel Abraham geen armoe leed, vond hij het ook niet nodig om geld te verspillen. Mij maakte het niet uit. Ik kon niet geloven dat ik zo'n aardige, knappe man had gevonden. Een man die van me hield, aan wie ik me moeiteloos kon geven.

Het was een eenvoudige, korte bruiloft, met niet veel gasten. Mijn ouders en Pieter kwamen, en Trijn, Lobberich en oom Jacob. Verder waren er een paar vrienden en familieleden van Abraham, die in Hoorn woonden.

Ik had wat gespaard en kon me nieuwe kleren voor de bruiloft veroorloven: een rode rok, een wit jak met kanten mouwen, zijden handschoenen en kousen. Mijn lange haar liet ik los op mijn schouders hangen. Geheel volgens de traditie schonk Abraham mij een bloemenkrans, die ik de hele dag op mijn hoofd droeg.

'Nu ben je mijn huisvrouw,' zei hij, terwijl hij me voor het oog van de gasten telkens opnieuw kuste. 'Mijn Geertje uit de herberg. Toen ik je daar voor het eerst zag, wist ik al dat dit moment zou komen.'

'Dat heb je dan goed verborgen kunnen houden,' zei ik met een lach. 'Ik was er helemaal niet zo zeker van dat je me leuk vond.'

'Je kreeg zoveel aandacht. Ik dacht, dat meisje zit helemaal niet te wachten op een scheepstrompetter die steeds maar vertrekt.'

'Ik zal altijd op jou wachten,' zei ik, en ik vouwde mijn armen om zijn nek en kuste hem terug.

Abraham woonde in een huurhuis aan de Appelhaven. De eerste keer dat ik als getrouwde vrouw over de drempel stapte, wist ik dat ik was beland op de plek waar ik altijd had willen zijn. Dit huis, met uitzicht op de haven, was míjn plek. Hier zou ik Abraham uitzwaaien als hij uitvoer en hem weer verwelkomen als hij terugkwam, hier zouden onze kinderen geboren worden en opgroeien. Hier zou ik gelukkig zijn.

Het was een fijne buurt om in te wonen. Ik hield van het uitzicht op het water en de schepen, van het rumoer op de kades, het gekraak van het houtwerk van de boten, het geklots van het water en de ruwe taal van de scheepslieden. Dit was de wereld zoals ik hem kende, ik wist niet beter.

Na een halfjaar moest Abraham opnieuw de zee op, voor vier maanden.

'Nou, het is zover,' zei hij met een zucht op de ochtend van zijn vertrek. 'Daar ga ik weer. Als ik terugkom ga ik kijken of ik werk aan de wal kan vinden, want het bevalt me niets dat ik je steeds alleen moet laten.'

'Ik red me wel.' Ik drukte me tegen hem aan, me koesterend in zijn stevige omhelzing. 'Het is maar voor vier maanden. Sommige mannen gaan jaren weg.'

'Dat is waar, ik ben zo weer terug. Dag lief, ik zal iets moois voor je meenemen.' Hij kuste me nogmaals en ging toen de deur uit.

We hadden afgesproken dat we thuis afscheid zouden nemen en niet in de haven, omdat het wel een tijdje kon duren voor de schepen echt vertrokken. Vanuit het voorhuis kon ik ze in de gaten houden, en toen de trossen losgegooid werden, rende ik de lange houten steiger op, in de hoop nog een glimp van Abraham op te vangen. Ik zag hem niet, maar hoorde zijn trompet de signalen schetteren die het vertrek van de vloot aankondigden. Het geluid bleef maar in mijn hoofd echoën, de hele verdere dag en de nacht die volgde.

Toch kon ik deze keer, met de zekerheid van Abrahams liefde, beter met zijn afwezigheid omgaan. Het grootste probleem was niet het gemis, maar de lange, stille dagen. Nietsdoen lag me niet, en dus ging ik tijdelijk weer in de herberg werken. Daar was het druk als altijd, de dagen vlogen voorbij.

Vier maanden later keerden de schepen terug. Het nieuws gonsde door de gelagkamer, iedere klant die binnenkwam begon erover. Ik keek naar Aecht, die me toeknikte. Ik gooide de doek waarmee ik bekers stond te drogen neer, deed mijn schort af en rende naar buiten.

Ook op het Oude Noort was de terugkeer van de schepen het onderwerp van gesprek, en ik was niet de enige die naar de haven holde.

Buiten adem kwam ik aan bij het Hooft. Ik drong door de mensenmassa op de houten kade heen. De vloot bestond uit grote schepen, maar het waren geen koopvaarders en ze konden probleemloos bij de aanlegsteiger aanmeren. Ze lagen er al. Ik rekte mijn hals om Abraham te zien, maar ik kon hem zo gauw niet ontdekken tussen al die zeemannen langs de reling.

Ongeduldig speurde ik hun gezichten af, keek naar hun gezwaai en vroeg me af waar Abraham was. Hij was zo lang, hij zou boven iedereen uit moeten steken.

'Wat zijn ze met weinig,' zei een oude man die naast me stond.

Voor hij die woorden sprak, was het ongeruste gefluister onder de wachtenden op de steiger al tot me doorgedrongen, en ik realiseerde me dat hij gelijk had. Er waren inderdaad veel minder zeelieden aan boord dan toen het schip vertrok, en ze lachten en zwaaiden ook niet zo uitbundig.

Na lange tijd wachten in groeiende onzekerheid kregen we te horen hoe dat kwam: tijdens de terugreis was een storm losgebarsten die veel slachtoffers had gemaakt. Een aantal mannen was overboord geslagen. Abraham was een van hen.

4

Zijn mooie, sterke lichaam, op de bodem van de zee. Half vergaan in het zoute water, aangevreten door vissen. Ik stortte in. Omstanders brachten me naar huis, waar de buren me opvingen.

Dagenlang bleef ik in de bedstee liggen, opgekruld en met de gordijnen dichtgetrokken. In de weken daarna hield ik het juist tussen vier muren niet meer uit en ging ik steeds naar buiten. Dan liep ik over de stadswal naar de Westerpoort en keek ik lange tijd uit over het grijze water, of ik zwierf rond in het havengebied.

Op een dag ging ik op een muurtje zitten om naar de bedrijvigheid van de vismarkt te kijken. Inmiddels had ik de mensen in de buurt leren kennen, en iedereen groette me en vroeg hoe het ging.

Bellichje, de visvrouw, kwam achter haar kraam vandaan en gaf me een haring. Haar klanten wachtten geduldig en wierpen me meelevende blikken toe. Het was allemaal lief bedoeld, maar het gaf me een ongemakkelijk gevoel.

Ik stond snel op en liep door, de haring at ik onderweg op. Het was een mooie dag en ik zag ertegen op de stilte van mijn huis weer op te zoeken. In plaats daarvan wandelde ik over de Oude Doelenkade naar de Luijendijk, die wat afgelegen lag, en waar zich minder kennissen ophielden. Aan het einde van de dijk lagen de scheepswerven van de VOC, waar het naar hout en pek rook.

Abraham, altijd geïnteresseerd als er een schip werd gebouwd, had me er een paar keer mee naartoe genomen. De zee was zijn grote liefde geweest, al was hij zich bewust van de gevaren. Hij had eens gezegd dat hij wel wist dat hij niet oud zou worden, maar hoe serieus was hij toen geweest? Had hij daar echt een vermoeden van gehad, of had hij weloverwogen de risico's van zijn keuze aanvaard? Zou hij aan wal zijn gebleven als hij had geweten dat hij jong zou sterven? Zou ik met hem getrouwd zijn als ik had geweten dat ik snel weduwe zou worden?

Het was zinloos om zo te denken, niemand kon in de toekomst kijken. En ja, ik zou evengoed met hem getrouwd zijn, omdat ik van hem hield en die korte tijd samen was beter dan helemaal niets.

Ik was zo in gedachten verzonken dat het geluid van een plons vertraagd tot me doordrong. Ik had het kleine jongetje en meisje bij de waterkant wel gezien, en ik had me ook afgevraagd wat ze daar deden, zonder toezicht.

Als vanzelf had ik ze in de gaten gehouden. En net toen ik even niet keek, was daar die plons. Het ene moment stonden beide kinderen nog op de kade, en het volgende moment zag ik alleen het meisje nog. Ze kon niet veel ouder zijn dan drie en ze keek me beduusd aan.

Ik vloog naar de rand van de kade. Er dreef alleen een bal, gemaakt van een varkensblaas. Vertwijfeld keek ik naar beneden. Het leek niet erg diep. Ik keek om me heen, zag een sjouwer met een paar planken op zijn schouder voorbijkomen, en schreeuwde: 'Er ligt een kind in het water! Let op dat meisje!'

Zonder op zijn reactie te wachten sprong ik. Ik kon een beetje zwemmen, goed genoeg voor ondiep water, maar het water was veel dieper dan ik had verwacht.

Ik zonk meteen en even sloeg de paniek toe. Ik dacht dat ik verdronk, maar nee, ik had nog lucht. Ik moest gewoon mijn adem inhouden.

Het ergst was de verlammende kou. Ik bewoog mijn armen en benen, en opende mijn ogen. Om me heen lag een bruin-groene onderwaterwereld waarin ik de kiel van een boot kon onderscheiden. En een bruin stuk stof: het jurkje van de jongen. Het leek te zweven en bolde op als een inktvis. Het jongetje keek naar me, met opengesperde ogen en open mond. Zijn gezicht zag wit en werd omlijst door blonde krullen.

Hij bevond zich vlak bij me, ik hoefde alleen mijn arm maar uit te steken. Ik greep het kind vast en maakte een zwembeweging naar boven, maar ik kwam niet vooruit. Erg veel lucht had ik intussen niet meer. Wat ik liet ontsnappen steeg in bellen op.

Er schrijnde iets in mijn borst, ik kreeg een benauwd gevoel dat snel toenam. Dus dit was verdrinken, dit had Abraham ook meegemaakt. Het ging niet snel en pijnloos, zoals mensen weleens beweerden. Het was verschrikkelijk. Ik wilde niet dood. Ook al had ik nog zoveel verdriet en kon ik me de rest van mijn leven niet voorstellen zonder Abraham, ik wilde toch leven.

Ik trappelde wild met mijn benen en zowaar, ik ging naar boven. Maar niet snel genoeg, het jongetje belemmerde me in mijn bewegingen. We zouden allebei verdrinken als ik hem bleef vasthouden, en toch kon ik het niet opbrengen om hem los te laten.

Vanuit mijn ooghoeken bespeurde ik een donkere vorm die snel dichterbij kwam. Even was ik bang dat het een boot was, en dat we overvaren zouden worden.

Het was geen boot, het was een man. Snel en kordaat zwom hij naar ons toe en nam het jongetje van me over. Een tweede man kwam erbij, pakte mij beet en trok me mee naar boven. Opeens gingen we heel snel omhoog, maar de lucht in mijn longen was op.

Ik keek naar boven, naar het wateroppervlak.

Te laat, te laat! Er verschenen vlekken voor mijn ogen, mijn lichaam verslapte, en toen waren we er. De bruin-groene wereld maakte plaats voor licht, lucht en geluid. Ik werd op de kade gehesen en ik viel languit op de grond.

Overal klonk geroep, mensen verdrongen zich om ons heen en iedereen praatte door elkaar. Ergens huilde een vrouw met lange uithalen.

Intussen haalde ik gierend adem, verbaasd dat ik geen water had binnengekregen, dat ik nog leefde. Pas toen ik weer rustig kon ademen, keek ik naar het jongetje, dat een paar meter verderop op de kade lag. Hij bewoog niet.

Een vrouw lag op haar knieën naast hem en huilde haar

ogen uit het hoofd. 'Jacob! Jacobje!' riep ze, terwijl ze aan het kind schudde.

Niemand deed iets. Iedereen stond daar maar te kijken, diep verslagen. Een dokter kwam aanrennen, hurkte neer bij het kind en controleerde of hij een hartslag had.

Aan de manier waarop hij even later naar de vrouw keek, zag ik dat er geen hoop meer was.

Ik had mijn leven op het spel gezet, én dat van het meisje dat ik op de kade had laten staan, voor niets. Natuurlijk, ik had een omstander op haar gewezen en ik had in ieder geval geprobeerd het jongetje te redden, maar het gevoel dat ik had gefaald, dat ik verantwoordelijk was voor zijn dood, overheerste. Als ik nog sneller had gereageerd, had hem dat levensreddende seconden kunnen geven.

Jacob heette hij, en hij was anderhalf jaar oud. Het meisje was zijn zusje, Sijtje, en ze waren aan hun moeders wakend oog ontsnapt en aan de wandel gegaan. Blijkbaar was hun bal in het water gerold en was Jacob naar de rand van de kade gedribbeld. De kinderen waren niet ver van huis geweest en hun moeder liep hen al te zoeken.

Geertruida Groot-Beets heette ze, en ze was de vrouw van Pieter Lammertszoon Beets, een rijke houthandelaar.

Een week na de begrafenis van Jacob kwamen ze bij me op bezoek. Ik lag met een zware kou in bed, de buren zorgden voor me. Ook al was ik zwak, ik probeerde toch uit de bedstee te komen toen Pieter en Geertruida in hun deftige kleding mijn huis binnenkwamen. Geertruida verbood me dat.

'We hoorden dat u ziek bent,' zei ze. 'Blijf liggen, vermoeit u zich niet.'

Het was voor het eerst dat rijke mensen mij met u aanspraken. Onwennig leunde ik tegen het kussen en friemelde aan de deken.

'Het spijt me zo,' zei ik, en meteen kwamen de tranen.

Geertruida kon haar emoties ook niet in bedwang houden, en ze zocht naar een zakdoekje. Haar echtgenoot gaf het haar en legde zijn hand op haar schouder.

Hij zag bleek en knipperde met zijn ogen toen hij zei: 'We wilden u bedanken voor wat u hebt gedaan. Dat was ongelooflijk moedig.'

'Ja,' zei Geertruida, terwijl ze haar ogen bette. 'Vooral omdat u niet eens kunt zwemmen, zoals we hoorden.'

'Ik had niet verwacht dat het water zo diep zou zijn. Als ik had kunnen zwemmen, had ik uw zoontje kunnen redden. Het spijt me verschrikkelijk, ik vind het zo erg.'

'U hebt het in ieder geval geprobeerd, en u hebt onze dochter gered,' zei Pieter. 'Als u niet ingegrepen had, zou Sijtje ook naar de rand van de kade zijn gelopen. God zond u, en voorkwam dat we twee kinderen verloren. Daar zijn we dankbaar voor.'

Ik keek naar Geertruida, die er niet uitzag of ze erg dankbaar was.

'Als iemand schuldig is, dan ben ik het,' zei ze zacht. 'Ik had Jacob en Sijtje nooit uit het oog mogen verliezen. Maar het is moeilijk, met al dat werk en zoveel kinderen. We hebben er negen.' Geertruida slikte iets weg en corrigeerde zichzelf met zachte stem: 'Acht.'

Ik kon me haar leed nauwelijks voorstellen, of het moest lijken op wat ik had doorgemaakt toen ik Abraham verloor, maar ik had het gevoel dat de dood van een kind een ander soort verdriet was.

'U ziet er moe uit.' Geertruida borg haar zakdoekje op en keek mij bezorgd aan. 'Ik zal een van mijn dienstmeisjes sturen. U hebt vast hulp nodig met de was en de boodschappen. Ik zal ook zorgen dat er elke avond een warme maaltijd wordt gebracht. Nee, geen tegenwerpingen! Laat ons dit voor u doen. En als u ergens anders hulp bij nodig heeft, het maakt niet uit wat, dan moet u het zeggen.'

Ik was te moe om te protesteren. Het echtpaar stond op en nam afscheid.

'We laten nog van ons horen,' zei Pieter, en ze vertrokken.

Een paar dagen later kwam Geertruida terug, alleen. Inmiddels was ik hersteld en ik zat op een stoeltje in de zon, bij de voordeur. Er waren meer mensen die van de voorjaarszon profiteerden, al zaten ze niet maar deden ze hun werk. Veel vrouwen stonden de was te doen, en verderop slachtte iemand een paar kippen. Langs de kade van de Appelhaven zaten jongens netten te boeten, en een paar vissers zetten hun boot opnieuw in de verf of breeuwden de naden.

Ik zag Geertruida aan komen lopen over de Korenmarkt. Ze stopte om een praatje te maken met een kennis die net naar buiten stapte, maar daarna liep ze recht op mij af.

'Ik zou graag even met u willen praten,' zei ze, 'als het schikt.'

Het leek me niet gepast voor een dame van haar stand

om op straat te zitten, dus we gingen naar binnen. In het voorhuis namen we plaats aan de tafel, die in de aangename warmte van de zon stond. Het licht kwam naar binnen via de glas-in-loodruitjes en viel in kleurige vakjes op het tafelblad.

'Ik heb informatie over u ingewonnen,' zei Geertruida. 'Niet uit nieuwsgierigheid, maar omdat ik een kindermeisje nodig heb. Mijn echtgenoot heeft een goedlopend bedrijf, hij handelt in hout, en ik help mee. Ik sta de leveranciers en schuldeisers te woord als Pieter van huis is, en ik regel de inkoop van victualie.'

'Victualie?'

'Levensmiddelen voor aan boord,' zei ze. 'We hebben een fluitschip dat om de drie maanden naar Noorwegen uitzeilt, en als het nodig is gaat Pieter mee. Dan regel ik thuis de zaken. Ik kan natuurlijk niet voor onze kinderen en ons bedrijf tegelijk zorgen, dus daar hadden we een kindermeid voor. Heyltje, een heel goede. Ze heeft de kinderen vanaf hun geboorte meegemaakt. Helaas is ze afgelopen winter overleden, en daarna hebben we een hele rij kindermeisjes gehad die geen van allen voldeden. Op het moment zitten we zonder, en dat is ook de reden dat Sijtje en Jacob konden weglopen. Er was op dat moment van alles aan de hand met een ontevreden klant die we absoluut niet wilden verliezen. Dus ik probeerde de zaak te sussen en bood hem een glas wijn aan. En terwijl we die dronken verloor ik mijn kind.'

Geertruida huilde geluidloos. Ik stond op en schonk voor ons beiden een glas dunbier in.

'U hebt een kindermeisje nodig,' zei ik.

Ze knikte en veegde haar tranen weg. 'Ik hoorde dat uw

man kortgeleden is overleden en dat u werk nodig hebt.'

'Dat klopt. Ik werk nu af en toe in Het Morriaenshooft, maar daar kan ik niet blijven. Maar als u mij aanneemt, zult u altijd aan Jacob moeten denken.'

'Ik zal sowieso altijd aan Jacob denken. En daarna aan Sijtje, die dankzij u nog leeft. We kunnen iemand als u goed gebruiken. Een kindermeisje dat oplet en doortastend is, is precies wat we zoeken.'

'Ik weet het niet...'

Geertruida ging zitten en keek me vol begrip aan. 'U moet zich niet schuldig voelen. Echt, iedereen in de buurt vindt u een heldin. Voor ons bent u dat in ieder geval.' Ze legde haar hand op die van mij en zei: 'Doe het, alstublieft.'

Het waren die woorden en dat warme, intieme gebaar die me over de streep trokken. Ik mocht Geertruida en ik had inderdaad dringend werk nodig. Zonder inkomsten zou ik hier niet lang kunnen blijven wonen. Abraham had me wat geld nagelaten, maar niet genoeg om de rest van mijn leven de huur te kunnen betalen.

'Goed,' zei ik. 'Wanneer wilt u dat ik begin?'

5

Het gezin Beets woonde in een groot huis met trapgevel aan de Oude Doelenkade. Ik zegde de huur van mijn huis op, nam mijn eigendommen mee en trok bij hen in. Behalve ik werkten er ook twee dienstmeisjes, zodat ik me alleen om de kinderen hoefde te bekommeren.

De oudste vier waren meisjes, Lysbeth van vijftien, Anna van veertien, Barber van dertien en Geertje van twaalf. Vanaf de eerste dag maakten de oudste drie grappen door 'Geertje!' te roepen en dan natuurlijk niet mij te bedoelen.

Na hen kwamen Jan van tien, Neeltje van negen, Cornelis van zeven, Geert van zes en Sijtje van drie. De kleine Jacob van anderhalf zou de rij gesloten hebben. Wat zijn dood nog tragischer maakte was dat het gezin al eerder een jongetje op jonge leeftijd verloren had, wiens naam ook Jacob was.

Ondanks hun verdriet bleven Pieter en Geertruida oog houden voor de behoeften van anderen. Pieter was zeer gul met schenkingen aan het Huiszitten Armen Huis en Weeshuis aan de Veemarkt. Dat tehuis was oorspronkelijk bedoeld voor de opvang van weeskinderen, en veel jongens die daar zaten, gingen later de zee op. Jongens die niet wilden varen, kregen een opleiding in Pieters houthandel.

Toen ik samen met hen het graf van Jacob bezocht, vroeg ik hoe ze het klaarspeelden om zoveel vertrouwen in God te blijven houden.

'Verlies en verdriet horen bij het leven,' zei Pieter. 'Het heeft geen zin om je af te vragen waarom dingen gebeuren, of jezelf of God de schuld te geven.'

Geertruida viel hem bij. 'We zijn niet op aarde om overal onze zin in te krijgen. Denk je dat ik alle wensen van mijn kinderen vervul? Absoluut niet. Dat zouden Pieter en ik best kunnen doen, maar ze zouden er geen zelfstandige mensen van worden. We willen dat ze tegen een stootje kunnen, dat ze met verlies en tegenslag leren omgaan, zodat ze geluk weten te waarderen. En dat wil God ook voor ons, Zijn kinderen.'

Ik wilde dat ik zoveel vertrouwen in Hem had, en dat ik me zo aan Zijn genade kon onderwerpen, maar het lukte me niet goed. Ik droomde nog steeds over Abraham en dan huilde ik, al verdween gaandeweg de intensiteit van mijn rouw. Ons huwelijk had zo kort geduurd dat ik eerder treurde om wat had kunnen zijn dan om wat geweest was. Bovendien nam de dagelijkse drukte met al die kinderen mijn gedachten te veel in beslag om lang stil te staan bij herinneringen.

Sijtje, de jongste, was niet sterk en ik hield haar extra goed in de gaten. Als er weer een kou op kwam zetten, gaf ik haar een paar teentjes knoflook. Ze vond het vies, maar toen ik uitlegde dat het haar bloed reinigde, kauwde ze er dapper op. Desondanks was ze vaak ziek, en ze hoestte wekenlang.

Van Geertruida leerde ik aftreksels maken van specerijen, met ingrediënten als gemalen peper, nootmuskaat, kaneel en gember. Het waren zeer kostbare drankjes, maar ze verlichtten de hoest en dat was alles wat telde voor Geertruida en Pieter.

Na een halfjaar was ik zo opgenomen in hun gezin dat ik me eerder een oudere zus voelde dan de kindermeid. Het was niet het soort leven dat ik me had voorgesteld, maar eigenlijk was ik best gelukkig. Mijn ouders kwamen me opzoeken, en ik ging ook een keer naar Edam, maar de afstand was net iets te groot om regelmatig bezoekjes af te leggen.

Een jaar na mijn komst was Geertruida opnieuw in verwachting. Het kindje zou eind oktober of begin november komen. De zwangerschap viel haar zwaar, en ze leunde nog meer op mij dan normaal. Ik hielp haar zo veel mogelijk, niet alleen met de kinderen maar ook met het bedrijf. Ze was misselijk, moest om de haverklap spugen, en ze vroeg mij om de cijfers te noteren. Toen ik bekende dat ik niet goed kon rekenen en schrijven, fronste ze haar wenkbrauwen en zei dat we daar dan iets aan moesten doen.

'Voortaan blijf je erbij als de kinderen onderwijs krijgen,' zei ze. 'Je moet leren lezen en schrijven.'

Jan en Geert gingen naar de Latijnse school, en de meisjes kregen thuis les van een onderwijzer. Ik volgde de lessen samen met hen, met veel plezier. Daarna mochten de meisjes spelen en haalde ik de jongens van school voor het noenmaal. We aten met z'n allen aan een lange tafel, waarna Pieter weer aan het werk ging en Geertruida ging rusten. Terwijl zij sliep nam ik de jongste kinderen meestal mee voor een wandeling. Dan gingen we even naar de Luijendijk om te kijken bij het bedrijf van hun vader. Sijtje, Geert en Cornelis vonden het leuk om in een boot te zitten, en klanten die de familie al heel lang kende, namen de kinderen weleens mee voor een rondje door de haven.

Vanzelfsprekend ging ik mee, ik verloor ze geen seconde uit het oog.

De klanten kwamen uit allerlei steden, ook uit het buitenland. Recht voor de deur bevond zich de loswerf, waar grote stapels hout op afnemers wachtten, en als die kwamen was het een enorme drukte voor het huis. Met een hoge kraan, die bediend werd door weesjongens, werd de lading aan boord van de schepen gehesen. Dan was het even leeg op de werf, tot de volgende stapels werden aangevoerd.

'Waar komt al dat hout vandaan?' vroeg ik op een middag, toen ik tegenover Pieter in het voorhuis zat. De kinderen speelden met houtkrullen en ik vulde voorzichtig de inktpot bij.

'Voornamelijk uit Noorwegen,' zei hij. 'Hout is schaars. Bijna alle bossen hier zijn gekapt en gebruikt om huizen en schepen mee te bouwen, of om de haard mee te stoken. Dus het moet nu uit het buitenland komen. Ik haal het met mijn fluitschip hiernaartoe en verkoop het door aan wie er maar belangstelling voor heeft. Het is goede handel.'

'Blijkbaar,' zei ik. 'Maar u bent niet de enige, bijna iedereen op de Luijendijk verdient er zijn brood mee. Is er niet te veel concurrentie?'

Pieter schudde zijn hoofd. 'Er is zoveel vraag, we kunnen er allemaal goed van leven. Hoorn heeft zelf ook heel wat nodig, voor de scheepsbouw en het onderhoud van de haven. Maak je maar geen zorgen.'

Dat deed ik ook niet, ik was gewoon geïnteresseerd. Ik keek naar buiten, waar bruine en vaalgele zeilen voorbijgingen, en waar altijd het geklots van water en het geschreeuw van meeuwen klonk.

Er meerde net een schip aan, en ik herkende de man die aan wal stapte. En de vrouw die hem volgde. Langzaam kwam ik overeind.

Pieter keek op en volgde mijn blik. 'Wat is er?'

Ik antwoordde niet, maar rende naar buiten. Op de werf viel ik in de armen van mijn broer en daarna in die van Trijn.

'Wat doen jullie nou hier, zo samen?' riep ik uit.

'Hout halen,' zei mijn broer met een brede lach. 'Toen je vertelde dat je voor Beets werkt, bedacht ik dat ik voortaan wel met hem zaken kon doen. Dan zie ik jou ook wat vaker.'

'En ik mocht mee,' zei Trijn stralend.

Ik kon bijna niet geloven dat de twee mensen die me het liefst waren, op mijn ouders na, hier voor me stonden. Pieter had een gezin gesticht en hij was het laatste jaar niet meer meegekomen naar Hoorn, dus ik had hem een tijd niet gezien. Hij was groter dan ik me herinnerde, breder ook. Het harde werken op de scheepstimmerwerf had hem sterk gemaakt, hij was een echte man geworden. Ik kon mijn ogen niet van hem afhouden.

'We kunnen niet heel lang blijven, een uurtje misschien. Maar dat is genoeg om even bij te praten,' zei hij.

Intussen was Pieter Beets ook naar buiten gekomen en hij

schudde mijn broer en Trijn hartelijk de hand. 'Familie en vrienden van onze Geertje zijn altijd welkom. Kan ik jullie iets te eten en te drinken aanbieden?'

'Pieter is op zoek naar een andere houtleverancier,' zei ik.

'Kijk eens aan, dan krijgt u geen bier maar wijn,' zei Pieter, en we lachten allemaal en gingen naar binnen.

In de keuken zocht ik met de dienstmeisjes het een en ander bij elkaar voor een eenvoudige maaltijd, die we in het voorhuis gebruikten. We praatten een tijdje met elkaar, tot mijn broer en mijn werkgever over zaken begonnen, en ik Trijn en de kinderen mee naar het achterhuis nam.

'Hoe is het met mijn ouders?' vroeg ik. 'Waarom zijn zij niet meegekomen?'

'Je vader is ziek. Niet schrikken, het is niet ernstig, maar hij kan niet reizen en je moeder wilde hem niet alleen laten.'

'Dat begrijp ik. Maar het is wel jammer. Ik zal een brief voor ze schrijven, dan kun je die meenemen.'

'Ik dacht dat je moeite had met schrijven?' vroeg Trijn verbaasd.

'Ik heb het hier geleerd,' zei ik, niet zonder trots. 'Als de kinderen les krijgen, zit ik erbij en doe ik mee.'

Trijns blik ging naar Sijtje, Geert en Cornelis.

'De oudere kinderen,' zei ik. 'Het is een groot gezin.'

'Hoe ben je hier beland? Het laatste wat ik over je hoorde was dat je man overleden was, wat ik overigens heel erg vind.'

'Dank je. Het was een moeilijke tijd, en nog steeds wel. Maar ik heb veel steun gehad van de familie waar ik nu voor werk.'

Ik vertelde hoe ik had geprobeerd Jacob van de verdrinkingsdood te redden, en hoe dankbaar Geertruida en Pieter waren dat ik in ieder geval Sijtje bij de waterkant vandaan had weten te houden.

'O Geertje, dat is echt iets voor jou,' zei Trijn ontroerd. 'In het water springen om iemand te redden terwijl je zelf amper kunt zwemmen.'

'Ik kan het een beetje, maar niet genoeg. Daar ben ik wel achter gekomen.'

We praatten er nog een tijdje over door en toen vroeg ik naar Trijns leven, dat gelukkig minder tegenslagen kende. Ze was inmiddels getrouwd met Albert Koeslager, die ze had leren kennen via een gemeenschappelijke vriendin van ons, Trijn Outgers, wier man ook slager was.

'Albert heeft daar als leerling gewerkt en nu is hij een eigen slagerij begonnen, in de Grote Kerkstraat. De zaken gaan goed.'

'Kinderen?' vroeg ik.

'Twee. Een jongen en een meisje. Wat zou het leuk zijn als je ze eens kon zien.'

'Dat zal moeilijk worden,' zei ik spijtig. 'Ik heb wel vrije dagen, maar Geertruida is in verwachting en heeft me nodig. En na de bevalling natuurlijk helemaal.'

Pieter Beets kwam het achterhuis binnen, gevolgd door mijn broer, en hij zei: 'Goed, de zaken zijn afgehandeld. Tijd voor een glas wijn!' Hij haalde een fles rode wijn uit de kast, schonk vier glazen vol en hief het zijne. 'Op onze samenwerking.'

'Op onze samenwerking,' zei mijn broer, eveneens met geheven glas.

Trijn en ik proostten samen. 'Op onze vriendschap,' zei ze, en daar sloot ik me van harte bij aan.

Halverwege oktober kwam Geertruida het woonvertrek binnenstrompelen. Met een van pijn vertrokken gezicht zocht ze steun bij de kast en zei: 'Het is begonnen.'

Ik liet mijn naaiwerk vallen en keek haar verschrikt aan. 'Komt het kind?'

'Ja, mijn water is gebroken. Het is te vroeg, Geertje.'

Ik stond op en begeleidde haar naar de bedstee. 'Twee weken maar. Blijkbaar is het kindje er klaar voor. Het komt wel goed.'

'Uitgerekend nu Pieter een paar dagen weg is.' Geertruida klom met moeite in de bedstee.

'Dat is dan een leuke verrassing voor hem als hij terugkomt. Ik ga de vroedemoer halen.'

'Nee, blijf hier.' Ze greep mijn arm beet met de kracht van iemand die absoluut niet alleen wil zijn. 'Dit kind komt snel, ik weet het zeker. Laat Lysbeth haar gaan halen.'

Ik liep naar de hof, waar de meisjes aan het tollen waren, en ik droeg Lysbeth op de vroedemoer te halen. Ze keken alle vier op, zowel verheugd als verschrikt.

'Komt het nu al?' vroeg Barber.

'Ja, en volgens je moeder gaat het snel, dus schiet op, Lysbeth.' Ik draaide me om en haastte me terug naar het woonvertrek, gevolgd door Barber, Anna en Geertje. Lysbeth greep haar mantel en holde het huis uit.

Zittend op de rand van de bedstee hield ik Geertruida's hand vast en sprak haar moed in. De weeën overspoelden haar, volgden elkaar steeds sneller op.

'Het komt, Geertje,' hijgde Geertruida. 'Waar blijft de vroedvrouw?'

Dat vroeg ik me ook af. Het duurde lang voor Lysbeth terugkwam, en ik kreeg het angstige vermoeden dat er een probleem was. Misschien was de vroedemoer bezig bij een andere bevalling.

Inmiddels kwamen de weeën onafgebroken en zelfs ik, zonder enige ervaring met bevallen, begreep dat het niet lang meer ging duren. Maar in die krappe bedstee kon ik weinig uitrichten. De vroedemoer had beloofd een baarstoel of een uitklapbaar bed mee te nemen, maar het zag ernaar uit dat we het zonder moesten doen.

'Ik kan er zo niet bij,' zei ik. 'Het moet anders, op de grond. Barber en Anna, haal zo veel mogelijk dekens en kussens. Snel!'

Barber en Anna renden weg, blij dat ze zich nuttig konden maken. Ze kwamen terug met hun armen vol dekens, die we op de grond legden. Vervolgens hielp ik Geertruida uit de bedstee en begeleidde ik haar naar het geïmproviseerde bed.

Ze kreunde van de pijn en jammerde dat ze moest persen. Ik schortte haar rokken op en ging op mijn knieën tussen haar opgetrokken benen zitten. Iedere keer als Geertruida begon te schreeuwen, brak het zweet me uit. Aan de dienstmeisjes had ik niets, die stonden bij de deuropening angstig te kijken.

'Jullie moeten me helpen,' zei ik tegen Barber en Anna.

Ze knikten, met ernstige, bleke gezichtjes.

'Toen moeder Jacobje kreeg moesten we een ketel water

warm maken om hem te wassen en om kruiken te maken,' zei Barber.

'En moeder kreeg wijn als ze erg veel pijn had,' zei Geertje.

Ik gaf het ene dienstmeisje opdracht water te verwarmen en het andere om wijn te halen. Geertje en Barber liet ik aan weerszijden van hun moeder zitten om het zweet van haar voorhoofd te vegen en haar tussen het persen door zo nu en dan een slokje wijn te geven. Zelf bleef ik trillend van de zenuwen tussen haar benen zitten. Ik had koeien kalveren zien krijgen, maar ik had nog nooit een kind geboren zien worden. Ik hield mezelf voor dat het vast niet heel anders ging.

Intussen keek ik met een mengeling van fascinatie en angst toe. Op een gegeven moment meende ik een bolletje met haar te zien en op slag waren mijn zenuwen verdwenen. Het enige wat me nog bezighield was het kind. Ik was vastbesloten om het veilig op de wereld te helpen.

Opnieuw verscheen het bolletje, deze keer wat verder, en Geertruida gilde.

'Het komt!' riep ik.

Naast me keken Geertje, Barber en Anna met grote ogen toe.

Het hoofdje kwam steeds verder naar buiten, met de navelstreng om de hals. Ik wurmde mijn vingers eronder en trok hem over het achterhoofdje naar voren.

Een paar seconden later kwam het lijfje erachteraan. Het glibberde zo op mijn schoot, en daar bleef het liggen, akelig blauw. Het was een meisje.

Ik tilde het kindje op en probeerde lucht in haar mond te blazen, maar er zat iets in. Ik stak mijn vinger in haar mondje en veegde alle rommel, wat het ook mocht zijn, eruit. Daarna blies ik voorzichtig lucht bij haar naar binnen.

    Geertruida zei iets tegen me, met steeds luidere stem, maar het drong amper tot me door. De wereld bestond uit dit kleine meisje en mij, en alles verstilde. Ik bleef zachtjes blazen, wreef over haar borst, en toen ze een kreetje slaakte sprongen de tranen in mijn ogen. Ze opende die van haar en keek me aan. Ik wist niet of pasgeborenen al konden kijken, maar ze leek me echt te zien. Haar gezichtje was heel dichtbij en een paar seconden lang keken we elkaar recht aan. Toen begon ze te huilen en legde ik haar in de armen van haar moeder.

6

Het duurde nog wel even voor de vroedemoer kwam, vol excuses en met een rood hoofd van het haasten. Lysbeth was in tranen.

'Alles is goed gegaan, lieverd,' zei Geertruida. 'Gelukkig had ik Geertje.'

'Ja, u hebt een goeie aan uw kindermeid.' De vroedemoer keek me waarderend aan.

Geertruida leunde achterover in de bakermand en glimlachte naar me. 'Geertje is meer dan een kindermeid. Veel meer.'

'Zoveel stelde het niet voor. Het ging allemaal zo snel, ik hoefde niets te doen,' zei ik.

'Wel waar,' zei Barber. 'Het kindje was bijna gestikt. Er zat iets om haar nek, ik heb het zelf gezien. Geertje trok het weg.'

Er viel een stilte waarin de vroedemoer en Geertruida geschokt een blik wisselden en daarna tegelijk naar mij keken.

'Het was niets,' verzekerde ik hun. 'De navelstreng zat om haar nek, maar niet heel strak.'

Geertruida schudde haar hoofd en keek naar haar pasgeboren dochtertje. 'Dit is de tweede keer dat je een kind van me redt,' zei ze.

Ik kreeg de ongelooflijke eer om een naam voor het meisje te mogen bedenken, en een flink geldbedrag op de koop toe. Pieter overhandigde het me een paar dagen later.

'Het had verschrikkelijk mis kunnen gaan,' zei hij. 'Ieder ander had staan jammeren of was weggerend om hulp te halen, en dan had mijn vrouw er alleen voor gestaan. Ik denk niet dat het kind dat overleefd had.'

Ik protesteerde nog wat, maar meer voor de vorm, want ik was erg blij met de beloning. Ik koos de naam Catharina, kortweg Trijn, en vanaf het eerste moment voelde ik een bijzondere band met haar. Ik had haar op de wereld geholpen, ik was degene die haar leven had ingeblazen, de eerste die ze in de ogen had gekeken en die haar had gekoesterd. Ze voelde bijna als mijn eigen kind.

Als ze ontroostbaar lag te huilen, hoefde ik maar zachtjes voor haar te zingen of haar even op te pakken en ze kalmeerde. Zelfs Geertruida kreeg dat niet zo gemakkelijk voor elkaar.

'Wat is dat toch tussen jullie,' zei ze met een zucht, toen ze Trijntje aan mij gaf omdat ze haar niet stil kreeg. 'Daar onderga je dan een hele zwangerschap en bevalling voor.'

Maar ze leek het niet écht erg te vinden, vooral niet toen ze hersteld was en weer aan het werk ging.

'Als ik haar aan iemand kan toevertrouwen is het wel aan jou,' zei ze.

Als ik erop terugkijk was de tijd bij Geertruida en Pieter de gelukkigste van mijn leven, op mijn huwelijksmaanden met Abraham na. Ik zorgde voor de jongste kinderen, luisterde naar de problemen van de oudsten, bezocht de kermis met ze en maakte mee dat Lysbeth een vrijer kreeg en trouwde.

Ik had zelf ook kunnen trouwen. Over belangstelling van mannen had ik niet te klagen, en ik heb zelfs een aantal keren een aanzoek gekregen. Dat vleide me, maar ik heb nooit overwogen erop in te gaan. Niet dat ik van plan was als oude vrijster te eindigen, ik wilde juist heel graag een man en kinderen, maar de mannen konden gewoon niet concurreren met Abraham. Bovendien waren het allemaal schippers, die uit Rotterdam, Den Haag en Amsterdam kwamen.

Trijntje had me nodig. Alleen al de gedachte dat ik afscheid van haar zou moeten nemen deed mijn hart krimpen. Als ik ooit hertrouwde moest het met een man uit Hoorn zijn.

Trijntje was drieënhalf toen ze er een zusje bij kreeg. Begin mei 1639 beviel Geertruida van Vroutje, maar het meisje bleef niet lang leven. In het huis aan de Oude Doelenkade werden de spiegels met zwarte doeken afgedekt en het hele gezin, ook ik, liep wekenlang in rouwkleding.

Een paar maanden later vroeg Geertruida me te gaan zitten omdat ze me iets wilde vertellen. Aan haar gezicht kon ik zien dat het geen goed nieuws was, en ongerust nam ik plaats op een van de Spaanse stoelen in de eetkamer.

Geertruida vertelde me hoezeer ze mijn hulp waardeerde, hoe dierbaar ik haar was geworden en hoeveel de kinderen van me hielden. Maar er was vijf jaar verstreken, de kinderen waren opgegroeid en Anna en Barber hadden inmiddels de leeftijd gekregen om te helpen met Trijntje. Kortom, ze hadden me niet meer nodig.

'Je krijgt een maandsalaris mee en natuurlijk helpen we je een ander dienstje te vinden,' beloofde Geertruida. 'Je staat goed bekend, dus dat komt in orde. Ik heb al geïnformeerd bij familie en vrienden.'

Als verdoofd hoorde ik haar aan. Ik kneep mijn gevouwen handen zo stevig samen dat het pijn deed. Ik kan me niet herinneren wat Geertruida nog meer zei, ik luisterde amper. Toen ik opstond omhelsde ze me, en op dat moment kon ik mijn tranen niet meer tegenhouden. Geertruida moest zelf ook huilen.

'Het spijt me, Geertje,' zei ze. 'We hebben wat financiële problemen, dat speelt ook een rol. Anders zou ik je graag gehouden hebben, zelfs als het niet echt meer nodig was.'

Dat geloofde ik graag, maar het veranderde niets. Ik besefte dat ik naïef was geweest om te denken dat ik nog jaren bij de familie Beets zou kunnen blijven, en dat ik dit had moeten zien aankomen. Ik was geen lid van het gezin, ik was de kindermeid.

Ondanks dat Geertruida en Pieter met me meeleefden, en ze me inderdaad overal aanbevalen, zag mijn toekomst er erg onzeker uit, want er was niemand die een kindermeisje nodig had. Ik had geen idee wat ik moest beginnen.

'Kom bij mij wonen,' zei Pieter, toen hij in Hoorn was en ik hem alles vertelde. 'Marij is weer in verwachting, we kunnen je hulp goed gebruiken.'

Pieter was drie jaar eerder getrouwd met Marij, had werk gevonden op de scheepstimmerwerf van Ransdorp, Marij's geboortedorp, en woonde daar nu met zijn vrouw en kinderen.

Zijn aanbod trok me wel aan. Ik zou opnieuw kindermeisje en hulp in de huishouding zijn, maar wel bij mijn eigen familie. Een week later pakte ik mijn spullen, nam afscheid van Geertruida, Pieter en de kinderen, en reisde af naar Ransdorp. Ik huilde de hele weg.

Het leven in Ransdorp, of Rarep, zoals de bewoners het noemden, was even wennen. Het was nog kleiner dan Edam en lag er recht onder, in een groen en waterrijk landschap. Pieter woonde aan de Gouw in de Bloemendaler Weeren, het gebied ten noorden van het dorp. Ooit was Ransdorp heel welvarend geweest en woonden er meer botenbouwers en schippers dan boeren, en hoewel die glorietijd inmiddels over het hoogtepunt heen was, viel er nog steeds een goede boterham te verdienen met de scheepvaart.

Erg lang ben ik er niet gebleven. Marij, Pieters vrouw, was niet onvriendelijk en we hebben nooit ruzie gehad, maar ik merkte dat ze niet zat te wachten op een andere vrouw in huis. Ook al hielp ik haar met het huishouden en het verzorgen van de koeien, karnde ik boter, werkte ik in de moestuin en lette ik op de kinderen, na een halfjaar ontstond er irritatie. In het begin hield ik mijn mening zo veel mogelijk voor me als het om de opvoeding van de kinderen ging, maar na een paar maanden lukte dat niet zo goed meer. Ik had veel ervaring opgedaan bij de familie Beets, en ik vond dat Marij te toegeeflijk en soms ook nalatig was als het om haar kinderen ging.

We hielden het nog een klein jaar met elkaar vol, voornamelijk omdat Marij een tweeling kreeg en mijn hulp hard nodig had, maar op een gegeven moment besloot ik dat het beter was om mijn eigen weg te gaan.

Een van de vrouwen uit het dorp die dagelijks op en neer voeren naar Amsterdam om daar melk te venten, Geesken, zei dat ze wel iets voor me wist. Ze was in gesprek geraakt met de schoonzus van een schilder uit Amsterdam, en die dame had verteld dat ze voor haar zwager en zusje op zoek was naar een kindermeid.

'Waarom zoekt zíj iemand, en niet de moeder van het kind?' vroeg ik.

'Omdat ze ernstig ziek is. Het jongetje is al een halfjaar oud en drinkt uit de fles, dus ze hebben geen voedster nodig. Alleen iemand om voor hem te zorgen,' zei Geesken. 'Ik heb gezegd dat jij bij de familie Beets in Hoorn hebt gewerkt en dat je op zoek bent naar een nieuwe betrekking. Dat is toch zo? Je wilt hier toch weg?'

'Ja,' zei ik. 'Weet je waar die schilder woont? Hoe heet hij?'

'Rembrandt van Rijn. Volgens zijn schoonzus is hij beroemd en weet iedereen waar hij woont.'

Ik had nog nooit van de man gehoord. 'Hoe beroemd?'

'Héél beroemd. Prins Frederik Hendrik heeft een aantal schilderijen van hem gekocht en koning Charles van Engeland ook.' Het klonk zelfvoldaan, en een beetje geringschattend, alsof heel het land daarvan op de hoogte was, behalve ik.

Ik bedankte haar en 's avonds besprak ik het met Pieter en Marij.

'Dat moet je doen,' zei Marij. 'Amsterdam, stel je voor! En nog wel bij een beroemde schilder.'

Dat laatste deed me niet veel, en het eerste trouwens ook niet. Eigenlijk had ik het wel naar mijn zin in Ransdorp, maar toen ik de hoopvolle blik op Marij's gezicht zag, drong tot me door hoe graag ze van me af wilde.

'Wat vind jij?' vroeg ik aan Pieter.

Hij wierp een blik op zijn vrouw, nam een hap bonen met vissaus en zei: 'Ik vind ook dat je het moet doen. Het is tijd, Geertje.'

Waar het precies tijd voor was zei hij niet, maar ik kon het wel raden.

'Goed,' zei ik. 'Dan ga ik kijken of ik die baan kan krijgen.'

De volgende ochtend nam ik afscheid van Pieter en Marij en stapte ik in een van de melkschuiten die in de Weersloot klaarlagen. Officieel mochten er van de Amsterdamse beurtveren geen passagiers mee, maar als je voor de overtocht betaalde of een handje meehielp met roeien, namen de melkhandelaren het risico op een boete wel.

Het was een frisse ochtend, 5 maart 1642, en ik had me warm aangekleed. De reis duurde een kleine drie uur en ging dwars door de polder. Op de wat kleinere sloten kon niet gezeild worden en daar kwamen de roeispanen tevoorschijn, maar bij het dorp Nieuwendam lieten we het landelijke gebied achter ons. We voeren langs het galgenveld, de muren en torens van Amsterdam waren al zichtbaar, en alleen het brede IJ scheidde ons nog van de stad.

Even later passeerden we de sluis en gleden we de glinsterende watervlakte op. Het waaide stevig, en het zeil ving een stoot wind die ons razendsnel naar de overkant joeg.

Via de Haarlemmerpoort voeren we de stad in, de Brouwersgracht op. Daar, bij de Melkmeisjesbrug, vond de melkmarkt plaats. Ik stapte uit, nam afscheid van mijn reisgenoten en keek om me heen.

Ik was nog nooit in Amsterdam geweest, maar vanuit de kerktoren van Ransdorp had ik de stad zien liggen en ik dacht te weten wat me te wachten stond. Onzin natuurlijk. Alsof zoiets mogelijk is als je nooit verder bent geweest dan Edam, Hoorn en Ransdorp.

Amsterdam overviel me, dreigde me te verpletteren met die rijen hoge, smalle koopmanshuizen. De grachten werden druk bevaren en in de straten was er geen doorkomen aan door alle koetsen, handkarren en voetgangers. En dan dat lawaai! Een onophoudelijk gegons van stemmen, geroep en geschreeuw, geratel van wielen, gehinnik van paarden vulde mijn oren. Maar het ergst waren de klokken. Het gebeier leek van alle kanten te komen. De zware galm verspreidde zich over de stad, echode tegen de gevels van de huizen en mengde zich met die van tientallen andere klokken die de tijd, huwelijken, begrafenissen en executies aankondigden.

Ik had de Dam nog niet bereikt of ik had al hoofdpijn, en de drukte om me heen maakte het er niet beter op. Op de Dam zelf was het een chaos. Er werd iets gebouwd dat de hele breedte van het plein in beslag nam, en dat omgeven werd door steigers. Dat moest het nieuwe stadhuis zijn waar ik over gehoord had. Ik wurmde me door de opstoppingen, veroorzaakt door voorbijgangers en marktventers, en langs ambachtslieden die met stapels stenen sjouwden of cement stonden te maken.

Ik liet de Dam achter me. Op elke straathoek moest ik de weg vragen en dan liep ik weer verder, door een stad waar geen einde aan leek te komen.

Uiteindelijk bereikte ik de Breestraat. Ik had het warm gekregen van het sjouwen met mijn spullen, en ik stopte even om het zweet van mijn voorhoofd te vegen en mijn haar onder mijn muts terug te duwen.

Opnieuw vroeg ik de weg.

'Meester Van Rijn? Die woont vier huizen voorbij de Sint-Anthoniesluis. Het huis met de rode luiken. Die kant op.' De vrouw wees, en ik bedankte haar en liep de straat in.

Al gauw bereikte ik de Sint-Anthoniesluis en vanaf dat punt telde ik de huizen. Bij het vierde pand bleef ik staan en keek omhoog. Het bestond uit twee verdiepingen, was helemaal van steen gebouwd en voorzien van glas-in-loodramen met rode luiken.

Ik liet de klopper op de deur vallen en wachtte. Een jong meisje deed open en keek me vragend aan. Ik noemde mijn naam en zei waar ik voor kwam, en ze liet me binnen. Terwijl het dienstmeisje haar meester ging halen, keek ik om me heen.

Dit was zonder twijfel het huis van een succesvol, vermogend man. Het voorhuis bestond uit een vierkante hal met een vloer van zwarte en witte plavuizen. Er kwamen twee deuren op uit, en tegen een van de wanden stond een eikenhouten zitbank met kleurrijke kussens. De muren waren bedekt met schilderijen, die beschenen werden door zacht licht dat door de glas-in-loodramen naar binnen viel.

De doeken brachten me van mijn stuk. Ik had nog nooit zulke levensechte schilderijen gezien, en ik liep ernaartoe om ze beter te kunnen bekijken.

'En, bevalt het je?' klonk een stem achter me.

Geschrokken draaide ik me om. Ik had verwacht dat het dienstmeisje terug zou komen om me te halen, maar de man in schilderskiel die het voorhuis in kwam lopen moest meester Van Rijn zelf zijn. Hij was groot, had een bos bruine krullen met een rossige gloed en sprak op enigszins barse toon, hoewel zijn ogen vriendelijk stonden.

Ik maakte een knicksje en zei: 'Ik heb eigenlijk niet veel verstand van kunst.'

'Je hoeft ergens geen verstand van te hebben om het mooi te vinden. Het doet wat met je of niet.'

'Dat is waar. Het huis van mijn vorige werkgever hing vol met schilderijen, maar die heb ik eigenlijk nooit zo goed bekeken. Het waren voornamelijk vazen met bloemen. Als ik bloemen wil zien, zet ik liever echte neer.'

Een glimlach verscheen op zijn gezicht, en hij nam me een paar seconden op. 'Loop even mee. Je komt voor de betrekking van kindermeid, toch? Hoe heet je?'

'Geertje Dircx, meneer.' Ik volgde hem naar de zijkamer, waar nog meer schilderijen hingen. Door het raam viel een zacht licht naar binnen. In de hoek bevond zich een bedstee, maar de kamer was duidelijk een ontvangstvertrek dat ook dienstdeed als winkel.

We gingen zitten en meester Van Rijn stelde een aantal vragen. Ik vertelde hoe mijn leven was verlopen, deed verslag van mijn ervaring als kindermeid en gaf hem de aanbevelingsbrief van Geertruida en Pieter Beets. Meester Van Rijn las hem aandachtig en knikte. 'Ik ga navraag doen, maar op het eerste gezicht lijkt het me in orde. Laat ik eerst vertellen waarom ik een kindermeid nodig heb. Mijn vrouw Saskia is ziek. Vijf maanden geleden is ze bevallen van onze zoon, Titus, maar ze is te zwak om voor hem te zorgen. Zoals je hebt gezien hebben we een dienstmeisje, maar Neeltje is nog jong en onervaren. We hebben een wat ouder iemand nodig om het huishouden te leiden en om Titus groot te brengen.'

Dat klonk alsof ze iemand voor langere tijd zochten, misschien wel voor jaren. Voorzichtig vroeg ik wat zijn vrouw mankeerde. Op slag veranderde het gezicht van meester Van Rijn; elke rimpel en lijn weerspiegelde zijn leed. Met zachte stem vertelde hij dat zijn vrouw aan de uitterende ziekte leed.

Ik schrok. De tering! Bijna niemand overleefde die aandoening.

'Wat vreselijk, meneer,' zei ik. 'Dat spijt me heel erg.'

'Ja,' zei hij. 'Behalve voor Titus zul je dus ook voor mijn vrouw moeten zorgen. Het zal zwaar zijn. Wil je hier nog steeds komen werken, Geertje Dircx?'

Ik had mijn besluit al genomen, maar het was het feit dat hij zowel mijn voor- als mijn achternaam noemde, zoals Abraham had gedaan, dat de doorslag gaf.

'Als het nodig is, kan ik direct beginnen,' zei ik.

7

Natuurlijk was dat nodig. Rembrandt, zoals ik hem in gedachten oneerbiedig noemde, wilde niets liever. Hij nam me mee naar het woonvertrek om me voor te stellen aan zijn vrouw.

Saskia zat in de bedstee tegen een paar grote kussens geleund, met haar zoontje in een bedje naast haar. Ze oogde koortsig en zag erg bleek.

Rembrandt stelde ons aan elkaar voor, en Saskia zei: 'Fijn dat je er bent, Geertje. Ik kan wel wat hulp gebruiken.'

Ik bewonderde de zuigeling, die sliep. 'Wat een lief kindje. En wat een bijzondere naam, Titus.'

'Hij is vernoemd naar mijn zus Titia. Ze is vorig jaar gestorven.'

'Dat spijt me.'

'Ze was mijn lievelingszus. Ze waakt nu over Titus, dat weet ik zeker.'

'Is Titus uw eerste kind?'

Ze schudde haar hoofd. 'We hebben een zoon en twee

dochtertjes gekregen, maar ze zijn alle drie kort na de geboorte overleden.'

Ik wist niet wat ik moest zeggen.

Rembrandt liet ons alleen en even was het stil in het woonvertrek. Saskia en ik keken naar Titus en lachten toen hij een gek gezicht trok in zijn slaap. Iedere keer als hij wakker dreigde te worden en een beetje begon te huilen, wiegde Saskia hem door zachtjes aan een koord te trekken dat met zijn bedje verbonden was.

Ze keek zo liefhebbend naar haar zoontje dat medelijden mijn hart vulde. Hoe moest het zijn om drie kinderen te begraven en dan, na de geboorte van het vierde, dat sterk en gezond was, het leven uit je te voelen wegvloeien?

'Vertel eens iets over jezelf, Geertje. Waar kom je vandaan?' vroeg ze.

'Oorspronkelijk uit Edam. Maar ik heb ook lange tijd in Hoorn gewoond, en daarna twee jaar in Ransdorp.' Ik vertelde haar het een en ander over mezelf. Ze luisterde aandachtig, en vooral mijn jaren bij de familie Beets hadden haar interesse.

'Dat klinkt alsof je het daar erg naar je zin hebt gehad,' zei Saskia. 'En alsof je ze mist.'

'Ik mis ze enorm, vooral Trijntje. Ik heb geholpen haar op de wereld te brengen, want de vroedmoer was te laat. Het was zo'n bijzonder moment. Toen ze werd geboren was ik de eerste die ze aankeek, en ik had het gevoel dat ze me ook echt zág. Mevrouw Geertruida was me zo dankbaar dat ik een naam voor haar dochter mocht bedenken. Ik heb haar Trijntje genoemd, naar mijn vriendin.'

'Wat bijzonder,' zei Saskia. 'Heb je nog contact met dat meisje?'

'Ja, ze is nu acht jaar. Ik schrijf haar regelmatig.'

De deur ging open en een vrouw van een jaar of veertig kwam binnen. Ze droeg een mand vol boodschappen en zette hem op tafel. Intussen ging haar blik naar mij. 'Aha, ik hoorde al dat er een kindermeid was. Uit Ransdorp, toch?'

Ik stond op en maakte een knicksje. 'Inderdaad. Geertje Dircx, mevrouw.'

'Ik ben Hiskia van Loo, de zus van mevrouw Van Rijn.' Ze bekeek me onderzoekend en wendde zich toen tot haar zus. 'Je moet nu even slapen, Saske.'

Saskia knikte vermoeid en liet haar hoofd tegen het kussen rusten.

'Kom, Geertje, dan zal ik je het huis laten zien,' zei Hiskia.

Terwijl we de trap opgingen, vertelde ze dat ze in Friesland woonde, in een dorp dat Sint Annaparochie heette, en dat ze binnenkort terug naar huis moest. Ze was hier al twee weken, maar ze had zelf ook een gezin dat haar nodig had. Als hun andere zus, Titia, niet overleden was, had zij kunnen bijspringen, maar nu kwam alles neer op haar, Hiskia. Niet dat ze klaagde, ze deed het met liefde.

'Mijn man en ik hebben altijd voor Saskia gezorgd,' zei ze. 'Mijn zusje en ik schelen tien jaar. Saskia was nog maar twaalf toen onze ouders overleden, en Gerrit en ik hebben haar in huis genomen.'

'Gelukkig dat ze u en uw man had,' zei ik. 'Hebt u nog meer broers en zussen?'

'Die hádden we. We waren met z'n zessen, maar alleen

onze broer Edzart en Saskia en ik zijn nog over, en ik ben bang...' Ze maakte haar zin niet af, maar ik kon haar gedachten wel raden.

Hiskia haalde een paar keer diep adem en zei toen: 'Zorg alsjeblieft goed voor mijn zusje en mijn neefje.'

'Dat zal ik zeker doen. Maakt u zich maar geen zorgen.'

'Ik maak me wel zorgen. Saskia heeft drie kinderen verloren. Heeft ze dat verteld?'

Ik knikte.

'Ik ben ervan overtuigd dat het verdriet om haar kinderen haar ziek heeft gemaakt,' zei Hiskia. 'Het heeft haar hart gebroken.'

Het huis had veel kamers, met bedsteden en mooie meubels, en wanden die bijna volledig schuilgingen achter schilderijen. Achter de hal en de zijkamer, die inderdaad als winkel en toonruimte dienstdeed, lag het woonvertrek. Dat was het vertrek waar de familie leefde en waar de echtelijke bedstee stond. Nu Saskia zo ziek was sliepen Rembrandt en zij niet meer samen, daar was de slaapplek te krap voor. Rembrandt maakte gebruik van de bedstee in de winkel. Neeltje sliep op zolder en mijn plek zou de bedstee in de keuken worden. Die bevond zich in het souterrain, waar het nogal donker was. Het licht dat naar binnen viel was afkomstig van de binnenplaats, maar veel was het niet.

'Normaal gesproken is het hier niet zo somber, maar de galerij op de binnenplaats is uitgebouwd voor een schilderij waar mijn zwager aan werkt,' zei Hiskia. 'Het is erg groot en past niet in zijn atelier.'

We gingen naar buiten, naar de overkapping waar je de was kon doen, een varken kon slachten of andere karweitjes uitvoeren die je liever buitenshuis hield. Maar deze galerij was, samen met een deel van de binnenplaats, dichtgemaakt met een houten wand en grote vensters.

In de geïmproviseerde werkplaats stond een doek van bijna vijf meter breed en vier meter hoog. Het was afgedekt, zodat ik jammer genoeg niet kon zien wat het voorstelde.

Hiskia nam me mee naar boven, naar de schilderkamer; een groot, langwerpig vertrek dat de hele breedte van het huis besloeg, met vier grote ramen waar het daglicht vrijelijk naar binnen stroomde.

Een aantal jonge mannen was er aan het werk. Ze keken om toen we binnenkwamen.

'Dit zijn Rembrandts leerlingen,' zei Hiskia. 'Heren, dit is Geertje Dircx, Titus' kindermeisje.'

De jongens knikten me vriendelijk toe en gingen weer aan het werk. Ook op de tweede verdieping zaten leerlingen, in kleine ruimtes die met schotten van elkaar waren afgescheiden.

'Dit is de kleine schilderkamer,' zei Hiskia. 'Maar daar hoef jij niet vaak te zijn. Misschien als iemand je nodig heeft als model, ze zoeken voortdurend gratis modellen, maar onthoud dat dat niet je taak is. Je bent hier voor Titus.'

De eerste nacht in dat grote huis, met de scherpe geur van terpentijn en verf in mijn neus, kon ik de slaap moeilijk vatten. Ik was niet eenzaam of ongelukkig, maar ik voelde me wel erg onwennig. Ik hoorde Saskia hoesten, vanuit de bedstee in het woonvertrek boven me. In de loop van de nacht werd ik er een paar keer wakker van, en steeds vroeg ik me af of ik naar haar toe moest gaan, maar dan hoorde ik Rembrandts zware voetstappen al, gevolgd door zijn zachte bromstem, en sloot ik mijn ogen. Ik opende ze pas weer toen ik in de vroege ochtend Titus hoorde huilen.

Meteen stond ik naast mijn bed, en ik zocht met mijn voeten naar mijn trippen, die ik naast de bedstee had gezet, sloeg een kamerjas om en haastte me naar het woonvertrek.

Saskia was ook wakker geworden, en ze keek me opgelucht aan toen ik binnenkwam, te uitgeput om te reageren op het gehuil van haar zoontje.

'Gaat u maar weer slapen,' zei ik, terwijl ik Titus uit zijn wieg tilde.

'Ik denk niet dat dat nog lukt. Blijf alsjeblieft hier met hem, Geertje.'

Ik knikte. Het was tijd voor Titus' voeding en ik legde hem zolang bij Saskia in de bedstee terwijl ik zijn zuigflesje ging klaarmaken.

Zittend bij het haardvuur, dat ik had opgerakeld, voedde ik hem. Saskia keek hoestend toe. Uiteindelijk viel Titus moe van het drinken in slaap, en ik zette het stenen flesje op de schouw.

Saskia glimlachte naar me. 'Ik ben zo blij dat je er bent,' fluisterde ze.

Voorzichtig, om hem niet wakker te maken, legde ik Titus terug in zijn bedje en daarna liep ik naar Saskia. In het binnenvallende licht schitterden haar ogen van de koorts. Ik legde mijn hand tegen haar voorhoofd en voelde haar huid gloeien.

Zonder iets te zeggen liep ik naar de keuken en haalde twee doeken en een kom koud water. Ik zette een stoel bij de bedstee en koelde met de ene lap Saskia's verhitte gezicht terwijl ik de andere lap in het water hield. Ze werden zo snel warm dat er telkens maar dertig hartslagen tussen het verwisselen zaten.

Met gesloten ogen onderging Saskia mijn zorg. 'Dank je,' mummelde ze.

Langzaam werd het lichter. Af en toe liep ik naar de keuken om koud water te halen bij de pomp, en dan begon de behandeling van voren af aan.

Toen de dag aanbrak en Rembrandt het woonvertrek in kwam, bleef hij in de deuropening staan, slechts gekleed in zijn nachthemd. Zijn harige blote benen staken eronderuit; ik probeerde er niet naar te kijken.

'Hoe gaat het met haar?' vroeg hij.

'Ze slaapt nu. Eindelijk.'

'Heeft ze erg gehoest? Ik heb niets gehoord.'

'Dat viel wel mee, ze had meer last van de koorts. Maar die is wat gezakt.' Ik voelde opnieuw aan Saskia's voorhoofd en knikte.

Rembrandt keek naar de kom water en de natte doeken en zei: 'Dank je, Geertje. Ga je maar aankleden en wat eten. Titus zal zo wel wakker worden.'

In de keuken zocht ik in de kastjes tot ik alles gevonden had wat ik nodig had. Ik zette de tinnen borden, kommen en bekers op tafel en op dat moment kwam Neeltje binnen. Ze liep meteen naar de haard om het vuur op te rakelen.

'Meester Van Rijn vindt het hier altijd zo donker en koud,' zei ze.

'Maar toch eet hij hier?'

'Sinds mevrouw ziek is. Ze slaapt veel. En dokter Tulp heeft gezegd dat er geen etenswaren bij haar in de buurt mogen zijn als ze hoest. Dat wil zeggen, niets wat wíj eten.'

Ik zette kaas en boter op tafel en keek haar aan. 'Wat heeft de dokter nog meer gezegd?'

Ze sloeg een kruisje, alsof het uitspreken van de naam van de ziekte al besmettingsgevaar opleverde. 'Het is de tering.'

'Dat weet ik, meester Van Rijn vertelde het. Maar wat doet de dokter? Is er nog hoop?'

'De dokter zei dat het door een kwade damp komt. Stemstof heet het. En als de planeten dan ook nog verkeerd staan, raken je lichaamssappen verstoord en word je ziek.'

'Maar dat ademen andere mensen toch ook in? Waarom worden die niet ziek?'

'Ik weet het niet,' zei Neeltje. 'Dat heeft de dokter niet gezegd.'

Rembrandt at staande in de keuken een stuk brood met kaas, dronk een kroes bier en ging aan het werk. Ik vroeg aan Neeltje of de leerlingen, die een voor een arriveerden, ook iets kregen.

'Nee, die eten 's morgens thuis,' zei Neeltje. 'Alleen 's middags krijgen ze wat, haring en brood.'

Ze begon aan haar dagelijkse taken terwijl ik Titus aankleedde. Daarna gaf ik hem zijn pap in het woonvertrek, waar Saskia kon toekijken. Ze hing vermoeid tegen een kussen en sprak weinig. Af en toe vielen haar ogen dicht, om weer open te gaan als een hoestbui zich aandiende.

Tegen de tijd dat Titus klaar was met eten, was zijn moeder in slaap gevallen. Ik nam hem mee en sloot de deur achter me. Wat zou ik nu eens gaan doen? Wat zou Saskia gedaan hebben? Ik had geen idee. Ik kon het aan Neeltje vragen, maar ik kreeg liever van Rembrandt instructies en dus liep ik met Titus op de arm naar de binnenplaats.

Hij stond op een trap te werken, een en al concentratie. De beschermende lappen stof waren weg, en ik keek op naar het enorme doek, dat beschenen werd door het fletse ochtendlicht.

Het was een enorm schuttersstuk, vrij donker, met alleen in het midden lichtbanen. Maar daar spatten de levendigheid en de kleuren dan ook vanaf: een bundeling van felrood, mosgroen en zomergeel, afgewisseld door verschillende tinten bruin en goud. De schutters hadden net de stadspoort verlaten, en op de voorgrond gaf een man in een zwart lakens pak en met een rode sjerp om de richting aan. Naast hem stond een andere man, gekleed in bijna lichtgevend goudbrokaat.

Wat moet ik verder zeggen over dat schilderij? Ik begreep het niet zo goed. Er was zoveel te zien dat ik bijna niet wist waar te kijken. Alle mensen op het doek hielden zich ergens mee bezig: de een controleerde zijn musket, een ander sloeg alvast op zijn trommel, een paar mannen stonden wat te praten in afwachting van vertrek, terwijl een jong meisje dwars door de groep heen liep.

Het was een tafereel dat ik in Hoorn ook regelmatig had gezien: de laatste minuten voor de schutterij uitrukte, waarin de mannen zich verzamelden en hun plaatsen innamen.

Maar waarom had Rembrandt juist dát ogenblik vastgelegd, en niet de glorieuze optocht door de stad? Ik vond het een beetje vreemd.

Titus draaide zich half om op mijn arm en slaakte een kreet van plezier toen hij zijn vader ontdekte.

Rembrandt draaide zich om. 'Als ik werk wil ik niet gestoord worden,' zei hij kortaf.

'Het spijt me, meneer, maar ik vroeg me af wat ik moet doen. Ik bedoel, is er een vast dagschema, of...'

'Je moet voor die jongen zorgen, meer niet. Doe wat je wilt, ga met hem naar buiten, een wandeling maken of zo. Dat vindt hij leuk.'

'Prima, dan doe ik dat. En als ik toch naar buiten ga, kan ik wel wat boodschappen doen. Hebt u iets nodig?'

Hij keek even nadenkend voor zich uit en antwoordde dat hij wel wat rood pigment kon gebruiken. Aan het einde van de Breestraat zat een winkel met schildersbenodigdheden waar ik het kon halen.

Mijn blik dwaalde terug naar het schuttersstuk en ik zei: 'Voor de sjerp van de kapitein zeker.'

Rembrandt draaide zich half om en knikte me toe. 'Voor de kapitein, ja. Dat is Frans Banninck Cocq. Je zult hem wel snel zien hier, hij komt om de haverklap kijken hoe het ermee staat.' Hij klonk brommerig maar gelaten, alsof hij zich bij die bezoekjes had neergelegd.

'En wie is dat?' vroeg ik, met een knikje naar de figuur in het kostuum van goudbrokaat.

'Dat is luitenant Willem van Ruytenburch,' antwoordde hij meteen. 'In totaal bestaat een compagnie schutters uit zo'n honderdtachtig man, maar deze heren zijn de belangrijkste twee. Zij voeren het vendel aan.'

Voor iemand die niet gestoord wilde worden, was hij opeens verrassend spraakzaam. Hij keek me opmerkzaam aan en vroeg: 'Wat vind je ervan?'

Die vraag overviel me. Waarom zou de mening van een kindermeid hem interesseren? Ik wist toen nog niet dat Rembrandt geïnteresseerd was in elke mening, misschien nog wel meer in die van 'gewone' mensen dan in die van het patriciaat.

'Een beetje donker,' zei ik. 'Maar wel mooi.'

Hij glimlachte en ging weer aan het werk.

8

De zon was boven de huizen verschenen en scheen uitbundig. Ik nam Titus in een draagdoek mee naar buiten en liep op mijn gemak de Breestraat in. De voorjaarszon kreeg al kracht en verwarmde me aangenaam. Er heerste een gezellige drukte op straat. Er waren zoveel winkels te vinden dat ik bij elke stap een ander luchtje rook. De geur van vers brood vermengde zich met die van wafels, om een eindje verderop verdrongen te worden door het slachtafval van een beenhouwerij en van de leerlooier.

Zoals Rembrandt gezegd had, zat de schilderswinkel aan het einde van de straat, op de hoek van de Kloveniersburgwal. Ik kocht het rode pigment, liet het op rekening van meester Van Rijn zetten en wandelde door naar de brug. Daar bewonderde ik het uitzicht op de groene gracht en de hoge huizen. In Hoorn stonden ook mooie huizen, minstens zo groot en rijk versierd, maar hier waren er veel meer. De straten en grachten leken eindeloos, en ik vroeg me af hoe groot Amsterdam wel niet was. Waarschijnlijk had ik er tot nu toe niet meer dan een glimp van opgevangen.

Een vreemde opwinding maakte zich van me meester. Ik, Geertje Dircx, woonde in de grote stad, bij een beroemd schilder. Wie had dat gedacht toen ik als meisje vis stond schoon te maken in Edam.

Ik glimlachte en haalde Titus, die onrustig werd, uit de draagdoek. Terwijl hij over mijn schouder keek liep ik door, dieper die spannende onbekende stad in.

Toen ik terugkwam was het tijd voor het noenmaal. Ik had haringen meegenomen van de markt en maakte ze schoon in de keuken.

'Breng jij ze even naar de leerlingen?' vroeg ik aan Neeltje.

'Dat is niet mijn taak. Ik ben hier om schoon te maken.'

'Wie deed dat dan voor ik kwam?'

'Mevrouw Saskia. Ze wilde niet dat ik in mijn eentje in de werkplaats van de leerlingen kwam. Maar toen ze ziek werd moest ik wel.'

'Hoe oud ben je, Neeltje?'

'Vijftien.'

Het was ook niet mijn taak, maar ik nam toch het bord van haar over. Titus was bij Saskia in de bedstee, dus ik kon die haringen zelf wel even brengen.

Toen ik de schilderkamer van de leerlingen binnenkwam, werden onmiddellijk alle ogen op mij gericht. Gemompelde grapjes en onderdrukt gelach drongen tot me door. De meeste leerlingen waren zestien, zeventien jaar, een paar anderen wat ouder, maar dat ik de dertig al was gepasseerd leek hun niet uit te maken.

Met mijn kin in de lucht liep ik door. Ik boog me iets voorover om het bord op tafel te zetten en meteen stond er iemand naast me. Hij was jong, ik schatte hem een jaar of achttien, maar lang en goedgebouwd.

De hand op mijn achterste was niet eens terloops, en hij haalde hem niet weg toen ik me oprichtte. Ik keek de jongeman van opzij aan en hij glimlachte.

'Leuk je weer te zien, Geertje,' zei hij. 'Heb je iets lekkers voor ons?'

'Zeker. Eet smakelijk.' Ik pakte een haring van het bord en liet hem met een snelle beweging in het openstaande hemd van de schilder glijden. De koude vis gleed door naar beneden, zijn broek in. De jongen slaakte een kreet en greep naar zijn kruis.

Ik besteedde verder geen aandacht aan hem, verliet het vertrek en sloot de deur achter me. Door het zware hout heen hoorde ik de andere leerlingen lachen.

In de gang stond ook Neeltje te proesten.

'Wie was dat?' vroeg ik.

'Barent,' zei ze. 'Hij is niet zo kwaad, hoor, maar als hij de kans krijgt probeert hij het met je. Hij hield bij mij pas op toen ik er tegen mevrouw Saskia iets van zei. Zij is er erg streng op dat de leerlingen zich netjes gedragen. Maar ja.'

Ik begreep dat ze met die laatste woorden bedoelde dat mevrouw geen toezicht meer kon houden nu ze ziek was en dat we op onszelf waren aangewezen in dit huis vol mannen.

'Ik heb jarenlang in een herberg gewerkt,' zei ik. 'Ik kan die snotjongens wel aan. Als je problemen met ze hebt, dan kom je maar naar mij.'

In de buurt waar ik terechtgekomen was, woonden overwegend rijke joodse kooplieden, afkomstig uit Spanje en Portugal, waar ze vanwege hun geloofsovertuiging vandaan waren gevlucht. Ze mengden zich met het kunstenaarsvolk dat, net als zij, de huizen kocht van vermogende Amsterdammers die naar de pas aangelegde grachten waren getrokken. Maar de rijke Portugezen kleedden zich als regenten, in zwart laken, met witte kragen en hoge hoeden, en ze hadden bedienden met een heel donkere huid.

Ik hield al gauw van dat buurtje, omdat alles er zo anders was dan wat ik kende, en omdat het aan de rand van de stad lag, dicht bij het IJ en het ommeland. Ik hoefde de stadspoort maar uit te lopen, met Titus in een draagdoek, of ik stond in de velden.

Op dagen dat Titus een beetje ziek was en ik aan huis gebonden was, nam ik genoegen met het voorjaarsgroen van de bomen langs de grachten en het kabbelen van het water dat via de Anthoniesluis en het IJ de stad in stroomde.

Van de leerlingen had ik geen last meer sinds het voorval met Barent Fabritius. Het waren ook geen lastposten, ook Barent niet, maar ze waren jong en snel afgeleid door vrouwelijk schoon. Carel Fabritius bood zijn excuses aan voor het gedrag van zijn jongere broer.

'Het zal niet meer gebeuren,' zei hij. 'Ik heb Barent duidelijk gemaakt dat het een grote eer is om in de leer te zijn bij meester Van Rijn, en dat hij zijn plek niet in gevaar moet brengen met ongepast gedrag.'

Daarna werd ik inderdaad niet meer lastiggevallen, door niemand, al bleef een aantal jongens kijken en dubbelzinnige grapjes maken. Ik besteedde weinig aandacht aan hen. Als er al tijd was om een praatje te maken, dan deed ik dat met Carel en Samuel.

Samuel van Hoogstraten was met zijn vijftien jaar de jongste van de elf leerlingen. Misschien dat hij daarom erg naar mij toe trok. Hij kwam uit Dordrecht, en als hij over zijn stad en familie vertelde klonk er heimwee in zijn stem door.

'Mijn vader was zilversmid en kunstschilder,' zei hij. 'Hij had een eigen schilderswerkplaats. Mijn broer en ik waren bij hem in de leer.'

'Is hij overleden? Wanneer?' vroeg ik.

'Twee jaar geleden.'

'Dus toen was je dertien.' Ik legde mijn hand op zijn schouder. 'Je zult je vader wel erg missen.'

'Hij was een groot bewonderaar van meester Van Rijn, dus toen ik een nieuwe leermeester nodig had, zei mijn moeder dat ik naar Amsterdam moest gaan. Het duurde even voor ik bij meester Van Rijn terechtkon, maar toen er plek was, ben ik meteen vertrokken.'

'Hoe lang ben je hier nu?'

'Drie weken.' Hij keek met een scheef glimlachje, waar zowel blijdschap als verdriet in besloten lag, naar me op en ik glimlachte terug.

'Het is even wennen, zo ver van huis, maar ik hoef je niet uit te leggen wat een geweldige kans dit voor je is,' zei ik.

'Ja, dat weet ik,' zei Samuel, en hij ging verder met verf wrijven.

Ik begreep dat zijn jongenstrots het alweer overnam van zijn heimwee, en ik liet hem met rust.

Elke keer als ik naar het kakhuisje moest of uit het raam van het woonvertrek keek, zag ik het schuttersstuk vorderen. Het leek alsof de afgebeelde figuren zo van het doek af konden stappen. De eerste keer dat ik ze bekeek, waren het anonieme gezichten voor me geweest, maar intussen had ik de heren tegen wie ik elke dag aan keek persoonlijk leren kennen, omdat ze af en toe langskwamen. Het was grappig om de mensen die ik van het schilderij kende in levenden lijve te zien rondlopen.

Rembrandt probeerde die bezoekjes zo kort mogelijk te houden, maar dat lukte niet altijd. Op een gegeven moment werkte hij gewoon door en sprak hij niet eens meer tegen ze.

De meimaand brak aan en was ongewoon warm. Ik zette alle vensters wijd open, maar in de galerij op de binnenplaats kwam geen zuchtje wind. Rembrandt stond te zweten in zijn schilderskiel waarop zich grote transpiratievlekken bij de oksels vormden.

Van waar hij stond kon hij Saskia in het woonvertrek in de bedstee zien liggen, en af en toe glimlachte hij naar haar of wierp haar een kushand toe. Maar het grootste deel van de dag werkte hij geconcentreerd door en vergat hij alles en iedereen om zich heen.

Saskia ging snel achteruit. Ze had voortdurend koorts en werd dag en nacht overvallen door hoestbuien, die haar longen teisterden tot ze bloed spuwde.

Ik was opgehouden haar met mevrouw aan te spreken. Het is lastig om vast te houden aan omgangsvormen als een jonger iemand zich aan je vastklampt terwijl ze half stikt in opgehoest bloed.

In de tweede helft van mei was er van Saskia's jeugdige, frisse schoonheid niets meer over. Ik had haar niet gezond meegemaakt, maar het laatste schilderij dat Rembrandt van haar had gemaakt toonde me het contrast. De blozende jonge vrouw die me vanaf het doek glimlachend aankeek was een mager schepsel geworden, met ingevallen wangen en donkere kringen onder haar ogen.

Samen met Neeltje zorgde ik voor zowel Titus als Saskia en Rembrandt. Onze wereld werd steeds kleiner. De leerlingen hielden zich gedeisd en gingen zo veel mogelijk zelf aan de slag, en bezoek hielden we buiten de deur. We ontvingen alleen familie van Saskia en dokter Nicolaes Tulp.

Op een dag, toen het heel slecht ging met Saskia, kwam hij weer in zijn koets voorrijden. Deftig gekleed met een tabberd, bef en hoed liep hij na een korte begroeting regelrecht naar het woonvertrek. Daar zette hij zijn tas op tafel en onderzocht Saskia. Hij voelde haar pols en luisterde met een kokervormig apparaatje naar haar longen. Ik zag dat hij een zucht binnenhield, maar hij glimlachte naar Saskia.

Hij raadde ons aan de ramen gesloten te houden om de lucht in de kamer zuiver te houden, en hij verrichtte een aderlating om de ongezonde lichaamssappen af te drijven.

Daarna liet Rembrandt de dokter uit. Ik bleef bij Saskia en voelde aan haar voorhoofd; ze gloeide. Haar nachthemd was nat en ze rilde over haar hele lichaam.

'Dorst,' fluisterde ze.

Ik gaf haar te drinken en haalde een doekje om het zweet van haar hoofd te vegen. Titus bewoog in zijn wieg en stootte een klaaglijk kreetje uit.

'Mijn kind,' mompelde Saskia, onrustig haar hoofd bewegend. 'Waar is mijn zoon? Wat is er aan de hand?'

'Niets,' zei ik. 'Hij is wakker geworden en wil aandacht, meer niet. Alles is goed.'

'Is hij ziek?' Ze probeerde overeind te komen, maar ik hield haar tegen.

'Hij is niet ziek, hij is helemaal in orde. Maak je geen zorgen, ga maar lekker liggen.'

'Ik wil mijn kind, mijn arme kind!' Saskia begon te huilen.

Zoals ik wel verwacht had, kwam Rembrandt onmiddellijk poolshoogte nemen.

'Wat is er aan de hand?' vroeg hij.

'De koorts is erger geworden. Ze is bang dat er iets met Titus is.'

'Mijn arme kind,' jammerde Saskia.

Rembrandt tilde Titus uit zijn wieg en legde hem in haar armen. 'Stil maar, lieveling, hier is hij al. Er is niets met hem aan de hand. Kijk, hij lacht.'

Titus had honger en lachte helemaal niet, maar Saskia kalmeerde en wiegde haar zoon. 'Mijn arme kleine jongetje,' zei ze zacht. 'Lieve, kleine Titus.'

Met bevende stem zong ze een slaapliedje, terwijl het zweet op haar voorhoofd glinsterde.

Ik keek naar Rembrandt en hij gebaarde dat ik Saskia haar gang moest laten gaan. Pas toen ze een hoestbui kreeg, nam hij Titus van haar over en gaf hem aan mij. Hij wreef de rug van zijn vrouw en stelde haar met engelengeduld gerust. Op enige passen afstand keek ik toe, met Titus op mijn arm.

Rembrandt stopte met schilderen. Urenlang zat hij aan Saskia's ziekbed en las haar voor of praatte op zachte toon met haar. Zelfs als ze sliep week hij niet van haar zijde, maar maakte hij het zich gemakkelijk in een leunstoel. Dan tekende hij haar. Tientallen tekeningen maakte hij op die manier. Aan het einde van de dag gooide hij ze weg, vooral in het laatste stadium van Saskia's ziekte. Het was alsof hij wel de behoefte voelde om alles vast te leggen, maar niet om het te bewaren, alsof hij al wist dat de herinnering aan al dat leed te zwaar zou zijn. En dus belandden die tekeningetjes in het haardvuur. Als Rembrandt niet keek, haalde ik de bovenste schetsjes, die nog geen vlam hadden gevat, er snel uit en verborg ze in mijn bedstee. Ik wist zelf ook niet precies waarom ik dat deed.

Begin juni verslechterde Saskia's toestand zo erg dat ze haar testament liet opstellen. Op 5 juni, om negen uur in de ochtend, kwam notaris Pieter Barcman. Hij nam plaats naast de bedstee. Saskia was nauwelijks in staat om nog iets te zeggen. Fluisterend dicteerde ze haar laatste wil en ze tekende met bevende hand. Negen dagen later, op 14 juni, overleed ze, nog geen dertig jaar oud.

Vijf dagen later trok er een lange rouwstoet door de Breestraat. De kist was bedekt met een zwart kleed met franjes. Acht dragers droegen hem, de familie volgde. Ik liep twee passen achter Rembrandt, met Titus op mijn arm.

Het was volop zomer en op straat hing een lichte, vrolijke stemming, tot wij langskwamen. Voorbijgangers bleven staan en namen hun hoed af of bogen het hoofd. De klokken van de Zuidertoren strooiden sombere klanken rond, het gebeier weergalmde in de straat en werd overgenomen door de Oude Kerk verderop.

De stoet trok over de Kloveniersburgwal naar de Warmoesstraat en draaide het Oude Kerkplein op. Daar stond een menigte te wachten, nog meer hoeden gingen af, nog meer hoofden werden gebogen.

We gingen de kerk in en namen plaats op de banken. De plechtigheid ging volledig aan me voorbij. Ik had het te druk met Titus, die met zijn acht maanden erg beweeglijk was. Het enige wat me bijbleef, waren de gezangen die onder de machtige booggewelven galmden en de langwerpige grafzerken onder mijn voeten. Met elke ademteug was ik me bewust van de doden in de aarde, bij wie we ons op een dag allemaal zouden voegen. Dat was het lot van de mens, de prijs voor ons bestaan. Het enige waar je voor kon bidden, was dat dat moment zo lang mogelijk werd uitgesteld en dat het einde genadig zou zijn.

Rembrandt had een graf gekocht achter de kansel, vlak bij het orgel. Tijdens de teraardebestelling liet ik mijn ogen over de aanwezigen glijden. Vrienden en familie, buren en kennissen. Ten slotte bleven ze rusten op Rembrandt, en mijn hart kromp ineen.

De ziekte van zijn vrouw had mij een baan bezorgd, misschien wel een permanente, maar ik zweer dat ik haar gezond en wel teruggehaald zou hebben als ik daar de macht toe had gehad, zo intens verloren stond Rembrandt daar aan Saskia's graf. Een gebroken man, totaal onderuitgehaald. Het zou me niet verbaasd hebben als hij op dat moment was gestorven van verdriet en samen met Saskia in het graf was verdwenen.

In de nachten erna droomde ik over Abraham, en in het ochtendgrijs dacht ik na over rouw, en over hoeveel verdriet er op de wereld was. Blijkbaar waren mensen sterker dan ze dachten. Ze bezweken niet zomaar onder het leed dat hun overkwam, zelfs niet als het te veel leek om te kunnen dragen.

9

Het was rustig geworden in het grote huis aan de Breestraat. Niemand durfde hardop te praten of te lachen. Iedere keer als ik met een bord vol kazen en een karaf bier de schilderkamer binnenkwam, was het er zo stil dat ik de penselen over de panelen kon horen strijken. Het geluid van mijn trippen op de houten vloer verstoorde de rust, en ik liep zo veel mogelijk op mijn tenen.

Terwijl de leerlingen hun gang gingen, stortte Rembrandt zich op het schilderij van de schutters.

Terugkijkend denk ik dat deze opdracht de redding van zijn loopbaan is geweest. Waarschijnlijk was hij anders portretten van Saskia blijven maken, of had hij misschien wel jarenlang niets gedaan. Maar hoe ellendig hij zich ook voelde, het schuttersstuk moest er komen. Rembrandts opdrachtgevers zaten er ongeduldig op te wachten.

Op een bloedhete dag in juli was het zover: het schilderij was af. Het had de naam *Schutters van wijk II onder leiding van kapitein Frans Banninck Cocq* gekregen, en in de namiddag, terwijl de verf nog droogde, kwamen de heren het doek bekijken.

Neeltje en ik gebruikten de tafel in de galerij, die al die tijd vol met verfpotjes had gestaan, voor de lekkernijen waarmee we het grote moment vierden.

De heren praatten allemaal door elkaar, keken en wezen, proostten met elkaar en prezen Rembrandt. Ik zag ook een paar minder blije gezichten, van compagnieleden die zichzelf op de achtergrond afgebeeld zagen, in de schaduwpartijen, en de opdrachtgevers keken ook wat zuinig. 'De bedoeling was dat alle schilderijen in de Doelenzaal op elkaar zouden aansluiten,' bleef een van hen maar zeggen. 'Dit doek past totaal niet bij de rest.' Maar over het algemeen was men enthousiast.

Ik had zelf nog geen tijd gehad om het schilderij in voltooide staat te bekijken, maar nu zag ik waar Rembrandt de laatste twee dagen zo druk mee bezig was geweest, en wat blijkbaar niemand anders opviel: het jonge meisje tussen de schutters had Saskia's gezicht.

Een paar dagen later werd het schuttersstuk opgerold en op een kar naar de Nieuwe Doelenstraat gereden, waar het in de grote zaal van de Kloveniersdoelen werd opgehangen.

Zestienhonderd gulden kreeg Rembrandt voor het schilderij. Een enorm bedrag, dat echter wegzonk in een poel van schulden. Terwijl hij toch goed verdiend had. Voor een portret vroeg hij algauw honderd gulden, een flinke som geld.

Vanaf het moment dat ik de leiding over het huishouden had overgenomen, had ik snel inzicht gekregen in de problemen die er achter de chique gevel heersten. Op een dag zag ik het kasboek liggen. Ik bladerde het door. Of dat mocht wist ik niet, maar even snel kijken kon geen kwaad. 'Even kijken' werd een uur lezen, en toen wist ik alles.

Rembrandt en Saskia hadden royaal geleefd, ruimer dan ze zich konden veroorloven. Voor het huis, waar ze sinds 1639 in woonden, had Rembrandt een kapitaal neergelegd, blijkbaar in de veronderstelling dat de vraag naar zijn schilderijen even groot zou blijven of zelfs zou toenemen.

Maar het noodlot had toegeslagen: Saskia was ziek geworden en na haar dood verlieten er aanzienlijk minder schilderijen de werkplaats.

Er waren wel een paar nieuwe opdrachten gekomen, maar Rembrandt maakte weinig haast om eraan te beginnen. En van Carel Fabritius hoorde ik dat er nog meer problemen waren. Hij vertelde dat Rembrandt een paar jaar geleden het portret had geschilderd van burgemeester Andries de Graeff, en dat die niet tevreden was over het resultaat.

'De burgemeester vond dat het niet leek en weigerde te betalen,' zei Carel. 'Dat heeft hij nog steeds niet gedaan.'

'Leek het niet?' vroeg ik verbaasd. 'Dat kan ik me nauwelijks voorstellen. Rembrandt schildert zo natuurgetrouw, zo realistisch.'

'Misschien iets té realistisch. Hij flatteert mensen niet, hij schildert ze zoals ze zijn, met onderkin, pukkels, wallen onder hun ogen, alles. Daar is niet iedereen blij mee, en de burgemeester zeker niet.'

'Dus het is een kwestie van ijdelheid. Kan Rembrandt dat portret dan niet een beetje aanpassen?'

Carel schoot in de lach. 'Dan ken je Rembrandt slecht. Nee, dat zal hij nooit doen. Ook niet als hij niet uitbetaald krijgt.'

'Om wat voor bedrag gaat het?'

'Vijfhonderd gulden,' zei Carel.

Vijfhonderd gulden! Dat was bijna een dubbel jaarloon. Als we dat geld kregen zou de schuldenlast niet helemaal verdwenen zijn, maar alle beetjes hielpen. Ik moest met Rembrandt praten. Straks kon hij de afbetaling van het huis niet meer voldoen en kwamen we allemaal op straat te staan. Strikt genomen waren het mijn zaken niet, maar ik kon niet het huishouden in de soep laten lopen.

Ik zocht Rembrandt op in zijn werkplaats, waar hij bezig was met een portret van Saskia.

Het was er drukkend warm, de vensters waren gesloten. De luiken voor het glas waren halfdicht. Door de bovenramen viel zwak licht en er hing een donkere, sombere sfeer.

Rembrandt zat met zijn rug naar me toe en reageerde niet op mijn komst. Misschien had hij me niet gehoord. Ik klopte op de openstaande deur, vouwde mijn handen voor mijn schoot en wachtte net zo lang tot hij omkeek.

Uiteindelijk gooide hij zijn palet en penseel neer, zuchtte en draaide zich om. 'Zeg het eens, Geertje.'

Ik verzamelde moed en zei: 'Ik wilde de financiën even doorspreken.'

'Moet dat nu?'

'Het is toch etenstijd. Het noenmaal staat klaar in de keuken.'

'Breng het maar hiernaartoe, ik wil doorwerken.'

Mijn blik ging naar Saskia's portret, dat prachtig was, maar niet bestemd voor de verkoop. Ik haalde diep adem en gooide er maar meteen uit wat ik op mijn hart had.

'Als het zo doorgaat kan ik straks geen boodschappen meer doen. De winkeliers en marktverkopers willen niets meer op krediet meegeven, de rekeningen stapelen zich op. Ik maak me zorgen.'

'Is de betaling voor het schuttersstuk dan nog niet binnen?'

'Jawel, maar dat is niet genoeg.'

'Zestienhonderd gulden! Hoe kan dat niet genoeg zijn?'

Ik staarde hem aan, verbijsterd over zijn gebrek aan kennis van zijn financiële situatie. 'Uw schulden zijn vele malen hoger. Er moeten echt nieuwe opdrachten komen. En die vijfhonderd gulden voor het portret van de burgemeester kunnen we ook goed gebruiken.'

Zijn gezicht verhardde en hij stond op, zo bruusk dat zijn kruk omviel. Met grote stappen liep hij naar het raam, gooide het open, duwde tegen het luik erachter en liet zonlicht en frisse lucht naar binnen stromen.

'Wat is precies het probleem met dat portret?' vroeg ik voorzichtig.

'Het probleem is dat die opgeblazen kwezel van een burgemeester te vol is van zichzelf en geen waardering heeft voor kunst. Het enige wat hij wil is een portret ter meerdere eer en glorie van zichzelf, ook als het niet lijkt.'

'Willen mensen niet altijd om die reden geportretteerd worden?'

Rembrandt draaide zich naar me toe. 'Ik werk niet voor ijdeltuiten. Als ik iemand portretteer, dan moet diegene accepteren dat ik alles vastleg wat ik zie.'

Die woorden verrasten me niet, het was precies wat Carel gezegd had.

'Betekent dat dat we het geld niet krijgen?' vroeg ik na een korte stilte.

'Natuurlijk wel. Desnoods breng ik de zaak voor de rechtbank.'

Geschokt keek ik hem aan. 'Maar burgemeester De Graeff maakt daar zelf deel van uit.'

'Samen met drie collega's en de schepenen. Dat is precies de reden waarom we in Amsterdam vier burgemeesters hebben: om te voorkomen dat de macht bij één persoon ligt.'

'Maar dan moeten die burgemeesters oordelen over meneer De Graeff.'

'Ja, daar komt het wel op neer.'

'Bent u niet bang dat ze partijdig zullen zijn?'

'Dat,' zei Rembrandt, 'wordt inderdaad heel interessant. Maar hoe de uitspraak ook luidt, ze zullen weten dat ik niet met me laat sollen.'

De zaak over het portret van de burgemeester kwam niet voor de rechtbank, maar werd beoordeeld door een comité van kunstenaars en regenten. Rembrandt voelde zich vernederd door het feit dat collega's die hij inferieur achtte zijn werk moesten beoordelen, en hij leefde zich uit in een tekening die er niet om loog. Hij beeldde zichzelf af als een kunstenaar die zat te poepen en zijn achterste afveegde met een blaadje vol meningen. Om hem heen stonden chic geklede mensen aandachtig zijn schilderij te becommentariëren, terwijl een paar leerlingen die verfpigmenten maalden hun lachen om de domheid van hun opmerkingen amper konden inhouden. Burgemeester Andries de Graeff was als ezel afgebeeld.

Rembrandt wilde de tekening publiceren, maar ik drukte hem achterover. Hij zocht er vloekend en scheldend naar, en ik hield me van de domme.

Niet lang daarna vond de zitting plaats en Rembrandt werd in het gelijk gesteld. Burgemeester De Graeff moest het verschuldigde bedrag betalen en deed dat ook, maar vervolgens werd het stil in de werkplaats. De opdrachten voor portretten gingen niet langer naar Rembrandt, maar naar voormalige leerlingen van hem, zoals Govert Flinck en Ferdinand Bol.

Het leek Rembrandt niet te interesseren. Hij was niet uit op eer en aanzien, dat vond hij ijdeltuiterij, en geld was wel het laatste waar hij zich druk over maakte.

'Het zijn allemaal blaaskaken,' zei hij tegen me tijdens het avondmaal. 'Ze komen met een heel gevolg van dienstmeisjes en secretarissen aanzetten als ze moeten poseren en gaan dan heel arrogant staan kijken, maar als ik ze vervolgens precies zo portretteer, is het niet goed. Ze bekijken het maar. De heren regenten zijn gewend dat iedereen voor hen buigt.'

Zijn afkeer van zakelijke opdrachtgevers leverde af en toe pijnlijke situaties op. Dan leidde hij zo'n hoge heer rond door het voorhuis, zichtbaar uit zijn humeur omdat hij werd gestoord tijdens zijn werk, en hij bood hem niets te drinken aan en zei alleen het hoognodige. Voor rijke kooplieden wilde hij op afspraak nog wel tijd vrijmaken, maar hij weigerde in de winkel in het voorhuis te staan om zijn werk te verkopen.

'Dat deed Saskia altijd,' zei hij.

'Ik wil het ook wel doen,' bood ik aan.

Rembrandt keek sceptisch.

'Titus is heel makkelijk, ik heb niet veel werk aan hem. En hij is ook dol op Neeltje,' zei ik.

Hoopvol wachtte ik af. Het leek me leuk om de winkel te beheren en de huishoudpot te vullen door etsen en tekeningen te verkopen, want die liepen altijd wel. Maar Rembrandt bleef twijfelen.

'Ik zal erover nadenken,' zei hij ten slotte.

Niet lang daarna stortte hij zich op een nieuw historiestuk en zette hij mij in de winkel. Hij had er zelf geen tijd voor, dus hij had weinig keus. Er mochten dan geen opdrachten binnenkomen, hij had nog wel zijn leerlingen. Tussen de lessen door werkte hij aan het historiestuk dat de naam 'Davids afscheid van Jonathan' kreeg.

Op een middag moest ik in de werkplaats zijn, en ik treuzelde zodat ik kon zien waar Rembrandt mee bezig was. Net toen ik mijn hals rekte om het schilderij te bekijken, keek hij opzij. Hij lachte en wenkte me.

Ik ging naast hem staan en bracht mijn gezicht naar het doek. Van dichtbij zag ik alleen maar lukrake penseelstreken, maar toen ik twee stappen naar achteren deed, was het opeens een lichtblauwe mantel die bedrieglijk echt leek, en die er zo zacht uitzag dat ik mijn vingertoppen eroverheen wilde laten glijden.

'Ken je het verhaal?' vroeg Rembrandt, en zonder op mijn reactie te wachten vertelde hij: 'Jonathan was de zoon van koning Saul, en de beste vriend van diens vijand David. Koning Saul wilde David laten doden, omdat hij hem zag als een bedreiging voor zijn troon, maar David vluchtte op tijd. Hier neemt hij voorgoed afscheid van zijn vriend Jonathan.'

Ik keek naar het schilderij, naar de wanhoop die eruit sprak, en opeens moest ik aan Abraham denken. Ik beet op mijn lip.

Rembrandt keek me onderzoekend aan. 'Wat is er?'

Ik herpakte mezelf en zei zacht: 'Ik moest aan mijn man denken. Hij is al jaren dood, maar af en toe lijkt het zo kort geleden.'

'Rouw kent geen tijd.' Rembrandt bracht zijn penseel naar het doek en tipte het haar van Jonathan bij. 'Hoe lang is het geleden dat je man stierf?'

'Acht jaar. Hij was tweeëndertig, net zo oud als ik nu ben.'

Rembrandt werkte zwijgend door. Hij zei zo lang niets dat ik aanstalten maakte om me terug te trekken, maar toen legde hij opeens zijn penseel neer.

'Wat voor God geeft eerst met gulle hand, om vervolgens alles weer terug te nemen?' zei hij zacht.

Ik ging op een krukje zitten en keek naar het schilderij. 'Ik heb me dat ook afgevraagd toen Abraham overleed. We waren nog maar net getrouwd. Een paar maanden. Waarom heeft God mijn echtgenoot zo jong weggenomen, waarom heeft Hij me niet in ieder geval één kind gegund? Dat zou me zoveel troost gegeven hebben.'

Rembrandt zweeg even en zei toen: 'Saskia en ik hebben mooie jaren gehad, maar we hebben wel drie kinderen verloren. Een zoon en twee dochtertjes. Rombertus werd maar twee maanden, mijn dochtertjes nog geen twee weken. Wat hebben we in Gods ogen verkeerd gedaan om zoveel verdriet te verdienen?'

Hij verwachtte geen antwoord, dat begreep ik wel, maar in mijn behoefte om hem te troosten zocht ik er toch naar.

'Ik denk niet dat we iets verkeerd gedaan hebben, het ís gewoon zo. Mijn vorige werkgeefster, Geertruida Beets, zei eens dat het de taak van een ouder is om kinderen te leren dat ze niet altijd hun zin kunnen krijgen. Daar worden ze geen betere mensen van. Geluk bestaat bij de gratie van ongeluk, en God wil dat we waarderen wat we wél hebben.'

Rembrandt keek me van opzij aan. 'En dat geloof jij?'

In verwarring gebracht keek ik terug. 'Ja, natuurlijk.'

'Ik niet. Ik geloof sowieso niet in God. Al heel lang niet meer.'

Nu was ik ronduit geschokt. Mijn ogen gleden naar het schilderij waar hij aan bezig was en ik vroeg: 'En die historiestukken dan? Waarom schildert u dan Bijbelse verhalen?'

'Vanwege het drama en de emoties die ik daarmee kan uitbeelden. Het is een heel rijk genre, veel dankbaarder dan een portret of een landschap.'

'Maar... je kunt toch niet helemáál niet in God geloven?'

'Je kunt ook niet een beetje geloven,' zei Rembrandt. 'Als Hij wil dat ik mijn geloof terugkrijg, zal Hij wat beter Zijn best moeten doen.'

Het was een onderwerp waar ik liever niet te veel op doorging. Ik was ontsteld. Nog nooit had ik iemand openlijk, en zonder enige schaamte, horen zeggen dat hij niet in God geloofde. Het maakte dat ik mezelf vragen begon te stellen over mijn eigen geloof.

In het donker van de nacht vocht ik tegen de demonen van de twijfel, om bij het ochtendlicht opgelucht vast te stellen dat ik nog altijd op Hem vertrouwde.

10

De nazomer was lang en warm, en lokte Rembrandt regelmatig uit zijn werkplaats. Zodra de stadspoort openging, vertrok hij, met zijn schetsboek onder zijn arm. Dan streek hij neer aan de Amstel, of hij liep naar Diemen.

Op 22 september werd Titus één jaar. Ik nam hem mee naar de Nieuwmarkt en kocht een tol voor hem.

Zijn vader bleef de hele dag weg. Tegen etenstijd verscheen hij opeens in de keuken. Zijn grote gestalte nam een deel van het binnenvallende licht weg.

Ik keek om. 'Titus is jarig vandaag,' zei ik, op licht verwijtende toon.

'Dat weet ik.'

'Ik had iets leuks met hem willen doen.'

'Hij is één, hij heeft nog geen idee.' Rembrandt kwam binnen en schonk een kroes bier in. 'Ik was bij Saskia,' zei hij, en hij verliet de keuken weer.

Zo ging het lange tijd. Pas toen de leerlingen begonnen te klagen dat ze geen les meer kregen, bleef Rembrandt wat vaker thuis.

Op een warme middag begeleidde ik Titus bij zijn eerste stapjes in het voorhuis. Daar stonden alle tafeltjes en stoelen aan de kant en hadden we de ruimte. Bovendien scheen de zon daar niet op het huis en waren de bovenramen open, zodat het er aangenaam koel was. Ik hurkte neer, spreidde mijn armen en moedigde Titus aan. Hij zag er schattig uit met zijn roodbruine krullen, zijn donkerblauwe fluwelen jurk en de zilveren rinkelbel in zijn handje. Die had Rembrandt hem gegeven om mee te spelen, maar ook om boze geesten mee op afstand te houden.

'Kom maar bij Geertje, lieverd. Nog een stapje, nog één. Goed zo!' Titus viel in mijn armen en ik zoende hem op de wangen.

Toen ik overeind kwam zag ik Rembrandt door het ovale raam in het trappenhuis naar ons kijken.

Met snelle stappen kwam hij naar beneden en vroeg: 'Sinds wanneer kan hij dat?'

'Sinds kort. Eerst deed hij één stapje, maar nu zijn het er al drie. Helemaal los!' Ik klonk zo trots als een moeder.

Rembrandt tilde zijn zoon op en keek hem lachend aan. 'Grote jongen, goed gedaan!'

'Papa,' zei Titus, en hij greep naar zijn vaders baard.

Verrast keek Rembrandt naar mij. 'Hoorde je dat?'

Ik knikte en glimlachte.

'Zei hij dat voor het eerst?'

'Ja,' zei ik, maar dat was een leugen. Titus had al een paar keer 'papa' gezegd, wijzend naar een van Rembrandts zelfportretten, of naar de dichte deur van zijn werkplaats.

'Neeltje vertelde dat er iemand voor je aan de deur is geweest toen je naar de markt was,' zei Rembrandt. 'Je broer, geloof ik.'

'Pieter?' Mijn hart begon sneller te slaan van blijdschap. 'Waar is hij nu?'

'Ik weet het niet, vraag het haar zelf maar. Ik moet weer aan het werk.' Hij overhandigde Titus aan mij en ging de trap op.

Ik haastte me naar de binnenplaats, waar Neeltje de was stond te doen. Ze vertelde dat Pieter inderdaad aan de deur was geweest, en dat hij later terug zou komen.

'Hoe laat?' vroeg ik.

'Ik weet het niet,' zei Neeltje. 'Dat heeft hij niet gezegd.'

Aan het einde van de dag kwam Pieter terug. Neeltje en ik zaten een kroes dunbier te drinken in het voorhuis. Alleen de onderste helft van de deur was dicht, zodat de frisse lucht naar binnen kon, en opeens verscheen Pieters gezicht erboven.

Ik vloog overeind, zette mijn kroes op de stoel en haastte me de onderdeur te openen.

'Wat fijn dat je er bent! Ik was bang dat je weer naar Ransdorp was gegaan,' zei ik, terwijl ik hem omhelsde.

Hij kuste me op de wang en hield me een eindje van zich af. Zijn ernstige gezicht maakte duidelijk dat hij met een reden gekomen was, en mijn hart begon te bonzen.

'Is het... moeder?'

'Vader,' zei hij. 'Hij is een week geleden overleden. Zomaar ineens. Hij viel gewoon neer.'

'Maar... hoe kan dat? Was hij ziek?'

'Nee, hij was aan het werk. Zijn hart stopte ermee.'

Ik begon te huilen en Pieter trok me tegen zich aan. 'Hij was al aardig op leeftijd, Geertje, en hij werkte hard. Té hard. Het was te verwachten dat dit zou gebeuren.'

Pieter had het misschien verwacht, maar ik niet. Vader was altijd zo sterk en gezond geweest. Van hard werken ging je niet dood volgens hem, maar blijkbaar had hij zich daar in vergist.

Neeltje kwam het voorhuis binnen en zei dat ze meester Van Rijn op de hoogte had gesteld. Pieter was welkom voor een maaltijd en een bed.

'Ik logeer in een herberg verderop, maar de maaltijd sla ik niet af,' zei hij.

Die avond aten we met z'n vieren in het woonvertrek, en ondanks het trieste nieuws was het gezellig.

Ik sloeg Rembrandt gade terwijl hij geanimeerd met mijn broer zat te praten en voelde een golf van warmte door me heen stromen, veroorzaakt door een mengeling van verwondering en trots die ik niet goed kon plaatsen.

Pieter had nog meer nieuws: hij ging in dienst bij de VOC als scheepstimmerman, wat Rembrandt enorm interesseerde. Hij vroeg Pieter om schelpen en oosterse kleding voor hem mee te nemen en beloofde hem er goed voor te zullen betalen. Pieter was graag bereid hem dat plezier te doen, hij leek nogal onder de indruk van Rembrandt.

Toen hij opstapte, schudden de mannen elkaar langdurig de hand en spraken ze af elkaar snel weer te zien. Ik stond erbij en hoorde het aan, mijn hart licht van blijdschap.

Langzaam vorderde de herfst, met steeds kortere dagen, vol goudkleurig licht en vlammend rode bomen. Eind november sloeg het weer om en regende het dagenlang. Ik besloot de kunstkamer schoon te maken. Ik was daar nog niet eerder geweest, Rembrandt had dat niet graag, maar hij gaf toe dat het er wel erg stoffig werd. Hij drukte me op het hart voorzichtig te zijn met zijn curiositeiten en dat beloofde ik.

Ik kreeg de sleutel en ging de kamer binnen, maar na twee passen bleef ik verbluft staan. Ik bevond me in een totaal andere wereld. Er hingen indianenkostuums met verentooien, harnassen met helmen uit de vorige eeuw en wapens. Allerlei verschillende soorten wapens, van pijlen en werpspiesen tot musketten en pistolen. Die interesseerden me niet zo, maar de exotische voorwerpen wel. Opgezette, bontgekleurde vogels, roze en witte stenen, afkomstig van de bodem van een verre zee, kleurrijke stoffen en glanzend lakwerk, merkwaardige muziekinstrumenten zoals citers en neusfluiten, het was te veel om te bevatten. Opeens begreep ik waarom Rembrandt zo geïnteresseerd was in Pieters reizen voor de VOC, en waar zijn geld naartoe was gestroomd. Hij moest heel wat boedelveilingen hebben afgelopen om deze collectie bijeen te brengen, en het moest een kapitaal hebben gekost.

Voorzichtig maakte ik de kamer schoon, waarbij ik ervoor waakte dat ik niets omstootte. Toen ik klaar was kwam ik Rembrandt tegen op de gang.

'Kom eens mee,' zei hij.

Ik volgde hem naar de schilderkamer, en hij wees naar een krukje. Gehoorzaam ging ik zitten. Hij keek even naar me, deed me een ketting met rode kralen om en keek weer.

Ik lachte, een beetje ongemakkelijk, maar hij lachte niet terug. Zijn blik ging naar het doek, en ik besefte dat hij niet mij zag maar het schilderij dat al in zijn hoofd zat.

'Kijk maar schuin weg,' zei hij. 'Een beetje naar beneden, zo ja. Niet lachen.'

En toen schilderde hij me, met snelle halen, alsof het niet te lang mocht duren, of omdat hij zo lang mogelijk gebruik wilde maken van het wegstervende licht.

Ik wilde een goed model zijn en bleef doodstil zitten, ook al kreeg ik pijn in mijn rug en jeukte mijn wang.

Elke keer als hij naar me keek, voelde ik een tinteling door me heen gaan en knipperde ik nerveus met mijn ogen. Hij zei er niets van, misschien viel het hem niet op of stoorde hij zich er niet aan.

Even abrupt als hij begonnen was, hield hij ook weer op. 'Dank je,' zei hij.

Ik probeerde te zien wat hij had gemaakt, maar hij zette het doek met de afbeelding naar de muur gekeerd weg.

'Het is nog niet af,' zei hij. 'Als het af is, krijg je het.'

Een week later gaf hij me het doek. Ik bekeek het lange tijd, maar wist niet goed wat ik ervan moest vinden. Het was ontegenzeggelijk een goed geschilderd portret, alleen stond ik er zo bleek en vermoeid op. Zag Rembrandt me zo?

Toch was ik er blij mee. Hij had me geschilderd! Mij!

11

Half december werden we verrast door het invallen van de winter. Toen ik 's morgens opstond, waren de straten, daken en brugleuningen bedekt met een laagje sneeuw. Ik gaf Titus te eten, deed hem zijn warmste broekje en overjurk aan en droeg hem de trap af. In het voorhuis kwamen we Rembrandt tegen.

'Jullie gaan toch hoop ik niet naar buiten?' vroeg hij met een frons.

'Jawel. Er ligt sneeuw, dat is toch leuk?'

'Ben je gek geworden? Straks vat hij nog kou!'

'Hij heeft warme kleren aan, en er is geen vuile damp. De lucht is blauw en het vriest. Dat is gezond weer,' zei ik.

'Sneeuw is koud en nat. Als Titus erin valt worden zijn kleren ook nat en dan kan hij ziek worden. Hij blijft binnen.'

Ik legde mijn hand op Rembrandts arm. 'Ik begrijp je bezorgdheid, maar je kunt je zoon niet opsluiten. Hij moet spelen, buiten zijn. Er zijn heel veel kinderen op straat.'

Rembrandt zei niets. Door de glas-in-loodramen was het

gejoel van de jeugd duidelijk hoorbaar. Hij wierp een blik door het venster, keek naar zijn warm ingepakte zoon en zei: 'Eventjes dan. Maar als hij nat is, neem je hem meteen mee naar binnen.'

Ik knikte en droeg Titus naar de deur, voor Rembrandt zich zou bedenken. Op het besneeuwde bordes zette ik Titus neer. Verbaasd bleef hij staan. Meer dan een paar pasjes kon hij nog niet zetten, en toen hij een stap deed, keek hij verrukt hoe zijn laarsjes wegzonken.

Met de kleine jongen aan de hand liep ik een stukje de Breestraat in, waar mensen en paarden zich een weg zochten door de witte massa. In het midden van de straat begon het al groezelig te worden door paardenvijgen en onderliggende modder, die door de sneeuwlaag heen kwam, maar dichter bij de huizen was hij nog ongerept.

Titus vond het prachtig. Met grote, verbaasde ogen schuifelde hij door dat vreemde goedje, en hij lachte en wees toen hij een hond met zijn snuit door de sneeuw heen zag gaan. Ik maakte een sneeuwbal en legde die in zijn hand.

'Gooi maar.'

Titus gooide hem naar me toe en ik deed alsof ik schrok en bijna viel. Hij schaterde het uit en bukte om zelf een sneeuwbal te maken. Ik hielp hem, en zag intussen Samuel naar buiten komen.

Onmiddellijk begon ik hem te bekogelen, tot ik zijn gezicht zag. Ik liet een net gemaakte sneeuwbal vallen en liep met Titus aan de hand naar hem toe. Onderzoekend keek ik hem aan. 'Samuel, wat is er? Heb je gehuild?'

Hij lachte schutterig, zoals een jongen van zijn leeftijd kan doen, en hij veegde over zijn gezicht en schudde zijn hoofd.

'Wat is er aan de hand? Wat doe je hier?' vroeg ik.

'Niets. Ik moet even wat frisse lucht hebben.'

Zijn stem klonk wat schor en ik pakte zijn arm. 'Laten we een stukje lopen.'

Samuel droeg Titus en we wandelden de Breestraat uit, in de richting van de stadspoort.

'Het valt niet altijd mee om leerling te zijn van meester Van Rijn,' zei hij. 'Ik weet echt wel dat het een voorrecht is en ik leer ook ontzettend veel van hem, maar...' Hij zweeg en wendde zijn gezicht af, waarschijnlijk om opkomende tranen te verbergen.

'Ik weet dat hij veeleisend is, ik hoor hem soms uitvallen tegen jullie. Maar niet alleen tegen jou.'

'Dat weet ik, we krijgen allemaal onze portie. Maar op sommige dagen kan ik er wat minder goed tegen.'

'Wat is er vandaag dan?'

Hij haalde zijn schouders op. 'Ik ben gewoon een beetje somber. Het is de sterfdag van mijn vader en ik zou nu graag thuis willen zijn.'

'Dat begrijp ik. Had je een goede band met je vader?'

Samuel had maar een klein duwtje nodig om over zijn familie te beginnen. Door de liefde waarmee hij sprak over zijn ouders, drie broers en vier zussen begreep ik waarom hij het moeilijk had, zo helemaal alleen in Amsterdam.

Intussen hadden we de stadspoort bereikt en liepen we naar buiten. Op het dijkje bleven we staan. We keken naar het besneeuwde ommeland en vielen stil.

'Dit zou ik willen schilderen,' zei Samuel. 'Dat zuivere,

pure landschap, die bleke lucht, het kerktorentje in de verte... Is dat Diemen?'

'Volgens mij wel.'

'Het is mooi hier. Bijna net zo mooi als bij Dordrecht.'

'Sneeuw is overal wit,' zei ik, en daar moest hij om lachen.

'Laten we maar eens teruggaan.' Samuel tilde Titus wat hoger op zijn arm en keek naar zijn gezichtje. 'Deze jongeman krijgt een aardig rode neus. Tijd om de warmte op te zoeken.'

We keerden om, liepen de stad weer in en praatten verder. Samuel vroeg naar mijn familie en wilde weten hoe ik in Amsterdam terechtgekomen was. Ik vertelde en voor we het wisten waren we weer thuis. Terwijl we in het voorhuis de sneeuw van onze schoenen stampten, klonken er driftige voetstappen op de trap en even later kwam Rembrandt met grote passen op ons af. Hij tilde zijn zoon op en schreeuwde me toe waar ik in godsnaam mee bezig was, zo lang met dat kind naar buiten, moest Titus soms ziek worden, moest hij opnieuw een kind verliezen, had ik geen verstand?

Met stomheid geslagen keek ik van Rembrandt naar Titus, die met zijn frisse, blozende wangen het toonbeeld van gezondheid was. Ik kreeg de kans niet iets tegen Rembrandts tirade in te brengen, en probeerde het ook niet. Samuel sloop weg, en ik wachtte tot Rembrandt uitgeraasd was. Hij kalmeerde pas toen Titus begon te huilen.

'Kijk, hij voelt zich helemaal niet lekker,' snauwde hij me toe.

'Ik denk eerder dat hij huilt omdat zijn vader in zijn oor staat te schreeuwen,' zei ik, terwijl ik vastberaden het kind van hem overnam. 'We zijn helemaal niet zo lang buiten geweest, en Titus vond het prachtig. Hij was goed ingepakt, hij had het niet koud. En nu ga ik warme melk met anijs voor hem maken.'

Zonder op een reactie te wachten, liep ik met Titus naar de keuken, ogenschijnlijk heel kalm. Maar mijn handen trilden toen ik hem in zijn kinderstoel zette, en mijn stem beefde terwijl ik tegen het jongetje babbelde.

Ik had even geen zin om Rembrandt onder ogen te komen, en toen Titus zijn melk op had nam ik hem mee naar zolder. Daar lag nog wat oud speelgoed dat vroeger van Saskia was geweest.

De zolderverdieping strekte zich uit over de hele lengte en breedte van het huis, en kreeg zijn licht van twee dakramen. Ik rommelde wat tussen de opgeslagen spullen en kalmeerde langzaam. Titus drentelde wat rond en wees van alles aan.

'Ja, een spinnewiel,' zei ik. 'En dat is een blaasbalg, maar die is kapot zo te zien. Geen idee waarom je vader die bewaart, er ligt hier al troep genoeg. Wat hebben we hier?'

Ik trok een hobbelpaard tussen de manden en kisten uit, veegde het stof eraf en zette Titus erop. Dat vond hij leuk. Terwijl hij hobbelde, trok ik een kist die ik net had verplaatst naar me toe. Het was een mooi exemplaar, gemaakt van sierlijk gesneden eikenhout en voorzien van zwaar ijzerbeslag.

Ik hurkte erbij neer en opende hem. Er zaten kinderkleertjes in, hemdjes, broekjes en mutsjes van zuigelingen. Die moesten van Rombertus en de twee Cornelia's zijn geweest.

Ik liet de kledingstukken een voor een door mijn handen gaan en zag de kinderen voor me, hoorde hun huiltjes en kreetjes.

Zou ik ooit een kind krijgen? Zou ik de beproeving van een bevalling een keer doorstaan, om er daarna in bedekte termen met andere moeders over te kunnen praten? Zou ik ooit weten hoe het is om een kind in je te dragen, te baren en die overweldigende liefde te voelen?

Ik vreesde van niet en ik troostte me met de gedachte dat me dan veel pijn en zorgen bespaard zouden blijven, om maar te zwijgen van het risico van sterven in het kraambed.

'Pa!' riep Titus.

Ik draaide me naar hem toe en glimlachte. 'Mooi hè? Zullen we het paard mee naar beneden nemen?'

Hij strekte zijn armpjes naar me uit en ik tilde hem op, hield hem dicht tegen me aan en legde mijn wang tegen zijn krullen. Ik droeg hem de trap af en vroeg Barent, die net voorbijliep, of hij het hobbelpaard wilde pakken. Dat deed hij, en hij zette het neer in het woonvertrek, bij het haardvuur.

Terwijl Titus enthousiast hobbelde en ik wat verstelwerk deed, kwam Rembrandt binnen. Hij oogde gehaast, alsof hij iets zocht, maar toen hij zijn zoon zag, stond hij stil en keek naar hem.

'Ik vond het op zolder,' zei ik. 'Dat hobbelpaard. Het is toch wel goed dat ik het naar beneden heb gehaald?'

'Ja,' zei Rembrandt. 'Ja, natuurlijk. Het is nog van Saskia geweest, ze wilde het bewaren voor onze kinderen.'

Hij hurkte bij Titus neer en bewoog het paard voor hem heen en weer. Na een tijdje had Titus er genoeg van, en Rembrandt tilde hem eraf. Met zijn zoon op zijn arm draaide hij zich naar mij om.

'Je zorgt goed voor hem, Geertje,' zei hij. 'Dank je.'

Die eerste winter in het huis aan de Breestraat was een strenge, en net als veel Amsterdammers trokken we ons steeds meer terug. Binnen was het warm en behaaglijk, daar leefden we, als dieren in een hol, wachtend op het voorjaar. In het voorhuis was het koud, maar in de zijkamer verspreidde een fel haardvuur altijd een aangename warmte. Het winterlicht wierp een bleek schijnsel op de schilderijen, die al maanden onverkocht aan de muur hingen.

Rembrandt was onafgebroken in zijn werkplaats te vinden, waar het turfvuur in de haard en de gietijzeren kachels brandde. Er heerste een serene rust, af en toe doorbroken door het zachte gemompel van de leerlingen als ze overlegden over een probleem, of door de stem van Rembrandt, die hen instrueerde.

'Maak het licht op haar gezicht iets krachtiger, Samuel. Het komt van buiten, van de zon, niet van een kaars.'

Wanneer ik in de schilderkamer was, ving ik weleens wat op waar ik zelf ook van leerde. Een tekening gemaakt met krijt of houtskool fixeerde je met rijstwater of vijgenmelk. Verf kocht je niet in de winkel, maar moest je zelf maken. Ik werd er regelmatig op uitgestuurd om de grondstoffen ervoor te kopen: gemalen glas, edelstenen en lakken. Die laatste werden gemaakt van de schildjes van kevers, en van planten.

Rembrandt droeg me zelfs op om op straat paardenvijgen te verzamelen. Eerst dacht ik dat hij een grapje maakte, tot hij uitlegde dat hij ze, samen met lood en azijn, nodig had om loodwit van te maken.

De verven moesten worden fijngewreven, en de kleuren hadden prachtige namen, zoals karmijnrood, chromaatgeel, kobaltblauw, siennabruin en cremserwit.

Treuzelend met de turfmand keek ik wat Rembrandt en de jongens schilderden, nog altijd overdonderd door hun talent. Ik kon gewoon niet begrijpen hoe iemand met niets dan een penseel en wat verf zo'n realistische weergave van de werkelijkheid kon maken.

Soms, heel vroeg in de ochtend of 's avonds laat, had ik de schilderkamer voor mezelf. Dan nam ik plaats achter Rembrandts ezel en liefkoosde ik zijn spullen, aangestaard door Saskia. Haar portretten hingen door het hele huis, ze was overal, volgde mij met haar ogen.

In het begin maakte ze me zenuwachtig, maar na een tijdje trok ik me niet meer zoveel van haar aan. Zij was dood, en ik leefde. Rembrandt had van haar gehouden, maar op een dag zou hij ontdekken dat je opnieuw kon liefhebben.

Op een sombere wintermiddag deed ik iets wat ik al heel lang wilde doen. Rembrandt was boven, verdiept in zijn werk, en ik verwachtte hem de eerste uren niet beneden.

In het zachte grijs van de invallende schemering doorzocht ik Saskia's kledingkist, die in een hoek van het woonvertrek stond. Ik knielde erbij neer, opende hem en ademde haar geur in. Daar lagen de kledingstukken die haar tijdens haar leven omhuld hadden. Een voor een haalde ik ze tevoorschijn. Kanten kapjes, zijden kousen en losse mouwen in diverse kleuren gingen door mijn handen. Ik legde ze opzij en streelde het zilverbrokaat van de japon die eronder lag, bewonderde de afwerking met delicaat kant. Ik haalde de japon uit de kist en mijn oog viel op nog meer spierwit kant, van kragen en handschoentjes.

Stuk voor stuk hield ik ze voor me, bewonderde ze, rook eraan. Hoe zou het voelen, die zachte stof op je huid?

Voor ik het wist was ik opgestaan en knoopte ik de veters van mijn zwarte onderzieltje los en deed de mouwen af. Ik trok mijn rode schortelrok uit, liet hem op de plankenvloer vallen en stapte in de wolk van zilverbrokaat. Ik verwisselde mijn eenvoudige linnen muts voor een kanten kapje en trok een paar met pareltjes bestikte handschoenen aan.

Alles paste. Saskia was iets langer dan ik, maar we hadden ongeveer hetzelfde postuur. Hetzelfde ronde gezicht ook, dat was me al eerder opgevallen.

In de weerspiegeling van het raam zag ik haar staan. Ik wist dat ik het zelf was, en toch lieten mijn ogen zich even bedriegen. Het was alsof er een geest op de binnenplaats zweefde, vlak voor het venster, die naar binnen keek en mij aanstaarde.

Ik staarde terug, mijn hand gleed over de zachte stof, waar een prettige geur uit opsteeg. Langzaam deed ik een paar stappen naar het raam toe. Met een licht gevoel in mijn hoofd bestudeerde ik het gezicht dat terugkeek. *Saskia.*

Voetstappen op de trap haalden me terug naar de werkelijkheid. Ik schrok en luisterde. Dat kon Rembrandt niet zijn, niet op dit uur. Maar het klonk wel zo. Het was zijn manier van lopen, zwaar en bedaard, vermoeid zelfs. Heel anders dan de lichte, snelle stappen van de leerlingen, die meestal bijna de trap af víélen.

Gejaagd zochten mijn vingers de sluiting van de japon, vochten met de rijgveters, die hopeloos verstrikt raakten. Ik had niet genoeg tijd om alles uit te trekken en netjes op te bergen, dat begreep ik wel, en toch probeerde ik het, biddend dat de voetstappen verder naar beneden zouden gaan, naar de keuken.

Even leek het daarop, ze verwijderden zich en het suizen van het bloed in mijn oren nam iets af. Om met hernieuwde kracht te pulseren toen de voetstappen, opeens snel, in de richting van het woonvertrek kwamen. Ik had de deur op slot moeten doen, waarom had ik daar niet aan gedacht?

Als verlamd wachtte ik op het onvermijdelijke moment, ik telde de seconden voor de deur zou openzwaaien.

Toen dat gebeurde had de spanning zich zo opgebouwd dat het me duizelde.

Rembrandt bleef in de deuropening staan en keek naar me. Mijn hartslag vloog omhoog, mijn wangen gloeiden.

Hij zei niets, keek alleen maar, en ook ik zweeg. Er schoten me geen woorden te binnen, niets wat ik kon zeggen om de situatie te verklaren. Het enige wat ik kon doen was blijven staan en zijn reactie afwachten.

Die kwam niet. Hij staarde me alleen maar aan, in totale verbijstering. Ik verroerde geen vin, verstijfd van angst als ik was. Het lukte me niet om me los te maken van zijn blik, die leek te branden.

Mijn ademhaling ging wat sneller, woorden tuimelden door mijn hoofd, en net toen ik de loodzware stilte wilde doorbreken, liep Rembrandt langzaam het vertrek in.

Er was iets veranderd in zijn gezicht, een licht knijpen van zijn ogen, een trek om zijn mond die ik nog niet eerder had gezien. Hij liep recht op me af en pakte me bij de arm. Even dacht ik dat hij de jurk van mijn lijf zou rukken, tot hij me naar zich toe trok.

Ik was nog nooit zo dicht bij hem geweest, de terpentijnlucht die om hem heen hing verstikte me bijna, maar ik protesteerde niet toen hij me kuste.

Het kwam niet in me op om tegenwerpingen te maken, zelfs niet toen hij me in de richting van de bedstee dreef. Ik wist dat ik op het punt stond mijn eer en aanzien te verliezen, misschien wel zwanger te raken, maar het maakte me niet uit. Dat had ik er allemaal voor over, zelfs al zou ik maar één keer het bed met hem delen. Op het moment dat onze monden elkaar raakten en ik zijn handen op mijn huid voelde, wist ik dat ik van Rembrandt hield. Anders dan van Abraham, onzekerder, maar even vurig.

In de bedstee waar hij Saskia had liefgehad, waar zij hun kinderen had gebaard en waar ze gestorven was, hadden we elkaar lief. Ik bleef mezelf eraan herinneren dat hij niet met mij de liefde bedreef, maar dat gaf niet. Het voelde goed om begeerd te worden.

Na afloop kleedde hij zich aan en ging weer aan het werk, terwijl ik Saskia's kleding netjes opborg. Daarna daalde ik af naar de keuken en begon ik aan het eten. Tijdens de maaltijd spraken we met geen woord over wat er net gebeurd was.

Ook de volgende dag verliep zoals anders, maar toch was er iets veranderd.

Iets onnoembaars, dat besloten lag in een blik of een glimlachje. Het vervulde me van blijdschap en trots dat ik erin geslaagd was tot hem door te dringen.

Ik besefte natuurlijk wel dat er twee Rembrandts waren, en dat ik die van Saskia nooit zou kunnen krijgen, maar dat maakte niet uit. Het deed er ook niet toe dat Rembrandt niet het soort man was op wie ik normaal gesproken viel, daar trok mijn gevoel zich niets van aan. Het zwiepte alles wat ik van de liefde dacht te weten aan de kant en liet me iets heel anders zien. Iets wat me onweerstaanbaar aantrok en beangstigde tegelijk.

12

Vanaf dat moment bleven we elkaar opzoeken. Tussen het schilderen door, met de grendel op de deur van het woonvertrek, en 's avonds, als de leerlingen naar hun huurkamers elders in de stad waren.

Neeltje was natuurlijk een van de eersten die het in de gaten kreeg. Ze onthield zich van commentaar, en ik voelde me niet verplicht om haar tekst en uitleg te geven. Ze gedroeg zich hetzelfde als altijd, zonder enige afkeuring in haar houding, en dus nam ik aan dat het haar onverschillig liet.

Natuurlijk merkten ook de leerlingen dat de relatie tussen Rembrandt en mij veranderd was, en daarmee mijn positie. Als ze daar al hun gedachten over hadden, dan bleek dat nergens uit. Op een middag begon ik er zelf voorzichtig over tegen Carel.

'Weet je, Geertje,' zei hij, zonder te stoppen met schilderen, 'zoals ik het zie heb je meester Van Rijn voor de rand van de afgrond weggetrokken. Dat komt onze schilderlessen ten goede, dus ik heb de jongens erop gewezen dat ze je dankbaar mogen zijn. Sowieso is het jullie zaak, en van niemand anders.'

'Dat is waar, maar toch. Saskia is nog maar zo kortgeleden gestorven. De mensen zullen erover praten als ze erachter komen.'

'Ze praten al over je vanaf het moment dat je Saskia's plaats in de winkel overnam. Mensen roddelen altijd, daar doe je niets aan.'

'Over míjn naam maak ik me niet druk, ik ben wel wat gewend. Maar ik wil niet dat het Rembrandts goede naam schaadt.'

Carel schoot in de lach. 'Meester Van Rijn maakt zich niet zo druk om dat soort dingen.'

'We hebben nieuwe opdrachten nodig, Carel. De enige inkomsten die we momenteel hebben is het leergeld dat jullie betalen.'

'Maak hem gelukkig.' Carel liet zijn penseel zakken en keek me indringend aan. 'Als hij gelukkig is, komt alles vanzelf goed.'

Op een frisse voorjaarsdag in 1643 stond er een jongeman in een wijnrode mantel, een zwarte kuitbroek en schoenen met zilveren gespen voor de deur. Hij vroeg naar Rembrandt.

Ik had geleerd Rembrandt niet voor ieder wissewasje te storen, dus ik vroeg eerst wat hij wilde bespreken.

'Ik wil hem gedag zeggen,' zei de jongeman. 'We hebben elkaar twee jaar niet gezien, ik was op reis. Zeg maar dat Jan Six er is.'

Die naam kende ik, Rembrandt had het weleens over hem

gehad. De familie Six had fortuin gemaakt met de ververij en lakenhandel. Rembrandt had een portret van Anna Six geschilderd en was op die manier in contact gekomen met haar zoon Jan. Ook al was Jan twaalf jaar jonger dan Rembrandt, de twee mannen konden het goed met elkaar vinden.

Ik riep Neeltje en vroeg haar Rembrandt te halen. Daarna wendde ik me tot Jan Six, die vol belangstelling naar de schilderijen om hem heen stond te kijken.

'Wilt u iets drinken?' vroeg ik, terwijl ik naar de marmeren wijnkoeler in de zijkamer liep.

'Graag.' Jan bleef voor een van de schilderijen staan, en zonder zijn ogen van het werk los te maken, zei hij: 'Dit is werkelijk schitterend.'

Ik kwam terug met een glas wijn en overhandigde het hem.

'Dank u.' Hij nam me een paar seconden op. 'En u bent...'

'Geertje Dircx.' Ik maakte een knicksje, maar zonder mijn ogen neer te slaan, zoals een dienstmeid zou doen. 'Ik ben hier om voor Titus te zorgen.'

Jans ogen dwaalden naar het portret van Saskia en er verscheen een sombere uitdrukking op zijn gezicht.

'Ik heb het gehoord,' zei hij zacht. 'Wat een enorme schok moet dat voor hem geweest zijn. Saskia was zijn grote liefde, ze was álles voor hem.'

'Ja,' zei ik.

'Hebt u haar gekend?' vroeg Jan, maar voor ik antwoord kon geven dreunden er voetstappen op de trap en even later kwam Rembrandt het voorhuis in. 'Jan!' Met uitgestoken hand liep hij naar zijn vriend toe.

Jan greep zijn hand en schudde die langdurig.

'Wat goed om je weer te zien. Dat heeft veel te lang geduurd,' zei Rembrandt. 'Ik zie dat Geertje al voor iets te drinken heeft gezorgd. Kom, laten we gaan zitten.'

Ze liepen druk pratend, elkaar op de schouder kloppend, naar het woonvertrek en installeerden zich aan de tafel, dicht bij het haardvuur. Ik haalde ook voor Rembrandt een glas wijn en verdween naar de keuken om olijven, kaas en mosselen te halen. Toen ik alles had neergezet, pakte Rembrandt me bij de pols en keek me een paar tellen recht in de ogen.

'Dank je,' zei hij toen, en liet me weer los.

Met een glimlach op mijn gezicht liep ik door. Voor ik de deur achter me sloot, zag ik Jan aandachtig naar me kijken.

Vanaf dat moment kwam Jan bijna dagelijks langs. Vol enthousiasme vertelde hij over zijn reis naar Italië, over de prachtige steden, de vrouwen, de manier van leven en over de vele kunstvoorwerpen die hij had aangeschaft. Net als Rembrandt had Jan een diepe liefde en bewondering voor de klassieke oudheid.

Vanaf onze eerste ontmoeting mocht ik Jan graag. Net als Rembrandt stoorde hij zich niet aan conventies en ging hij zijn eigen gang. Hij behandelde me vriendelijk en hoffelijk, bijna als een gelijke. Wanneer Rembrandt druk aan het werk was, maakte hij een praatje met mij en bekeken we de schilderijen in de winkel.

Meestal kocht hij wel iets, een tekening of schets die Rembrandt tijdens zijn omzwervingen door het ommeland van Amsterdam had gemaakt, en uiteindelijk ook een groot historiestuk. Dankzij Jan kwam er weer geld binnen, wat zeer welkom was. Maar belangrijker was dat zijn steun de ban van Rembrandt enigszins ophief.

Dat Rembrandt zich de afgelopen jaren niet erg geliefd had gemaakt in Amsterdam had ik wel begrepen, maar hoe erg het was besefte ik later pas. Er leek geen mens te zijn, op Jan Six na, met wie hij geen ruzie had gehad, en dat hij nog leerlingen had dankte hij aan zijn genialiteit, die maakte dat zijn lompe gedrag en opvliegende karakter hem vergeven werden.

Rembrandt was niet erg goed in het onderhouden van vriendschapsbanden. Met de familie van Saskia had hij weinig contact, maar ook zijn eigen bloedverwanten in Leiden zag hij zelden of nooit.

En toch... Saskia had van hem gehouden, en ook ik had een andere kant van hem meegemaakt. Wij hadden de man gekend die geen bedelaar voorbijliep zonder hem een aalmoes te geven, en die portretten maakte die getuigden van zoveel empathie dat het moeilijk was om de verschillende kanten van zijn persoonlijkheid te verenigen.

Voor mij was hij altijd goed en vriendelijk, naar ik hoopte omdat hij op me gesteld was, en misschien wel meer. Maar ik begreep dat hij me ook nodig had, voor Titus. Het huishouden kon iedereen doen, maar mijn band met zijn kind maakte me onmisbaar.

Hij had de gewoonte ontwikkeld om mensen die geld van hem tegoed hadden te betalen met schilderijen en etsen, zelfs met werk dat hij nog moest maken en dat hij door tijdgebrek constant uitstelde. Het dreef me af en toe tot wanhoop als ik zag dat hij bij een boedelveiling weer allerlei curiositeiten had aangeschaft terwijl er nog een hele stapel onbetaalde rekeningen in het kantoortje lag. Maar ik kon er niets van zeggen, het was mijn zaak niet.

Ik sliep nog altijd in de bedstee in de keuken, al had ik net zo goed bij Rembrandt in het woonvertrek kunnen slapen, zo vaak deelde ik het bed met hem. Onze relatie bleef lange tijd geheim voor de buitenwereld. Ongehuwd samenwonen was bij de wet verboden, er stond een flinke geldboete op en, als je je leven niet beterde, zelfs verbanning. Wie tot de gereformeerde kerk behoorde kon op uitsluiting rekenen, maar Rembrandt hoorde bij geen enkele geloofsgemeenschap, dus dat interesseerde hem niet.

'Ik bepaal zelf wel hoe ik leef,' zei hij altijd.

Voorlopig liet de kerkenraad mij met rust. Er was geen bewijs van zondig gedrag, en dus kon men niets beginnen.

Op een dag zou Rembrandt me ten huwelijk vragen, dat wist ik zeker. Een jaar na Saskia's sterfdag, waarschijnlijk, dat zou netjes zijn. Tot die tijd was hij voor de buitenwereld meester Van Rijn en ik Titus' kindermeid.

Hiskia kwam op bezoek. Ze had een brief geschreven waarin ze liet weten dat ze eind april een aantal dagen in Amsterdam moest zijn, en dat ze bij die gelegenheid haar familie wilde bezoeken. De broer van haar overleden echtgenoot Gerrit woonde in Amsterdam en ze zou bij hem logeren. Ze wilde Titus graag zien. De lange, strenge winter had haar ervan weerhouden om vanuit Friesland naar Amsterdam te komen, en ze nam aan dat haar neefje wel flink gegroeid zou zijn.

'Goddank vraagt ze niet of ze hier kan logeren,' zei Rembrandt, terwijl hij de brief op tafel legde. 'Het is een goede vrouw, en ze heeft veel voor Saskia gedaan, maar ze is een enorme bemoeial.'

'Vond Saskia dat ook?' vroeg ik.

'Saskia was het gewend. Ze is op haar twaalfde wees geworden en daarna in huis gekomen bij Hiskia en Gerrit. Ze beschouwde hen als haar tweede ouders, Gerrit was haar voogd. Maar ook nadat ze met mij getrouwd was bleven ze haar betuttelen en zich met onze zaken bemoeien. Het is dat ze in Friesland woonden en niet iedere dag binnen konden lopen, anders hadden ze dat zeker gedaan.'

'Waar bemoeiden ze zich dan mee?'

'Onze uitgaven. Ze vonden dat we te royaal leefden, te veel geld uitgaven aan luxe.'

Daar hadden Hiskia en Gerrit waarschijnlijk gelijk in, maar ik hield die gedachte voor me en schudde meelevend mijn hoofd.

Ik wist niet goed wat ik van Hiskia moest denken. Ze was veertig jaar, maar ze zag er een stuk ouder uit, met een wrevelige trek om haar mond. Ze mocht dan rijk zijn, het leven was hard voor haar geweest. Haar ouders waren overleden toen ze nog vrij jong was, begin twintig, en van het grote gezin waaruit ze kwam waren nog maar één broer en één zus in leven. Vooral het verlies van Saskia moest haar veel verdriet gedaan hebben. De rouw was zichtbaar in de kromming van haar rug, haar gebogen schouders en in de uitgebluste uitdrukking in haar ogen.

Toch voelde ik geen medelijden met haar toen we tegenover elkaar stonden. De taxerende, wantrouwige blik waarmee ze me opnam beviel me al meteen niet. Ze groette me niet, keek me alleen maar aan. Ik maakte geen knicksje en ik keek terug, blij dat we even groot waren.

Titus hield mijn hand vast en verborg zijn gezicht in mijn rok toen zijn tante vooroverboog en haar armen spreidde om hem te begroeten.

'Hij is wat eenkennig,' zei ik. 'Dat hebben alle kinderen op deze leeftijd.'

Hiskia reageerde kortaf. 'Dat hoef je mij niet te vertellen, ik heb zelf kinderen.'

Ik haalde mijn schouders op en nam Titus mee naar de keuken. Hiskia liet ik aan Rembrandt over, die net het voorhuis binnenkwam.

Even later kwam hij Titus halen zodat die tijd kon doorbrengen met zijn tante. Ik koos ervoor in de keuken te blijven terwijl Rembrandt in het woonvertrek met zijn schoonzus bijpraatte. Neeltje bracht hun wat te eten en te drinken.

'Waar hebben ze het over?' vroeg ik toen ze terugkwam.

'Over Saskia's testament. En over jou.'

'Over mij?'

'Mevrouw heeft iets opgevangen van de roddels die door de stad gaan. Ze vroeg meneer of hij iets met jou had.'

'En, wat zei hij?' vroeg ik, toen Neeltje me veelbetekenend bleef aankijken.

'Dat het haar niets aanging.'

Ik fronste mijn wenkbrauwen, want in feite had Rembrandt daarmee onze relatie bevestigd.

'Ik weet niet of iedereen het gelooft, van jullie,' zei Neeltje.

'De mensen weten hoeveel meester Van Rijn van mevrouw Saskia hield. Ze nemen die praatjes niet zo serieus.'

Ik wist precies wat de mensen dachten, en dat was hetzelfde als Hiskia: natuurlijk maakte een gezonde, sterke man van zevenendertig gebruik van alles wat zijn kindermeisje bereid was te geven. Dat was geen relatie maar vleselijke lust, niemand die zich daar druk over maakte.

Hiskia had daar ook vast geen problemen mee, maar blijkbaar deed ze een verdieping hoger, recht boven mij, wel haar best om erachter te komen of haar zusters plaats was ingenomen door een andere vrouw.

Tot mijn opluchting kreeg ik haar niet meer te zien. Ruim voor het eten vertrok ze, en 's avonds zat ik als vanouds met Rembrandt en Neeltje aan tafel. Rembrandt vond het hoogmoedig, en typisch iets van regenten, om bedienend personeel apart te laten eten. Toen Saskia nog leefde had de toenmalige meid, en later Neeltje, ook bij hen aan tafel gezeten, had ik van Neeltje gehoord.

Dat kon ik waarderen, maar deze avond had ik liever alleen met Rembrandt gegeten, want ik brandde van verlangen om het over Hiskia's bezoek te hebben.

Neeltje, schrander als ze was, begreep dat en zodra we klaar waren liet ze ons alleen. Tot mijn teleurstelling had Rembrandt echter een zwijgzame bui. Meer dan 'Ik heb gezegd dat er niets aan de hand is' kwam er niet uit, en ten slotte hield ik er maar over op.

13

Weken gingen voorbij. Het werd juni, en naarmate Saskia's sterfdag dichterbij kwam, raakte Rembrandt steeds meer in zichzelf gekeerd. Ik was niet bij machte hem uit zijn neerslachtige stemming te halen, en ik liet hem met rust. Rouw laat zich niet overhaasten.

Maar ik maakte me wel zorgen, want hij vroeg me ook niet meer in zijn bed en besteedde weinig aandacht aan me. Elke dag ging hij naar buiten, de stad uit, en dan bleef hij uren weg. Wanneer hij terugkeerde rook hij naar gemaaid gras en frisse lucht, en dan was hij wel stil, maar niet meer zo somber.

Eind juli kwam hij opeens voor me staan en zei: 'We gaan een paar dagen weg.'

Met mijn arm vol gestreken linnengoed keek ik verbaasd naar hem op. 'Waarnaartoe?'

'Waar je maar wilt. Hoorn? Edam? Zijn daar mensen die je graag wilt opzoeken?'

Ik was ontzettend blij dat hij samen een paar dagen op stap wilde, maar ik koos niet voor Hoorn of Edam. Na de dood van mijn vader was mijn moeder verhuisd naar Ransdorp, dicht bij Pieter en zijn gezin. Dicht bij Amsterdam ook. Ongetwijfeld hoopte ze dat ik haar een keer zou komen opzoeken, maar daar was nog niets van gekomen. Ik wilde graag naar Ransdorp.

'Dat is niet zo ver weg, wat met Titus wel fijn is,' zei ik. 'We kunnen op één dag heen en weer. Als we 's morgens vroeg weggaan...'

'We blijven er overnachten. Dat dorp heeft vast een herberg. Ga maar pakken, morgen vertrekken we.'

Ik wist niet waar deze omslag in zijn gemoedstoestand door kwam, maar ik dacht er ook niet te lang over na, opgewonden en blij als ik was over ons uitstapje. Het betekende veel meer dan een paar dagen weg, voor het eerst trad Rembrandt met mij naar buiten. Het was een aankondiging. Er was een jaar verstreken sinds Saskia's dood en ook al treurde hij nog steeds om haar, hij was ook klaar voor een nieuw leven.

Hij ging me ten huwelijk vragen.

Ik stond gebogen over de reismanden, die ik in de bedstee had gezet om ze te vullen met kleding die mee moest, en richtte me op. Mijn huid begon te tintelen. Was dat mogelijk, zou hij dat van plan zijn?

Ik liet mijn blik door het woonvertrek glijden, van de prachtige schouw met de zandstenen leeuwen naar de ebbenhouten tafel en de stoelen met dure, groene bekleding, en verder, naar de linnenkast en de glas-in-loodramen die het binnenvallende licht braken en een mozaïek van kleuren over de vloer verspreidden.

Dit was mijn huis. Vanaf de eerste dag, toen ik Rembrandt ontmoette en hoorde dat zijn vrouw niet lang meer te leven had, wist ik dat deze plek mijn bestemming was en later kreeg ik voorzichtig de hoop dat ik hier ooit de vrouw des huizes zou zijn. Binnenkort was het officieel zover.

Ik glimlachte en ging neuriënd verder met inpakken.

Rembrandt was dol op Ransdorp. De hele weg ernaartoe genoot hij van de reis over het water, van het frisgroene grasland, de slingerende dijkjes, de weidevogels en vele waterplassen, en hij werd nog enthousiaster toen het dorp in zicht kwam.

'Vandaar dat het hier Waterland heet,' zei hij. 'Prachtig, en zo dichtbij. Dank je, Geertje. Ik was zelf nooit op het idee gekomen om hiernaartoe te gaan.'

Eenmaal in het dorp bewonderde hij de donkergroen en roomwit geschilderde houten huizen, de witte ophaalbruggetjes, de sloten vol kroos en zwanen, en het groen, groen, waar je maar keek.

Titus was minder blij. Hij was een beetje misselijk geweest tijdens de bootreis, waardoor hij niet geslapen had en dreinerig werd.

'Hij moet eigenlijk een uurtje naar bed,' zei ik, terwijl ik hem tevergeefs probeerde op te beuren met een stukje koek. 'Maar bij mijn broer zal het wel een drukke bedoening zijn met vijf kinderen.'

Titus hoorde het woord 'bed' en begon, ondanks zijn vermoeidheid, te jammeren dat hij niet wilde slapen, en uiteindelijk voluit te janken.

Rembrandt tilde zijn zoon op en probeerde hem tot bedaren te brengen. 'Ik ga met hem naar de herberg. Ga jij maar alvast naar je familie, wij komen later.'

'Weet je het zeker? Zal ik niet bij jullie blijven?'

'Nee, je hebt je familie al zo lang niet gezien, ga maar. Wij redden ons wel.'

Dat hoopte ik dan maar, hij had Titus nog nooit naar bed gebracht. Ik maakte echter geen tegenwerpingen, daarvoor was mijn verlangen naar mijn broer, en vooral naar mijn moeder, te groot.

Terwijl Rembrandt onze bagage en Titus de herberg in droeg, legde ik hem uit waar mijn broer woonde. Toen draaide ik me om en liep met snelle stappen het dorp uit.

Pieter en Marij woonden even buiten Ransdorp, aan de Gouw. Na een tijdje stevig doorlopen zag ik hun huis liggen; een houten woning met een wat ingezakt strooien dak. Geen boerderij, al hadden ze wel geiten, kippen en een varken. Op het modderige erf voor het huis renden een paar kinderen rond, die hun spel staakten toen ze mij zagen aankomen.

Ik riep hun namen en een beetje verlegen kwamen ze naar me toe om me te begroeten. Marij verscheen in de deuropening met een licht wantrouwige uitdrukking op haar gezicht, maar toen ze mij herkende kwam ze meteen naar buiten.

'Geertje!' Ze omhelsde me en gaf me een zoen op de wang. 'Hoe kom jij opeens hier?'

'Met de boot,' zei ik lachend.

'Het is zo lang geleden dat ik je heb gezien. Je ziet er goed uit.' Ze nam me op en knikte waarderend. 'Wat zal Pieter verrast zijn om je te zien.'

'Mijn moeder ook, denk ik. Hoe is het met haar?'

'Ze is niet meer de jongste natuurlijk, maar het gaat goed. Ik zal haar even roepen. O, daar komt ze net aan.'

Ik keek in de richting van het huis en mijn adem stokte bij de aanblik van de bejaarde vrouw die naar buiten schuifelde. Natuurlijk, mijn vader en moeder waren al wat ouder toen ze Pieter en mij kregen, en er was een paar jaar verstreken sinds ik mijn moeder voor het laatst had gezien, maar dat de tijd haar zo meedogenloos zou aanvallen, had ik niet verwacht.

'Moeder...' Ik liep naar haar toe en omhelsde haar voorzichtig. Vroeger verdween ik bijna tussen haar stevige armen en boezem als ze me knuffelde, nu voelde ik voornamelijk botten.

'Geertje, kind! Hoe kom jij hier nou opeens?' Ze hield me vast alsof ze bang was dat ik maar een verschijning was, iets wat zo weer kon vervliegen.

'Het is een verrassing,' zei ik. 'Wat heerlijk om je weer te zien, moeder. Hoe gaat het?'

Al pratend gingen we zitten op de rieten stoelen die Marij en haar oudste zoon Dirck uit huis hadden gehaald en buiten in de zon zetten. Johanna, Marij's dochter, kwam aanlopen met een kan bier en een paar kroezen, die ze uitdeelde en volschonk.

'Haal je vader even,' zei Marij. 'Zeg dat Geertje er is.'

Johanna knikte en holde weg op haar klompen, gevolgd door haar twee jongere broertjes.

'Gaat het goed met jullie?' vroeg ik. 'Zo te zien wel. De kinderen zijn groot geworden, zeg.'

Marij volgde haar kroost met haar ogen en glimlachte.

'Het gaat goed, ja. We hebben het merendeel van onze kinderen mogen behouden, goddank. En hoe is het met jou, Geertje? Werk je nog bij die schilder?'

'Jazeker. Hij is met me meegekomen, je zult hem straks wel zien.' Ik wendde me tot mijn moeder en veranderde van onderwerp, zodat ik mijn verhaal zou kunnen doen als Pieter erbij was. We hadden het over de plotselinge dood van mijn vader, en over de moeilijke beslissing van mijn moeder om Edam te verlaten en naar Ransdorp te gaan.

'Ik mis mijn zus en de rest van de familie, maar het is beter zo,' zei mijn moeder. 'Ik heb een fijn huisje in het dorp, Pieter en Marij zorgen goed voor me, en ik ben bij mijn kleinkinderen. Dat is een groot geluk. En ik heb God gebeden of Hij jou een keer wilde sturen. Hoe lang heb ik je wel niet gezien, Geertje?'

De laatste keer was in Hoorn geweest, en dat was al een paar jaar geleden. Ze had gelijk, het wás een tijd terug.

'Ik moest werken, mama. Ik had geen tijd om heen en weer te reizen.'

'Dat weet ik, het was geen verwijt.' Ze legde haar rimpelige hand op die van mij en klopte er een paar keer op. 'Het is heerlijk om je te zien. Blijf je lang?'

In de verte klonk een kreet en daar kwam mijn broer, met grote stappen, zodat de kinderen moesten rennen om hem bij te houden. Ik stond op en liep hem tegemoet, toen werd ik met een zwaai van de grond getild.

'Zus! Wat een verrassing!' Met een brede lach zette hij me neer en hield me bij mijn schouders vast. 'Waarom heb je niet laten weten dat je kwam? Je hebt geluk dat je me hier nog treft, want overmorgen ben ik weg.'

'Waar ga je naartoe dan?'

'Naar de Oost.'

'Maar dat is de andere kant van de wereld!'

Hij knikte en ik keek hem onderzoekend aan.

'Bevalt het je op zee?' vroeg ik.

'Ach, je moet wat. Er is niet veel werk meer aan de wal, en de vraag naar ambachtslieden aan boord is heel groot. Het is vervelend dat ik Marij en de kinderen vaak wekenlang alleen moet laten, maar ik verdien er een goede boterham mee.'

'Daar gaat het om,' zei ik, en we gingen zitten en praatten en lachten met elkaar. Pieter vroeg hoe het in Amsterdam was.

'Goed,' zei ik. 'Ik heb het daar naar mijn zin. Rembrandt van Rijn is een goede werkgever.'

Er viel een korte stilte waarin iedereen opeens een beetje ongemakkelijk keek en Pieter mij aanstaarde. 'En daar blijft het bij, mag ik hopen,' zei hij.

'Wat bedoel je?'

'Wat ik zeg. Er doen geruchten over jullie de ronde.'

'Geruchten? Hier in Ransdorp?'

'Ja, natuurlijk. De helft van de dorpelingen komt bijna dagelijks in Amsterdam, en Rembrandt van Rijn is heel bekend.' Hij bleef me aankijken. 'Het is niet waar wat we horen, toch? Zeg dat het niet waar is, Geertje.'

'Ik weet niet wat jij gehoord hebt...'

'Dat je met meester Van Rijn het bed deelt.' Marij was niet het soort vrouw dat om de hete brij heen draaide. 'Sinds we dat gehoord hebben, slaapt Pieter slecht. Hij wilde al naar

Amsterdam komen om te vragen hoe het zat.'

Verschillende antwoorden tolden door mijn hoofd, van een bekentenis tot een ontkenning en alle afgezwakte varianten daarvan, tot ik me realiseerde dat Rembrandt en Titus zich straks bij ons zouden voegen, waarmee alles duidelijk zou worden.

'Het is waar,' zei ik. 'Maar het is niet zoals jij denkt, Pieter. We hebben een jaar gewacht, uit respect voor Saskia, en binnenkort gaan we trouwen.'

'Heeft hij je al gevraagd?' Pieter boog zich naar me toe, zijn blik nog altijd strak op mij gericht.

'Nee, maar dat gaat wel gebeuren. Ik weet het zeker, ik voel het.'

'Je vóélt het?'

'Ja, hij houdt van me. Dat heeft hij gezegd.' Dat laatste klopte niet helemaal, maar dat hoefde Pieter niet te weten. Ik voelde me steeds onbehaaglijker onder de kille blik in de ogen van mijn broer. Het was alsof hij van het ene moment op het andere in een vreemde veranderde, in iemand voor wie ik moest oppassen.

'Rembrandt van Rijn gaat niet met jou trouwen, Geertje,' zei hij. 'Toen ik bij jullie op bezoek was, heeft hij me verteld dat hij niet kán hertrouwen. Zijn vrouw heeft in haar testament laten vastleggen dat al haar bezittingen terugvallen aan haar familie als hij hertrouwt. Denk je echt dat hij dat laat gebeuren?' Hij schudde zijn hoofd.

Ik zat doodstil. 'Heeft hij dat echt gezegd?'

'Ja, denk je dat ik het verzin?'

Ik zweeg, kon het bijna niet geloven. 'Maar waarom vertelt

hij dat aan jou? En niet aan mij?'

'Weet ik veel, misschien is hij bang dat je dan bij hem weggaat. En hij had aardig wat op toen hij het me vertelde. Jij was op dat moment in de keuken.'

Het kon niet waar zijn, en tegelijk móést het wel waar zijn. Pieter had inderdaad geen enkele reden om dit te verzinnen. Lamgeslagen keek ik voor me uit.

'Of hij nou wel of niet van plan was om met je te trouwen maakt trouwens niet uit,' zei Pieter, met een vreemd afstandelijk gezicht. 'Jullie leven als man en vrouw, ongetrouwd. Je bent niets anders dan zijn hoer.'

Dat ene woord beet hij me toe met zoveel ingehouden woede dat ik verstijfde en niets meer kon uitbrengen. Ik keek hem ongelovig aan, zocht naar tekenen op zijn gezicht dat hij het niet meende, maar vond het tegendeel.

Niemand zei iets, zelfs de kinderen vielen stil. Toen ik rondkeek, bestudeerde Marij de versleten neuzen van haar klompen en ontweek mijn moeder mijn blik.

'Ik wilde het niet geloven,' zei Pieter, en even zag ik iets van emotie op zijn gezicht. 'Wij zijn geen rijke, vooraanstaande mensen, maar we hebben een goede gereformeerde opvoeding gehad, en we weten wat wel en niet kan. Vader zou precies zo hebben gereageerd, en als hoofd van de familie spreek ik ook namens hem. Als jij je zondige levensstijl niet aanpast, ben je hier niet meer welkom.'

Ik kwam overeind en Pieter deed hetzelfde. In plaats van mijn ogen neer te slaan, zoals hij misschien verwachtte, deed ik een stap naar voren en keek hem woedend aan. 'Mijn vader zou me nooit de deur hebben gewezen. Hij zou met me praten, en geprobeerd hebben me op andere gedachten te brengen. En wat hij zéker niet gedaan zou hebben is me voor hoer uitschelden in bijzijn van mijn familie. Dus als je dat niet terugneemt, wíl ik hier niet eens meer komen. Dan beschouw ik je niet langer als mijn broer.'

We stonden recht tegenover elkaar, Pieter een kop groter dan ik. Zo hadden we in onze jeugd ook gestaan, al gingen onze ruzies toen om minder belangrijke dingen. Maar altijd kregen we dezelfde onverzettelijke trek op ons gezicht, en dezelfde ijzige klank in onze stem. Later verdween onze woede dan weer en maakten we het goed, maar ik vermoedde dat dat deze keer niet het geval zou zijn. En ik wist het zeker toen Pieter zijn handen in zijn zij zette.

'Wegwezen,' zei hij.

Zonder iets te zeggen liep ik weg, en zonder omkijken sloeg ik het pad in naar het dorp. Niemand haalde me terug.

14

Ik huilde de hele terugweg. In één klap had ik niet alleen mijn dromen maar ook mijn familie verloren. Dat mijn moeder het niet voor me had opgenomen, nam ik haar niet kwalijk. Ze was oud en financieel afhankelijk van Pieter. Wat had ik haar te bieden als ze mijn kant koos? Maar dat Pieter zo hardvochtig kon zijn, had ik niet verwacht

En dan Rembrandt. Kon het waar zijn? Had hij de inhoud van Saskia's testament bewust voor mij verzwegen? Misschien was hij niet van plan zich daardoor te laten tegenhouden, misschien ging hij me tóch ten huwelijk vragen.

Hoop flakkerde in me op. Ik veegde mijn tranen weg, sloeg de Dorpsstraat in en liep snel naar de herberg. Aan de toog vroeg ik naar de kamer die Rembrandt had besproken, en daarna ging ik de trap op en opende de deur.

Titus lag te slapen, Rembrandt zat in een stoel te tekenen, met een kroes bier op het tafeltje naast hem. Hij keek verbaasd op toen ik binnenkwam.

'Nu al terug?'

Toen zag hij de sporen van tranen op mijn wangen en sprong hij overeind. 'Wat is er aan de hand? Is er iets gebeurd?'

Ik liet me op de rand van Titus' bed zakken en barstte weer in tranen uit. Rembrandt kwam naast me zitten en sloeg zijn arm om me heen. Ik leunde tegen hem aan en hortend en stotend kwam het hele verhaal eruit.

'Zei hij dat echt?' vroeg hij hoofdschuddend. 'Je moet je niets van hem aantrekken. Wij leven zoals wij dat willen, daar heeft niemand iets mee te maken.'

Hij kuste me, en zijn lippen waren zacht en warm. Ik maakte me van hem los en keek naar zijn gezicht, dat zo dichtbij was, zijn krachtige neus en kaken, deels bedekt door zijn krullerige baard.

'Klopt het van Saskia's testament, dat daarin staat dat je nooit mag hertrouwen?'

Hij zuchtte diep. 'Ja, dat is waar. Als ik trouw moet ik de helft van Saskia's nalatenschap aan Titus overschrijven, maar als ik ongetrouwd blijf, mag ik er zonder beperkingen over beschikken.'

'Waarom heeft ze dat in haar testament gezet? Gunde ze je geen nieuw geluk?'

'Het is niet ongebruikelijk om zo'n bepaling te laten opnemen, zeker niet als je veel geld hebt. Saskia komt uit een rijke familie en zoals je weet zijn haar ouders en het merendeel van haar broers en zussen overleden. Ze wilde zeker weten dat het familiezilver en de sieraden van haar moeder later naar Titus zouden gaan. Als Titus komt te overlijden, wat God verhoede, dan valt zijn deel terug aan Saskia's familie. Aan Hiskia en Edzart dus.'

Ik moest de betekenis van zijn woorden even op me laten inwerken. 'Dus je kunt nooit meer trouwen, je zult altijd alleen blijven.'

'Dat eerste klopt, dat laatste hoop ik niet.' Hij trok me tegen zich aan en kuste me, eerst zacht, toen steeds ruwer, bijna wanhopig. 'Verlaat me niet' betekende die kus, en ik beantwoordde hem met dezelfde wanhoop. Toen liet Rembrandt me opeens los.

'Ik wil je iets geven,' zei hij. 'Iets wat me heel dierbaar is.'

Hij tastte in zijn wambuis, waar hij in de voering een zakje had laten naaien. Ik had altijd aangenomen dat hij dat gebruikte voor zijn geld, al droeg hij ook een beurs bij zich. Maar er kwam iets anders uit: een met diamanten bezette ring met een rozenmotief. Saskia's ring. Ik had haar die zien dragen tot op de dag van haar dood.

'Deze ring heb ik Saskia ooit gegeven. Hij is voor jou, als je hem wilt,' zei Rembrandt. 'Ik kan niet met je trouwen, maar met deze ring wil ik zeggen dat ik je als mijn vrouw beschouw, dat ik van je hou en je trouw beloof. Voor het oog van de kerk zullen we in zonde leven, maar dat kan mij niet schelen. Maar jou misschien wel. Je hebt gezien hoe je broer reageerde, en zo zullen er meer mensen zijn. Daarom wil ik dat je goed nadenkt over wat ik je ga vragen. Wil je bij mij blijven, als mijn vrouw, al is het dan onwettig? Wil je deze ring dragen, Geertje?'

Zijn woorden zogen de lucht uit mijn longen. Vol ongeloof keek ik naar de ring, en toen naar de man tegenover me, die me ernstig aankeek en leek te menen wat hij zei.

'Ik weet dat ik veel van je vraag.' Rembrandt zag er opeens

wat nerveus uit. 'Het is onbehoorlijk en egoïstisch, maar ik...'

'Ja,' viel ik hem in de rede. 'Ja, ik wil met jou samenleven als je vrouw. Het is een eer om Saskia's ring te mogen dragen, en ik zal er heel zuinig op zijn.'

Rembrandt hield de ring omhoog en keek er een paar seconden naar. Even gleed er een lichte triestheid over zijn gezicht, maar het volgende moment was die verdwenen en glimlachte hij naar me. 'Steek je hand eens uit.'

Ik gehoorzaamde, en hij pakte mijn hand en schoof de ring aan mijn vinger.

We keerden terug naar Amsterdam en zetten ons leven voort, maar toch was alles anders. De dagen leken lichter en het huis warmer, alsof het me omarmde. En tegelijk was daar de teleurstelling dat dit het was. Dat er niet méér in zat. Rembrandt had een prachtig en liefdevol gebaar gemaakt, maar het bleef een troostprijs.

De dag na onze thuiskomst gaf hij me ook de rest van Saskia's sieraden: een gouden armband, parels, nog meer ringen en een halsketting. De roosring was te kostbaar om dagelijks te dragen, en ik verving hem voor een glad gouden exemplaar. Alleen als Rembrandt me mee uit nam, voor een zondagse wandeling door de stad of een bezoek aan vrienden, koos ik een paar duurdere stukken om te dragen.

Veel mensen herkenden de sieraden, vooral de vrouwen, en al gauw was mijn nieuwe status het onderwerp van gesprek in regentenkringen.

Op zondag, als we een wandeling maakten, voelde ik hun blikken schroeien.

Eind december kwamen Rembrandt, Titus, Neeltje en ik terug van een ommetje naar de Dam. We passeerden de Zuiderkerk net toen de dienst was afgelopen, en Rembrandt liep het plein op om Jan Six en diens moeder te begroeten.

Ik volgde hem met Neeltje en Titus en hield me op de achtergrond. Jan maakte een hoffelijke buiging voor me, maar zijn moeder keurde me geen blik waardig.

Een deftig gekleed groepje dat me passeerde bekeek me geringschattend, en een van de vrouwen zei: 'Al draagt een aap een gouden ring...', waarop ze allemaal in de lach schoten.

Neeltje wierp een bezorgde blik op mij, maar ik deed alsof ik de opmerking niet gehoord had. Zo rustig en zelfverzekerd mogelijk liet ik mijn blik over het plein gaan.

'Iedereen kijkt zijn ogen weer uit,' zei ik tegen Neeltje. 'Je zou toch zeggen dat het inmiddels geen nieuws meer is.'

'Dat zal het altijd blijven als jullie niet trouwen.' Neeltje kwam wat dichter bij me staan, alsof ze me wilde beschermen.

Haar solidariteit ontroerde me. Niet veel mensen steunden me, en op zich begreep ik dat wel. Onze manier van leven was strafbaar maar werd door het stadsbestuur gedoogd. De kerkenraad was echter wat feller en had al een paar keer gedreigd met uitsluiting van het avondmaal en, als we niet luisterden, verstoting uit de geloofsgemeenschap. Rembrandt ging sinds Saskia's dood al niet meer naar de kerk, en ik had zijn voorbeeld gevolgd maar officiële uitsluiting vond ik toch geen prettig idee. Hopelijk zou het niet zover komen.

'Nee maar! Meester Van Rijn!' klonk een opgewekte stem. We keken allemaal om en zagen een rijk geklede vrouw op ons afkomen. Een dienstmeid liep twee passen achter haar.

'Wie is dat?' fluisterde ik tegen Neeltje, want ik kon me niet herinneren dat ik die vrouw eerder had gezien.

Neeltje zei: 'Volgens mij is dat mevrouw Oopjen Coppit, een oude vriendin van meester Van Rijn. Ik dacht dat ze tegenwoordig in Naarden woonde.'

Oopjen Coppit begroette Jan en Anna Six en raakte vervolgens in een geanimeerd gesprek verwikkeld met Rembrandt, die er erg verheugd uitzag. Op een gegeven moment keek ze naar mij, kuchte, en Rembrandt stelde ons haastig aan elkaar voor.

'Geertje, dit is Oopjen Coppit, een goede vriendin van mij. Oopjen, dit is mijn huisvrouw, Geertje.'

Oopjen glimlachte naar me. Ze droeg een bedrieglijk eenvoudige japon van zwarte zijde, en onder haar kapje van Vlaams kantwerk waaierde een bos kroezend haar alle kanten uit.

'Wat leuk je te ontmoeten, Geertje. Ik hoorde al dat Rembrandt weer gelukkig is in de liefde,' zei ze.

Ze klonk hartelijk, ik kon geen enkele bijbedoeling in haar woorden ontdekken.

'Neeltje zei dat u in Naarden woont,' zei ik. Hoewel Oopjen mij meteen tutoyeerde, had ik daar zelf altijd wat moeite mee bij mensen uit hogere sociale kringen.

'Woonde. Ik ben weer terug in Amsterdam, samen met mijn zoon.' Oopjen tikte Rembrandt met haar waaier op de arm. 'Kom een keer dineren met Geertje. Dan kun je mijn zoon weer eens zien, en mijn nieuwe echtgenoot ontmoeten.'

'Dat zullen we zeker doen,' zei Rembrandt.

Aan zijn stem hoorde ik dat hij het meende, en toen we het kerkplein afliepen vroeg ik waar hij Oopjen van kende.

'Ik was goed bevriend met haar eerste man, Marten Soolmans,' zei Rembrandt. 'We leerden elkaar kennen toen we vijftien waren. Hij kwam uit Amsterdam en studeerde rechten in Leiden. We woonden vlak bij elkaar, ik in de Weddesteeg en hij op het Rapenburg. Dat was maar een paar minuten lopen. We hebben elkaar ontmoet in een taveerne in de buurt, De Drie Haringen. Marten was zo'n jongen met wie iedereen bevriend wilde zijn, maar om de een of andere reden trok hij naar mij toe. We zijn altijd vrienden gebleven, ook toen ik naar Amsterdam verhuisde. Een paar jaar later trouwde hij met Oopjen en kwam hij ook naar Amsterdam, en wat denk je?'

'Weer in de buurt?'

'Precies. Deze keer woonde hij nóg dichterbij, in de Nieuwe Hoogstraat. Ik werkte in die tijd in de schilderswerkplaats van Hendrick Uylenburgh, de neef van Saskia. Ik had al een paar belangrijke opdrachten gekregen, maar door die van Marten kreeg ik toegang tot de hoogste regentenkringen. Hij wilde twee schilderijen waarop Oopjen en hij staand waren afgebeeld, zo'n beetje op ware grootte. Ik heb die opdracht aangenomen en er ieder moment van de dag aan gewerkt. Mijn ziel en zaligheid legde ik erin. Marten en Oopjen kwamen regelmatig poseren en later, toen dat niet meer nodig was, kwamen ze soms even kijken naar de vorderingen. Meestal aan het einde van de dag, zodat we een fles wijn konden opentrekken. Dat waren mooie tijden.'

Er lag een trieste klank in zijn stem en ik legde mijn hand

op zijn arm. 'Dus ze hebben Saskia ook goed gekend. Zou Oopjen het niet moeilijk vinden om ons samen te zien?'

'Nee, dat denk ik niet. Een jaar voor Saskia stierf is Marten overleden, en ze is inmiddels zelf ook hertrouwd.'

'Dus je jeugdvriend is dood. Wat erg.'

'Ja, arme kerel. Hij was pas achtentwintig. Oopjen en hij woonden in Naarden, dus we zagen elkaar een aantal jaren wat minder vaak, maar het was evengoed een enorme schok toen ik het nieuws hoorde. Na Martens dood bleef Oopjen met hun zoon, Jan, in Naarden wonen, maar in december is ze naar Amsterdam teruggekomen.' Rembrandt keek nadenkend voor zich uit. 'Hoe oud zal die jongen nu zijn? Een jaar of tien, denk ik. De laatste keer dat ik hem zag, had hij nog een jurkje aan en liep hij bellen te blazen.'

'Denk je dat Oopjen het meende toen ze ons uitnodigde? Ben ik echt welkom?' vroeg ik.

Rembrandt pakte mijn hand, die nog steeds op zijn arm lag, en hield die stevig vast. 'O ja,' zei hij. 'Absoluut.'

Oopjen en haar huidige echtgenoot, Martijn Daeij, woonden aan het Singel, in een statig huis met trapgevel. Begin januari brachten we hun een bezoek om onze nieuwjaarswensen over te brengen. Titus ging mee en werd opgevangen door een dienstmeisje, maar eigenlijk had ze niet veel te doen. Jan, de zevenjarige zoon van Oopjen uit haar eerste huwelijk, sleepte hem meteen mee naar de hof om hem te leren bikkelen. Daar leek Titus me met zijn twee jaar nog iets te klein voor, maar terwijl wij in het deftige woonvertrek wijn dronken, hoorden we voortdurend de hoge, vrolijke stemmen van de twee jongens, dus Titus had het naar zijn zin.

Of het daardoor kwam of omdat hij Oopjen graag mocht wist ik niet, maar Rembrandt was ontspannen en vrolijk. Zo zag ik hem niet vaak in gezelschap, grapjes makend en verhalen vertellend. Ik genoot ervan, ontspande zelf ook.

Oopjen was een lieve, charmante gastvrouw en ook haar echtgenoot ontving me gastvrij.

Op een gegeven moment praatten de mannen samen, en richtten Oopjen en ik ons tot elkaar.

'Wat een mooie, bijzondere naam heb je,' zei ik. 'Waar komt die vandaan?'

'Ik ben vernoemd naar mijn grootmoeder van vaderskant. Het is Fries, een afkorting van Opina. Maar dat maakt het niet minder apart, zeker in Amsterdam niet.' Oopjen lachte, en ik lachte mee. 'Waar kom jij vandaan, Geertje?' vroeg ze toen.

Ik vertelde het een en ander over mijn leven in Edam en Hoorn. Eigenlijk wilde ik het niet hebben over mijn relatie met Rembrandt, maar Oopjen luisterde zo geïnteresseerd en knikte zo begrijpend dat ik het gevoel kreeg dat ze aan mijn kant stond. Wat ze vervolgens zei, bevestigde dat.

'Weet je, Geertje, Amsterdam mag dan een grote stad zijn, het is er net zo dorps als in de gehuchten eromheen. Mensen praten altijd, het liefst over anderen. Alsof ze zelf zonder zonden zijn. Reken maar dat ze allemaal hun geheimen hebben, de dames en heren die jou nu veroordelen. Recht je rug en steek je neus in de wind.'

'Dat doe ik ook, maar het valt niet altijd mee. Dat bewonder ik zo in Rembrandt, dat hij zich van niemand iets aantrekt.'

Oopjen glimlachte. 'Het enige wat voor Rembrandt telt is zijn kunst, en een klein kringetje mensen die hij zijn liefde en vriendschap geeft. Ik zal niet beweren dat hij een gemakkelijke man is, maar je weet bij hem wel waar je aan toe bent.'

'Hij leeft zoals hij wil. Zelfs van de kerkenraad trekt hij zich niets aan. Die heeft geen moer te maken met de manier waarop hij in God gelooft, zoals hij zegt.'

'Dat klinkt inderdaad precies als iets wat hij zou zeggen. En zo moet jij er ook in staan, Geertje. God weet hoe jij bent en wat je intenties zijn, en met de Amsterdamse gemeenschap heb je niets te maken.'

We konden vrijuit praten, want Rembrandt en Martijn waren opgestaan om een schilderij van Rubens, van wie Rembrandt een groot bewonderaar was, te bekijken. Dat deed me denken aan de schilderijen die hij van Oopjen en haar eerste echtgenoot had gemaakt. Ik vroeg of ik ze mocht zien.

'Natuurlijk! Ze hangen in de hal,' zei Oopjen terwijl ze opstond.

Dat had ik natuurlijk wel gezien, ze waren moeilijk te missen, maar ik had geen tijd gehad om de schilderijen goed te bekijken. We liepen er samen naartoe en gingen er op een paar passen afstand voor staan.

De schilderijen waren adembenemend. Daar stonden Marten en Oopjen, twintig en tweeëntwintig jaar oud, levensgroot. Marten was gekleed in een zwart, zijden kostuum, versierd met witte strikken met zilveren punten, en een kanten kraag. Zijn elegante schoenen gingen bijna helemaal schuil onder de enorme rozetten die erop bevestigd waren, en aan zijn kousenbanden hingen versieringen van zilverkant.

Vergeleken met hem was Oopjen bijna eenvoudig gekleed, al was het wijde zwarte gewaad dat ze droeg ongetwijfeld van dure zijde gemaakt. Het werd opgesierd met kanten mouwen en een grote, platte kraag. Wat haar kleding tekortkwam, maakten haar sieraden goed. In haar hand had ze een waaier van zwarte struisvogelveren en ze droeg oorbellen, een halssnoer van vier rijen parels en kostbare ringen.

De levensechtheid van de doeken was verbluffend. Ik had het gevoel dat ik Oopjens eerste man, als hij nog geleefd had, onmiddellijk zou herkennen als ik hem op straat zou tegenkomen. Ook al waren ze tien jaar geleden geschilderd, Oopjen was niet veel veranderd. Ze glimlachte me toe op dezelfde manier als ze net, tijdens ons vertrouwelijke gesprek, had gedaan. Een zachte, warme glimlach waar je je veilig bij voelde.

'Schitterend, hè?' zei Oopjen zacht. 'Elke keer als ik ernaar kijk ben ik opnieuw verbijsterd door Rembrandts talent. Vooral omdat hij toen nog zo jong was. Hij was nog maar net als zelfstandig schilder begonnen toen hij dit maakte.'

Ik keek weer naar Oopjens portret, en de wijde japon die ze daar droeg. Was ze toen in verwachting? Maar waar was het kindje dan nu? Hij of zij zou ouder moeten zijn dan haar zoon Jan. Ik begon er maar niet over.

'Vindt je man het niet vervelend dat de portretten uit je eerdere huwelijk hier hangen?' vroeg ik in plaats daarvan.

'Twee echte Rembrandts? Nee, natuurlijk niet,' zei ze lachend. 'We hebben een buitenverblijf in Groenekan, bij Utrecht, waar we 's zomers naartoe gaan, en dan nemen we de portretten mee. We durven ze niet onbeheerd achter te laten. Ze zijn me heel dierbaar, maar ze zijn ook heel waardevol.

Op een dag gaan ze naar mijn kinderen en kleinkinderen, en dan naar hun kinderen. Ooit zullen ze een kapitaal waard zijn. Daar ben ik van overtuigd.'

We keerden terug naar het woonvertrek en voegden ons bij de mannen. Het dienstmeisje zette net warme vleespasteitjes op tafel. We lieten ze ons goed smaken, dronken een paar glazen wijn met elkaar en daarna werd het tijd om naar huis te gaan.

Het was niet ver, we waren lopend gekomen en wandelden op ons gemak door de stad. Rembrandt droeg Titus, die tegen zijn schouder lag te slapen, en ik raakte niet uitgepraat over Oopjen.

'Ze is zo aardig! Ze kijkt helemaal niet op me neer. Ik heb ook niet het gevoel dat ze ons veroordeelt omdat we ongehuwd samenleven.'

'Waarschijnlijk omdat ze weet hoe het voelt als er over je gepraat wordt,' zei Rembrandt.

Ik keek hem van opzij aan. 'Wat bedoel je?'

'Oopjen heeft zo haar eigen geheim. Ze was in verwachting toen ze trouwde met haar eerste echtgenoot, Marten Soolmans,' zei Rembrandt. 'Daarom zijn ze uit Naarden weggegaan, vanwege de scheve blikken. Ze had niet gedacht dat het haar zo nagedragen zou worden toen ik haar duidelijk zwanger afbeeldde. Dus ze weet precies wat het is.'

15

Oopjens woorden hadden me aan het denken gezet. Ze had gelijk, niemand was zonder zonde, en de regenten en rijke kooplieden op de voorste rij in de kerk al helemaal niet. Het gaf me wat meer zelfvertrouwen, vooral toen Rembrandt vertelde dat een groot deel van het fortuin waarmee de prachtige huizen aan de grachtengordel werden gebouwd afkomstig was van de slavenhandel.

'Ze houden zich er allemaal mee bezig, die rijke heren,' zei hij. 'De familie Bicker, Six, Bartolotti, allemaal. Terwijl de Bijbel mensenhandel verbiedt. Dus bij mij moeten ze niet aankomen met hun afkeurende koppen.'

Vanaf dat moment trok ik me ook een stuk minder aan van de mening van anderen, en richtte ik me op mijn leven met Rembrandt, Titus, Neeltje en een klein groepje goede vrienden.

Dat groepje bestond uit Oopjen en Martijn, en enkele anderen met wie Rembrandt zijn passie, de schilderkunst, kon delen. Jan Six kwam regelmatig bij ons langs, evenals Rembrandts jeugdvriend Jan Lievens, die onlangs in Amsterdam was komen wonen. Jan Lievens was een opgewekte man met donker, springerig haar dat hij met een bruine flaphoed in toom hield.

De eerste keer dat ik hem ontmoette, hadden Rembrandt en hij elkaar jarenlang niet gezien, en ze omhelsden elkaar. Rembrandt riep dat ik een goede fles wijn moest pakken, en toen ik met het gevraagde terugkwam, vertelde hij dat Jan en hij vrienden waren geweest toen ze als jongens in Leiden woonden. Ze hadden zelfs les gehad van dezelfde leermeester, Pieter Lastman.

'We stonden model voor elkaar,' zei Jan lachend. 'Ik heb van Rembrandt meer portretten gemaakt dan van wie ook.'

'Ja, en daarna liet je me in de steek en ging je naar Londen. Maar vertel, hoe was het daar?'

Terwijl ik om de mannen heen cirkelde met schaaltjes noten, olijven en oesters, en daarna met Titus op schoot bij hen ging zitten, luisterde ik naar hun verhalen. Nog niet eerder had ik Rembrandt zo jong en blij gezien. De herinneringen aan zijn jeugdjaren verzachtten zijn rimpels, maakten een heel ander mens van hem. Opeens herkende ik de jonge man van zijn zelfportretten, en ik kon mijn ogen niet van hem afhouden.

Toen Jan vertrokken was, bleven we samen aan tafel zitten, aten de restjes op en schonken de fles wijn leeg.

'Je was blij hem te zien,' zei ik. 'Jullie moeten goede vrienden zijn geweest.'

'Zeker, al vond Jan het altijd wel erg leuk om mij af te troeven met opdrachten. Hij was ontzettend ambitieus en irritant zelfverzekerd, en hij kon slecht tegen kritiek.'

'Dat klinkt toch niet als een heel goede vriend...'

'Ach, ik deed hetzelfde, maar in wat mindere mate. En ik moet zeggen dat hij wel zorgde dat ik het beste in mezelf naar boven haalde. Het heeft onze vriendschap niet geschaad, ik ben blij dat hij in Amsterdam is komen wonen. Het is altijd fijn om een vriend te hebben met wie je over kunst kunt praten. Maar hij is ook een concurrent. Jan is altijd een goede schilder geweest, en in Londen, bij Anthonie van Dijck, is hij vast nog veel beter geworden.'

'Niemand schildert beter dan jij,' zei ik, hoewel ik nog nooit werk van Jan Lievens had gezien.

'Dat weet ik, maar Jan maakt gemakkelijk contact. Hij zal er geen enkel probleem mee hebben om vriendjes te worden met die regentenkliek. En ook niet om zijn schilderstijl een beetje aan te passen naar hun wensen. Dus hij zal wel veel opdrachten krijgen.'

Ik nam een slok wijn en gebaarde naar Rembrandt met het glas. 'Kun jij niet hetzelfde doen? Af en toe een beetje meebuigen, luisteren naar wat de mensen willen? Dat zou zo'n verschil maken!'

'Stroop smeren, bedoel je? Meen je dat nou echt?' Vol afkeer keek hij me aan.

Ik liet het glas zakken. 'Ik bedoel alleen...'

'Ik weet precies wat je bedoelt! Je wilt dat ik mijn kunst gebruik om een paar gebraden hanen te behagen, om konten te neuken. En waarvoor? Voor geld! Alsof het dáárom gaat in het leven!'

Even was ik uit het veld geslagen, maar ik herstelde me

snel. 'Natuurlijk gaat het daar niet alleen om, maar onbelangrijk is het ook niet. Tenzij je wilt dat we helemaal geen rekening meer kunnen betalen en ze dit huis komen leeghalen, en we op straat worden gezet. Geld interesseert je misschien niet, maar je bent wel vader, en je zoon verdient een goed leven.'

Daar had ik hem. Hij viel stil, opende zijn mond om iets te zeggen en sloot hem weer. Opeens stond hij op en beende de kamer door.

'Je bent net Saskia,' snauwde hij, voor hij de gang in liep.

Ik pakte mijn glas, nam een slok en ondanks de ruzie glimlachte ik, want een groter compliment had hij me niet kunnen geven.

We hadden het er niet meer over. In feite kon Rembrandt net zo slecht tegen kritiek als Jan Lievens, en hij hulde zich dagenlang in een bokkig stilzwijgen. Zijn boze bui zou sneller overgedreven zijn als ik mijn verontschuldigingen had aangeboden, maar dat deed ik niet. Sommige dingen moeten nou eenmaal gezegd worden, of iemand ze wil horen of niet. Het speet me voor de leerlingen, op wie Rembrandt zich afreageerde, maar het was niet anders. Als Rembrandt op straat kwam te staan, was een kleine jongen zijn ouderlijk huis kwijt, en ik mijn baan. Dat kon ik niet laten gebeuren.

Maar zelfs Rembrandt kon niet eeuwig nukkig blijven. Zijn manier van ongelijk bekennen was door zich te storten op het maken van etsen. Daar was altijd wel vraag naar, en met de verkoop ervan kon ik de belangrijkste rekeningen betalen.

In één ding had Rembrandt gelijk: met de komst van Jan Lievens kreeg hij er een concurrent bij. Beminnelijk en plooibaar als hij was, haalde Jan een stroom opdrachten binnen. Grote, belangrijke opdrachten, afkomstig van regentenfamilies, die met hem wegliepen.

Zijn succes stak Rembrandt diep. Hij zei er niet veel over, maar ik zag het aan zijn gezicht als hij met Jan bier dronk en zijn vriend breeduit vertelde over zijn succes. Of misschien maakte ik het op uit wat Rembrandt níét zei, door de manier waarop hij Jans verhalen negeerde en van onderwerp veranderde. Jan leek niets in de gaten te hebben en keerde telkens terug naar zijn favoriete onderwerp, hijzelf, en zijn botheid vond ik niet echt een teken van vriendschap. Aan de andere kant blonk Rembrandt ook niet uit in fijngevoeligheid, misschien pasten ze daarom wel zo goed bij elkaar. Ze trokken in ieder geval veel samen op, maakten lange wandelingen buiten de stad waarbij ze de hele dag wegbleven. Onderweg aten en dronken ze wat in een herberg, of ze rustten uit op een omgevallen boomstam en zaten daar wat te tekenen.

Zo verstreek de tijd. Ik was tevreden met mijn leven, en met de liefde die Rembrandt me te geven had. Ik hield van Titus zoals ik van de kinderen Beets had gehouden, onvoorwaardelijk, en in de berusting dat eigen kinderen me niet gegeven zouden worden. Dat was mijn straf voor een zondig leven, het was ónze straf. Titus zou enig kind blijven, en in die wetenschap hield Rembrandt hem als een waakhond in de gaten. Met mistig en regenachtig weer moest Titus binnen blijven, als het zonnig was en er stond een beetje wind, dan moest ik hem inpakken alsof we naar Nova Zembla gingen.

Ik liet Rembrandt maar praten. Het grootste deel van de dag zat hij toch in zijn werkplaats, dus ik kon doen wat ik wilde, en ik was niet van plan om Titus als een juffershondje te laten opgroeien. Daar was hij ook veel te levendig en ondernemend voor. Hij vond het prachtig om samen de stad uit te gaan, en om kikkers te vangen en het geloei van de koeien na te doen. Thuis leerde ik hem bikkelen en kaatsen, en op zijn derde verjaardag nodigde ik wat buurtkinderen uit om spelletjes te doen.

Op 11 november dat jaar ging ik voor het eerst met hem Sint-Maarten vieren. Dat was eigenlijk een katholiek feest, en dus verboden, maar daar trokken de meeste mensen zich niets van aan. Dat het eigenlijk een bedelfeest was voor de armen legden ze ook naast zich neer; het was leuk voor de kinderen.

Ik had met Titus een lantaarn gemaakt van een uitgeholde biet en zette daar die avond een brandende kaars in. Terwijl ik hem zijn jas aandeed, vroeg hij: 'Wat gaan we doen?'

'We gaan Sint-Maarten vieren. Je bent nu groot, dus je mag langs de deuren om liedjes te zingen. Dan krijg je wat lekkers van de mensen. Alle kinderen doen dat. Luister maar, ik hoor er al een paar zingen.' Ik stak mijn vinger op en we luisterden allebei. Ergens in de straat klonken kinderstemmen die luidkeels zongen.

'Sint-Maarten was een heel aardige man,' zei ik. 'Hij zorgde goed voor andere mensen, vooral voor de armen. Op een koude dag zag hij een bedelaar langs de kant van de weg zitten die amper kleren aan had. Sint-Maarten bedacht zich geen moment en sneed een stuk van zijn mantel af zodat de bedelaar zich kon beschermen tegen de kou.'

'O,' zei Titus met een blik op zijn jas.

'Jij hebt een lekker warme jas, maar dat heeft niet iedereen. En daarom vieren we Sint-Maarten.'

'Krijgt Sint-Maarten dan mijn lekkers?' vroeg Titus.

'Nee, dat mag je zelf houden. Hoe mooier je zingt, hoe meer je krijgt!'

Daar had Titus wel oren naar, hij rende naar de deur. We voegden ons bij de buurtkinderen, die een vrolijke aanblik boden met hun lantaarns van kalebassen en suikerbieten. Net als ik bij de biet van Titus had gedaan, waren er poppetjes, sterren en manen in uitgekerfd, waar het schijnsel van de kaars doorheen flakkerde.

Op de pleinen en de straathoeken waren vreugdevuren aangestoken, en de huizen waren versierd met groenslingers. De wat oudere kinderen trokken verkleed en gemaskerd rond, waarbij ze schreeuwden en op de deuren bonkten. Dat vond Titus een beetje eng, maar hij genoot toch van het feest, en ik niet minder. Het speet me dat Rembrandt niet mee had gewild, naar hij zei omdat hij een hekel had aan heiligenfeesten. Maar eigenlijk wilde hij doorwerken, hoewel dat amper meer ging nu het donker werd. Het verbaasde me dat iemand die zo graag historiestukken schilderde zo star kon zijn als het om geloofszaken ging. Hij had me wel een keer uitgelegd dat hij niet om godsdienstige redenen zo graag Bijbelse taferelen vastlegde, maar omdat het mooie, dramatische verhalen waren die zich goed leenden om de ziel en expressie van mensen af te beelden, maar toch begreep ik het niet helemaal. Een deel van de tijd die hij in zijn werk stak, nota bene in het afbeelden van vader-en-zoonrelaties, zou hij best aan Titus kunnen besteden. Het kind groeide zo snel op, en Rembrandt miste veel van hem. Maar dat maakte mijn band met Titus wel steeds sterker.

Tussen de bedrijven door, als Titus zijn middagslaapje deed, poseerde ik voor Rembrandt en soms ook voor zijn leerlingen. Samuel mocht intussen eigen werk signeren, wat betekende dat hij grote vorderingen had gemaakt. Hij leek wat beter in zijn vel te zitten, had vrienden gemaakt in Amsterdam en steeds vaker zat hij te neuriën als hij schilderde.

'Ik ga een portret van jou maken, Geertje,' zei hij. 'In de kleding die je droeg toen je hier net kwam. Die rode rok en dat zwarte lijfje.'

'Dat is streekkleding, die draag ik niet meer,' zei ik.

'Ik vind het mooi. Wil je het aantrekken? Dan maak ik een schets.'

Tegensputterend, maar heimelijk ook wel gevleid, liet ik me door hem naar de trap duwen. 'Ik heb weinig tijd,' waarschuwde ik. 'Ik moet nog naar de markt.'

'Het duurt niet lang,' beloofde Samuel.

Even later stond ik in mijn Waterlandse kostuum in de werkplaats en bekeek Samuel me met gefronste wenkbrauwen. 'Houd dit eens vast,' zei hij, terwijl hij me een groot houten paneel in handen drukte. 'Doe maar alsof het een onderdeur is en jij naar buiten kijkt.'

'Hoe moet ik kijken?'

'Gewoon, zoals je altijd doet als je iets hoort.'

Ik keek voor me uit en Samuel begon te schetsen.

Na een tijdje knikte hij tevreden. 'Zo heb ik wel genoeg. Ik ga het uitwerken en dan ga ik je schilderen.'

'Prima, dan ga ik nu naar de markt, voor Titus wakker wordt,' zei ik, en ik vertrok meteen. De kleding hield ik aan, al was ik het ontwend om er zo bij te lopen. Het was geen boerenkleding, maar ook niet bepaald stads, en ik week al genoeg af.

In de weken die volgden poseerde ik iedere dag voor Samuel. Rembrandt keek mee en gaf aanwijzingen, maar ze klonken niet meer als die van een leermeester tegen een leerling. Samuel was inmiddels zeventien jaar oud. Hij werd steeds langer en breder, en ja, knapper. Met zijn schouderlange, lichtbruine haar en vriendelijke bruine ogen begon hij de aandacht van meisjes te trekken. Ze liepen voortdurend langs het huis en vroegen me elke keer hem de groeten te doen.

Het werd kerst en nieuwjaar, het portret vorderde, en toen viel de klap. Half januari werd er een brief voor Samuel bezorgd, afkomstig uit Dordrecht. Hij werd gebracht door een koerier, wat zelden een goed teken was, en iedereen hield op met schilderen toen Samuel hem openmaakte.

Hij las hem door. Een paar seconden lang verried zijn gezicht geen enkele emotie. Toen keek hij op en vulden tranen zijn ogen.

'Mijn moeder is dood,' zei hij.

Maeyken van Hoogstraten was zesenveertig jaar geworden en liet acht kinderen na, van wie Samuel de oudste was. Zodra hij de eerste schok had verwerkt, trof Samuel voorbereidingen om naar Dordrecht terug te keren. Bij het afscheid wist ik al dat hij daar zou blijven, en ik omhelsde hem lange tijd.

'Nu kan ik je portret niet afmaken,' zei Samuel. 'Ik zal meester Van Rijn vragen of hij het wil doen.'

'Maak je daar nou maar niet druk over. Ga snel naar huis, naar je broers en zussen. Ze hebben je nodig.'

Hij omhelsde me nog één keer, toen nam hij afscheid van Rembrandt en van de andere leerlingen, slingerde zijn baal met bezittingen over zijn schouder, zwaaide naar ons en vertrok. De rest van de dag voelde ik me oneindig triest.

Een maand later kreeg ik een brief. Samuel schreef dat hij met zijn broers en zussen in hun ouderlijk huis bleef wonen, en dat zijn oom en tante bij hen waren ingetrokken. Zoals ik al vermoed had, was hij niet van plan om terug te komen naar Amsterdam, en hij vroeg me zijn achtergebleven spullen op te sturen.

'Mijn leertijd bij meester Van Rijn was al bijna voorbij,' schreef hij. 'Ik ga mijn eigen schildersschool beginnen, in mijn vaders oude werkplaats.'

Als ik hem wilde schrijven, wat hij hoopte, moest ik de brief adresseren aan het huis De Olifant in de Weeshuisstraat, dan kwam het wel goed. Hij hoopte dat Rembrandt de tijd wilde nemen om mijn portret af te maken.

Dat wilde Rembrandt wel, hij was zelfs al begonnen. Ik poseerde nogmaals, staand bij de onderdeur. Rembrandt stond op straat en bestudeerde met één dichtgeknepen oog de lichtval.

'Kijk eens wat naar rechts,' zei hij.

In zijn werkplaats werkte hij het schilderij verder uit, maar heel anders dan Samuel van plan was geweest. Toen het af was, kwam hij me halen en nam me mee naar boven, naar de kleine schilderkamer. Daar stond mijn portret, op de ezel. De verf was nog niet eens helemaal droog en glansde.

Ik liep ernaartoe en bleef op een paar passen afstand staan. Het was niet het eerste schilderij dat van me gemaakt was, maar het bleef een eigenaardige ervaring om mezelf in verf vereeuwigd te zien. Het portret leek zo goed dat het bijna griezelig was.

Samuel had me geschilderd terwijl ik recht vooruit keek, maar Rembrandt liet me opzij blikken, met een inspecterende, licht wantrouwige uitdrukking op mijn gezicht.

'Kijk ik echt zo?' vroeg ik.

'Soms,' zei Rembrandt. 'Alsof je om het hoekje van het leven probeert te kijken. Dat heb ik altijd al een keer willen vastleggen. Wat vind je ervan?'

'Prachtig!' zei ik, diep onder de indruk.

Rembrandt knikte, alsof hij niet anders verwacht had.

16

Zo gingen de jaren voorbij. Titus groeide gezond en wel op. Dat Saskia zijn moeder was, wist hij omdat het hem verteld was, maar gevoelsmatig zei het hem niet veel. Hij was vijf, bijna zes, en hij stond af en toe naar Saskia's portret te kijken, maar hij vroeg nooit naar haar.

Dat zou op een dag wel gaan gebeuren, en ik was blij dat ik Saskia had gekend, zodat ik Titus over haar kon vertellen. Saskia was in die periode dan wel ernstig ziek geweest, maar de liefde voor haar kind, en hoe ze op haar manier voor hem wilde blijven zorgen, hadden diepe indruk op me gemaakt.

Was dat echt alweer vijf jaar geleden? De tijd was snel gegaan, en toch was hij niet ongemerkt verstreken. Ik was inmiddels zevenendertig. Niet stokoud, maar ook niet heel jong meer. Ik zag het aan mijn gezicht en merkte het aan mijn figuur, dat steeds ronder werd.

Toen Samuel en Rembrandt het portret bij de onderdeur van me maakten, had ik nog veel van mijn meisjesachtige uiterlijk gehad, maar gaandeweg oogde ik wat vermoeid, met wallen en rimpels die vrij snel verschenen waren.

Rembrandt legde alles vast, met meedogenloze precisie. Ik poseerde voor een historiestuk, een Bijbels verhaal over Tobias en Sara, waarbij ik naakt in de bedstee moest liggen en om de hoek van het gordijn moest kijken. Het schilderij werd prachtig, maar ik keek er liever zo min mogelijk naar.

Ik genoot van Titus' kindertijd, in de wetenschap dat die zijn einde snel naderde. Nog even en Titus ging naar school. Bij de familie Beets had ik gezien dat kinderen dan snel veranderden.

Rembrandt leek zich ook bewust te worden van het verstrijken van de tijd. Hij begon Titus te tekenen, precies in een periode dat die daar geen zin in had. 'Nee! Niet doen!' riep hij dan, en hij schermde zijn gezicht af met zijn hand. Rembrandt moest erom lachen en tekende gewoon door.

De afgelopen jaren had ik geleerd om met een ander oog naar kunst te kijken. Portretten werden nooit zomaar gemaakt, wist ik inmiddels. Ook die van kinderen niet. Ze moesten uitstralen dat de kinderen goed opgevoed waren, wat inhield dat ze werden voorbereid op een deugdzaam, christelijk leven.

De tekeningen en portretten die Rembrandt van Titus maakte voldeden helemaal niet aan die voorwaarden. Hij schilderde zijn zoon het liefst zoals hij was.

In september, direct na zijn zesde verjaardag, ging Titus naar de Latijnse school, en het werd een stuk rustiger in huis. Als ik zelf kinderen had gekregen, zouden die me hebben beziggehouden en de kamers en gangen hebben gevuld met lawaai en gelach. De oude pijn, waarvan ik dacht dat hij uitgedoofd was, laaide weer op. Hij maakte me somber. Misschien dat ik daarom begon te kwakkelen met mijn gezondheid. Steeds vaker moest ik even rusten tussen de middag.

Met de komst van de zomer ging het wat beter. Ik hoefde niet meer zo vaak overdag te slapen en ik volgde het advies van de dokter op om regelmatig naar buiten te gaan.

Op een zonnige, warme dag stond ik aan de kade bij de Anthoniesluis naar de drukte op het water te kijken, toen ik iemand hoorde roepen.

'Geertje! Hé, Geertje!'

Ik speurde de boten af, want de stem kwam vanaf het water, en ik zag een vrouw, gekleed in Waterlands kostuum, naar me zwaaien. Pas toen haar boot wat dichterbij kwam, herkende ik haar. Het was Geesken uit Ransdorp, de vrouw die me het baantje bij Rembrandt en Saskia had bezorgd.

Ze sprong aan wal en ik begroette haar met een omhelzing. 'Geesken! Wat leuk om je te zien! Hoe gaat het met je?'

Mijn blijdschap verraste haar, en mijzelf eigenlijk ook, tot ik me realiseerde dat het me niet zozeer om haar te doen was, maar om nieuws over mijn familie. Zonder eromheen te draaien hoorde ik Geesken uit, en ze beantwoordde bereidwillig mijn vragen. Met mijn moeder ging het goed, maar Pieter en Marij hadden hun jongste kind verloren. Daar hadden ze lang verdriet van gehad.

'Tja, je weet hoe dat gaat. Je hebt je kinderen te leen, je weet nooit wanneer God ze tot zich roept. Dat heb je te aanvaarden, hoe moeilijk het ook is. Marij is trouwens alweer zwanger. En hoe gaat het met jou?' vroeg ze, terwijl haar blik naar mijn buik ging.

'Goed.'

'Mooi. Heb je kinderen?'

Ik schudde mijn hoofd.

'Je woont alweer een paar jaar samen met die schilder, toch?' zei Geesken. 'Maar geen kinderen dus. Nou ja, het zou toch een bastaard zijn geworden, daar zit je ook niet op te wachten.'

Haar botheid overrompelde me zo dat ik haar alleen maar aan kon staren. 'Ik moet gaan,' zei ik, toen ik me had herpakt.

'Ik ook. Tot gauw!'

Ik keek toe hoe Geesken in de melkschuit sprong en orders aan haar twee knechten uitdeelde. Met haar rode jak, strooien hoed en verweerde gezicht zag ze eruit als wie ze was: iemand uit de lagere stand, afkomstig van het platteland, en ook al was mijn kleding mooier en duurder, ik voelde me veruit de mindere.

Niet lang daarna kondigde Neeltje aan dat ze ontslag wilde nemen. Ze had verkering en was zwanger geraakt, dus ze moest trouwen. Haar vrijer, die in goeden doen was, kwam oorspronkelijk uit Haarlem, en daar gingen ze wonen, dicht bij zijn familie. De schok was groot, maar ik begreep haar wel. Als ze nu haar kans niet greep, zou ze altijd ongehuwd en een dienstmeid blijven.

We namen in tranen afscheid, met de belofte te schrijven, al wisten we allebei dat dat niet zou gebeuren. Neeltje kon amper schrijven, en als ze eenmaal in Haarlem woonde zou ze haar eigen leven gaan leiden.

Met Neeltjes vertrek daalde er een wolk van neerslachtigheid over me neer. Ik miste haar, en het viel niet mee om een andere geschikte dienstmeid te vinden. Na een week of twee gesprekken voeren had ik nog steeds niemand. De meisjes die zich aanboden waren te jong en onervaren, te mager of ziekelijk, of ik ontdekte na wat rondvragen dat ze in hun vorige dienstje waren ontslagen wegens luiheid of diefstal.

Intussen voelde ik me nog steeds niet helemaal goed, en het huishouden begon me steeds zwaarder te vallen. Op een dag werd er met de klopper op de voordeur geslagen, en toen ik opendeed stond er een jonge vrouw voor me.

'Ik hoorde dat u een dienstmeid zoekt,' zei ze. 'Is dat nog steeds zo, of bent u al voorzien?'

Haar tongval verried dat ze van buiten Amsterdam kwam, ik kon haar amper verstaan. Ik zei dat ik nog niemand had gevonden en liet haar binnen. We gingen in de winkel zitten, en ik schonk een beker bier voor haar in. Dat was niet de gewoonte, maar ze kwam duidelijk van ver en zag er moe uit.

'Vertel eerst maar eens hoe je heet en waar je vandaan komt,' zei ik, terwijl ik tegenover haar ging zitten. 'Duidelijk niet uit Amsterdam.'

'Nee. Ik heet Hendrickje Stoffelsdochter Jegher, en ik kom uit Bredevoort.'

'Bredevoort? Waar ligt dat?'

'In het oosten van het land, vlak bij de grens. Mijn vader zit in het leger, hij is sergeant. U vraagt zich natuurlijk af hoe ik kan weten dat u een dienstmeid nodig heeft. Nou, we hebben een gemeenschappelijke kennis: Geesken, uit Ransdorp. Ze is verloofd met een soldaat uit Bredevoort, een van de mannen die onder bevel van mijn vader staan. Geesken wist dat ik werk zocht en heeft me geschreven.'

Met de vraag hoe Geesken, een melkmeid uit Ransdorp, aan een soldaat uit het oosten van het land was gekomen hield ik me niet bezig. Het interesseerde me niet, ik had alleen belangstelling voor Hendrickje. Ze zag er sterk en gezond uit, ze zou een goede hulp kunnen zijn.

Ik vroeg haar hoe oud ze was, en ze zei dat ze tweeëntwintig was en veel ervaring in het huishouden had. We praatten nog een tijdje door, waarbij ze haar best deed een goede indruk te maken, duidelijk bang dat ze de baan niet zou krijgen. Maar daar hoefde ze zich niet druk over te maken, ik had al besloten om haar aan te nemen.

Ik liet Hendrickje het huis zien en wees haar de bedstee op zolder, waar Neeltje had geslapen. Hendrickje liet haar ogen ronddwalen, zette haar spullen neer en vroeg: 'En meester Van Rijn? Waar is hij?'

'Aan het werk. Ik zal je vanavond aan hem voorstellen.'

'Moet hij niet beoordelen of ik hier mag komen werken?'

'Nee, dat bepaal ik. Hij wil niet lastiggevallen worden met huishoudelijke zaken. Maar we kunnen wel even naar de kleine schilderkamer gaan, dan zal ik je aan de leerlingen voorstellen.'

Hendrickje knikte en volgde me de trap af. Ik opende de deur en zei: 'Heren, vanaf nu hebben jullie weer op tijd turf in de kachel en verse vis op tafel. Dit is Hendrickje. Ze komt ons een handje helpen.'

De jongens draaiden zich om en er viel een doodse stilte.

Verbaasd keek ik van de een naar de ander. Ze wierpen elkaar steelse blikken toe, lachten besmuikt en gaapten Hendrickje onverholen aan. Toen begreep ik het.

Zelf had ik alleen gelet op Hendrickjes gezonde kleur en sterke, jonge lichaam, maar toen ik de reactie van de jongens zag, besefte ik pas hoe mooi ze was. Ik nam me voor haar zo ver mogelijk uit hun buurt te houden.

Aan het einde van de dag, toen het licht steeds doffer werd en uiteindelijk het schilderen onmogelijk maakte, kwam Rembrandt zijn kamer uit. Ik was met Hendrickje bezig het avondeten voor te bereiden en hoorde zijn voetstappen op de trap.

'Daar komt meester Van Rijn,' zei ik, terwijl ik snel mijn handen waste onder de pomp bij de gootsteen.

Hendrickje deed hetzelfde en veegde ze een beetje zenuwachtig droog aan haar rok. Ik begreep haar nervositeit wel, Rembrandts ster was de afgelopen jaren hoog gestegen. Ook al kreeg hij van de Amsterdamse regenten geen opdrachten meer, landelijk was hij een veelgevraagd schilder, en de meest verdienende bovendien. Het was niet niets om opeens in levenden lijve tegenover een beroemdheid te staan. Ik zag aan Hendrickjes gezicht dat ze zich er heel wat van voorstelde, en ik kon mijn lachen bijna niet inhouden toen Rembrandt in zijn met verf besmeurde kiel binnenkwam. Zijn haar zat in de war, hij was ongeschoren en er hing een penetrante lucht van zweet en terpentijn om hem heen.

Blijkbaar maakte het Hendrickje niet uit. Haar gezicht begon te stralen en ze maakte zo'n diepe knicks dat het wel een reverence leek.

'Meester Van Rijn, het is zo'n eer om u te ontmoeten!' zei ze, nog voor ik haar kon voorstellen.

Rembrandt trok zijn wenkbrauwen op en keek naar mij. 'En wie mag dit dan wel zijn?'

'Hendrickje Jegher, de nieuwe dienstmeid,' zei ik. 'Ze is vanmiddag begonnen.'

'Mooi!' Rembrandt liet zich neerzakken op een stoel en trok een lege kroes naar zich toe. 'Dan kan ze me meteen bijschenken, ik heb dorst. Ik hoop dat je kunt koken?'

'Zeker!' Hendrickje greep de bierkan en schonk Rembrandts kroes vol zonder een druppel te morsen. 'Mijn moeder heeft het me geleerd, en zij was de beste kokkin van de stad. Ik overdrijf niet.'

'Waar kom je vandaan? Je praat vreemd.'

'Uit Bredevoort, heer. Dat ligt in het oosten, maar dat weet u natuurlijk wel.'

Ik was ervan overtuigd dat Rembrandt geen idee had, en ik bewonderde Hendrickje om haar tact. Terwijl ze in gesprek raakten, sloeg ik hen gade. Wat ik had verwacht gebeurde niet. Hendrickje schrok niet terug voor zijn slordige, bijna woeste uiterlijk, en Rembrandt behandelde haar niet onverschillig en bot. Hij gedroeg zich, op zijn manier, zelfs zo hoffelijk dat Hendrickje zich al snel op haar gemak voelde.

Met de bierkan in beide handen bleef ze maar staan kletsen, en in plaats van haar aan het werk te zetten, luisterde Rembrandt vol belangstelling. Ik maakte een einde aan de gezelligheid door hem op te dragen zich om te kleden, en Hendrickje naar het fornuis te sturen.

'Als je de maaltijd hebt opgediend, kun je hier, in de keuken, eten,' zei ik. 'De meester en ik eten boven.'

'Goed,' zei Hendrickje.

Even voelde ik me schuldig. Neeltje had altijd bij ons aan tafel gegeten, in de woonkamer, maar iets zei me dat het verstandiger was om met die gewoonte te breken.

17

Een week later voelde ik me nog schuldiger. Ik werd ziek, en Hendrickje verzorgde me zo goed dat ik me afvroeg wat ik precies tegen haar had. Ik kwam tot de conclusie dat ik gewoon jaloers was. Het was onvervalste vrouwelijke afgunst op haar jeugd en schoonheid. Door haar goede zorgen knapte ik zo snel op dat ik die gevoelens opzijschoof en mijn best deed om haar wat beter te leren kennen. Ze was nog jong, wat wist ze van de zorgen en angsten die je kwamen kwellen als je ouder werd?

Op een middag hoorde ik haar huilen in haar kamertje op zolder. Het leek op het snikken van een kind dat zich doodongelukkig voelde, en er brak iets in me. Ik ging vlug de trap op, klopte op haar deur en zei: 'Hendrickje?'

Het snikken hield op en er klonk gestommel. Even later keek Hendrickje om de hoek van de deur. Ze had haar tranen gedroogd, maar de huilsporen waren nog zichtbaar.

'Het spijt me, ik weet dat ik de ton van het kakhuisje moet legen, maar...' Ze beet op haar lip.

'Het geeft niet, dat kan zo ook wel. Wat is er?'

Ze zocht naar woorden, stond duidelijk in tweestrijd. Toen nam ze een beslissing.

'Ik mis mijn familie zo,' fluisterde ze. 'Ik had niet verwacht dat het zó erg zou zijn.'

'Kom, dan gaan we naar beneden,' zei ik, en ik draaide me om.

Ze volgde me de trappen af, en in de keuken namen we plaats aan tafel. Ik pakte de tinnen schenkkan met rode wijn en schonk twee glazen in.

'Vertel eens wat over thuis,' zei ik. 'Leven je ouders nog? Heb je broers en zussen?'

'Mijn moeder leeft nog, en ja, ik heb broers en zussen. Ik ben de jongste van zes. Twee van mijn broers, Hermen en Frerick, zitten in het leger. Een is soldaat en de ander tamboer. Ik heb ook nog twee zussen, Martina en Margriete. Martina is getrouwd met een soldaat. Bij ons draait altijd alles om het leger.'

'En je vader?'

'Hij is dood. Vorig jaar is de kruittoren bij ons in Bredevoort ontploft, en daar is hij bij omgekomen, samen met mijn broer Berent.'

'Wat vreselijk!'

Ze knikte, diep bedroefd. 'Mijn moeder is een halfjaar later hertrouwd met onze buurman, Jacob. Hij is weduwnaar en heeft drie kleine kinderen, dus ze konden elkaars steun goed gebruiken. Maar het werd wel erg druk in huis.' Ze zweeg even en plukte aan een rafeltje aan haar mouw. 'Dus toen ben ik weggegaan.'

'Was er geen plaats meer voor jou?'

'Niet veel, maar dat was niet het probleem. Ik ben weggegaan vanwege mijn stiefvader.'

Door de manier waarop ze wegkeek en de klank van haar stem begreep ik wat ze bedoelde.

'Ach, nee toch,' zei ik. 'De smeerlap. Heb je het je moeder verteld?'

Ze glimlachte flauwtjes. 'Nee, het leek me beter van niet. Ze was net zo blij dat ze weer een man had gevonden die voor haar en de kleintjes kon zorgen. Jacob had geld genoeg, dus ze hoefde niet meer als wasvrouw haar brood te verdienen. Maar op een nacht, toen hij in mijn slaapkamer probeerde te komen, wist ik dat ik zo snel mogelijk het huis uit moest. Ik wilde ook niet in Bredevoort blijven, ik wilde zo ver mogelijk weg.'

'En dus ging je naar Amsterdam.'

Ze knikte en knipperde met haar ogen, waar een vochtig waas over bleef liggen. Er viel een stilte, maar die had niets pijnlijks. Met een gevoel van kameraadschap dronken we onze wijn.

'Je bent erg mooi,' zei ik, terwijl ik mijn glas neerzette. 'Dat is een geschenk, al kan het ook een last zijn.'

'Ik wou dat God me minder mooi had gemaakt, dan had ik gewoon thuis kunnen blijven.'

'Toen ik jonger was, had ik hetzelfde probleem. Ik was wel niet zo aantrekkelijk als jij, maar ik moest in Edam ook altijd oppassen voor mannen.'

'Kom je uit Edam?'

Het viel me op dat ze me tutoyeerde, maar ik vond het niet

erg. Ik was geen vrouw van stand, we hadden dezelfde achtergrond. Ik vertelde haar wat over mijn leven en familie, en over Abraham.

'Vier maanden?' zei Hendrickje. 'Was je pas vier maanden getrouwd toen hij stierf? Wat erg.'

'Het is lang geleden. Ik ben er wel overheen, maar soms, als ik het niet verwacht, is de pijn weer terug. Dan zie ik iemand lopen die op hem lijkt, en dan schrik ik. Alsof ik heel even verwacht dat hij het is.'

'Ik begrijp wat je bedoelt, dat heb ik met mijn vader. Waarom ben je eigenlijk nooit hertrouwd?'

Ik haalde mijn schouders op. 'Ik heb nooit meer iemand ontmoet die ik de moeite waard vond, en ik had geen echtgenoot nodig. Ik kon voor mezelf zorgen.'

'Was ik maar zo sterk.'

'Dat ben je ook,' zei ik, terwijl ik een klopje op haar hand gaf. 'Je bent helemaal van Bredevoort hiernaartoe gekomen, in je eentje. Noem dat maar niet sterk.'

Ze glimlachte en keek me aarzelend aan. 'Mag ik je een brutale vraag stellen?'

Ik zweeg even. 'Waarover?'

'Over meester Van Rijn en jou.'

Mijn gezicht moet niet erg bemoedigend hebben gestaan, want ze kroop meteen in haar schulp. 'Het spijt me, ik weet dat het niet netjes is. Vergeet maar dat ik het vroeg.'

Ik nam een slokje wijn en keek een paar seconden voor me uit. Toen liet ik mijn gladde gouden ring zien. 'Deze is van Saskia geweest. Ik heb al haar sieraden gekregen. De meeste zijn te kostbaar om dagelijks te dragen, maar deze doe ik nooit af.'

Ik vertelde hoe het zat tussen Rembrandt en mij, en Hendrickje vroeg: 'Maar vind je het dan niet erg dat jullie niet zijn aangesloten bij de kerk?'

'Helemaal niet. Als God liefde is, zal Hij wel een oogje dichtknijpen. Adam en Eva waren ook niet getrouwd.' Ik schoof mijn stoel naar achteren en kwam overeind. 'Laten we maar weer eens aan het werk gaan. Er is nog genoeg te doen.'

Ondanks onze verbeterde verstandhouding had ik wel het een en ander aan te merken op Hendrickje, zoals het feit dat ze geen enkele haast maakte om terug te keren naar de keuken als ze in de buurt van de schilderkamer moest zijn. Ik vroeg me af wat ze daar te zoeken had, en toen ze weer eens erg lang wegbleef, sloop ik op mijn kousen de trap op en liep onhoorbaar het gangetje in.

Door de half openstaande deur zag ik Hendrickje bij Rembrandts schildersezel staan. Ze had een penseel vast waarmee ze voorzichtig het doek beroerde, haar hand begeleid door die van Rembrandt. Hij gaf haar aanwijzingen. Meer dan een paar flarden ving ik er niet van op, maar genoeg om het geduld en de zachtheid te horen.

Mijn hartslag vertraagde. Ik hield de deur vast om een duizeling onder controle te krijgen, en ik ademde diep in en uit.

Hij liet haar schilderen!

Zelf mocht ik niet eens in de buurt van zijn ezel komen, maar haar liet hij op zijn doek klodderen. Het was geen belangrijk werk, en hij kon er zo overheen schilderen als het misging, maar daar ging het niet om.

Ik duwde de deur verder open en zei zo rustig mogelijk: 'O,

daar ben je. Ik heb je nodig in de keuken, Hendrickje.'

'Ik kom er zo aan,' zei ze, zonder zich om te draaien.

'Ik heb je nú nodig.' Mijn toon was zo scherp dat ze niet anders kon doen dan gehoorzamen.

Met een zucht legde ze het penseel neer en keek naar Rembrandt. Even was ik bang dat hij mijn gezag zou ondermijnen door te zeggen dat ze mocht blijven, maar dat gebeurde gelukkig niet. Hij knipoogde naar haar, wat misschien nog wel erger was.

Hendrickje liep voor me uit naar beneden, ik volgde. Onder aan de trap stonden mijn trippen. Ik schoof ze aan mijn voeten en terwijl ik daar op één been stond te wankelen, draaide ze zich naar me toe en vroeg: 'Kwam je ons bespioneren?'

Ik rechtte mijn rug en keek haar strak aan, blij dat ik iets langer was dan zij. 'Heb ik daar reden toe?'

'We doen niets verkeerd, Geertje. Ik wilde gewoon weten hoe het is om te schilderen.'

Ze keek me recht aan, en dat ze zich zeker genoeg voelde om dat zo onomwonden te zeggen, joeg me meer angst aan dan haar woorden.

Niet lang daarna werd ik opnieuw ziek, en weer zorgde Hendrickje voor me. Ik liet haar begaan, ik had haar nodig.

Dat Rembrandt van mijn ziekbed wegbleef begreep ik wel, zijn schilderij moest af. Bovendien herinnerden mijn koortsaanvallen hem waarschijnlijk aan de zware tijd voor Saskia's dood. Maar toch. Waarom kon hij niet af en toe komen kijken?

Langzaam week de koorts, en toen ik op een ochtend op mijn zij het woonvertrek in lag te staren, ging de deur open en kwam Rembrandt binnen. Verheugd richtte ik me op, maar een duizeling maakte daar meteen een einde aan.

'Blijf lekker liggen,' zei Rembrandt, terwijl hij een krukje naast de bedstee schoof. 'Hoe gaat het?'

'Wel wat beter. De koorts is verdwenen.'

'Dat hoorde ik van Hendrickje. Ze heeft goed voor je gezorgd.'

'Ja.'

Er viel een stilte. Rembrandt zat voorovergebogen, zijn handen ineengestrengeld tussen zijn knieën. Het leek alsof hij iets wilde zeggen maar niet goed wist hoe, en de onzekerheid laaide in mij op.

'Wat is er?' vroeg ik.

Hij keek op, en in zijn ogen zag ik schroom en pijn.

'Wát?' drong ik aan.

'Saskia's familie weet dat ik haar sieraden aan jou heb gegeven.'

'O. En dat vonden ze waarschijnlijk niet leuk om te horen.'

'Niet bepaald, nee. Hiskia is in alle staten. Het is natuurlijk in haar belang dat Saskia's erfenis intact blijft. Ik bedoel, na mijn dood gaat alles wel naar Titus, maar als hém iets overkomt, is Hiskia de erfgename. Volgens haar had ik het recht niet om bezittingen van Titus, van zijn moeder nog wel, aan jou te geven.' Hij schraapte zijn keel. 'En daar heeft ze een punt.'

Terwijl hij sprak keek ik hem onafgebroken aan, met een gevoel van naderend onheil.

'Je wilt Saskia's sieraden terug,' zei ik zacht.

'Nee, ik heb ze je gegeven omdat ik van je hou, en dat doe ik nog steeds. Maar we moeten Hiskia geruststellen, anders spant ze een rechtszaak tegen me aan. Ze heeft al stappen ondernomen. Straks wijst de rechtbank háár nog aan als beheerder van Saskia's erfenis.'

'Kunnen ze dat echt doen?'

'Ik ben bang van wel. In feite ben ik in gebreke gebleven door die sieraden aan jou te geven.'

Hij wilde ze wél terug, besefte ik. Misschien hoopte hij dat ik ze uit eigen beweging zou geven.

Vermoeid leunde ik tegen de kussens. De sieraden, en vooral de diamanten ring, betekenden veel voor me, meer dan de geldelijke waarde. Ze vertegenwoordigden mijn status als Rembrandts vrouw, beschermden me tegen roddels en laatdunkende blikken. Ik kón ze niet teruggeven, dat mocht Rembrandt niet van me vragen.

Dat deed hij ook niet, maar de stilte die viel stond bol van spanning. Uiteindelijk kuchte Rembrandt wat en zei hij: 'Er is een andere oplossing.'

'Wat dan?'

'Ik heb advies gevraagd aan een advocaat, meester Pieter Cloeck. Je kent hem wel, hij woont in Het Vergult Aschtonnetje, aan het Singel.'

Ik knikte.

'Meester Cloeck heeft me geadviseerd om een inventaris op te maken van de gemeenschappelijke bezittingen van Saskia en mij, zodat Hiskia en de rest van de familie weten dat verder alles er nog is. Als jij een testament opmaakt waarin je de sieraden nalaat aan Titus, is er niets aan de hand. Dan kun je ze gewoon houden.'

Hij kón ze helemaal niet terugeisen, besefte ik. Iedereen had me ze zien dragen, ze waren mijn eigendom. Ik kon ze nalaten aan wie ik wilde. Maar waarom zou ik niet voor Titus kiezen? Het was niet meer dan logisch dat Saskia's bezittingen later naar hem zouden gaan.

'Natuurlijk zijn die sieraden later voor Titus, ik zou niet anders willen,' zei ik.

Rembrandt keek zo opgelucht dat zijn gezicht helemaal ontspande. 'Fijn! Ik wist dat je het zou begrijpen.' Hij pakte mijn hand en kuste die. 'We kunnen vanmiddag bij notaris Laurens Lamberti terecht.'

'Vanmiddag?'

'Gaat dat niet? Hij woont niet zo ver hiervandaan, bij de Zeedijk. Je voelde je toch beter? We kunnen wel een paar dagen wachten, maar Hiskia...'

Met een handgebaar legde ik hem het zwijgen op. 'Het lukt wel. Duurt het lang, een testament opmaken?'

'Helemaal niet. Je zegt wat erin moet komen te staan, de notaris schrijft het op en dan zet jij je handtekening eronder. We kunnen wel alvast een concept maken. Een kladtestament,' voegde Rembrandt eraan toe, op mijn niet-begrijpende blik.

Ik was eigenlijk liever weer gaan slapen, maar Rembrandt stond al op om papier en inkt te pakken. Terwijl ik me weer zieker begon te voelen, stelden we mijn testament op. Eigenlijk was het Rembrandt die dat deed, maar ik ging met al zijn voorstellen akkoord.

Erg ingewikkeld was het ook niet, hij moest me alleen de

juridische termen even uitleggen. Als ik zonder kinderen kwam te overlijden, zou ik mijn kleding nalaten aan mijn moeder en een legaat uitkeren aan Trijntje Beets, waarbij ze honderd gulden zou ontvangen en het portret dat Rembrandt van mij had geschilderd. De rest liet ik na aan Titus.

Toen alles op papier stond, ging ik slapen. Een paar uur later werd ik wakker en kleedde me aan, nog een beetje onvast op mijn benen. Ik zette mijn muts op, liet me door Rembrandt in mijn vlieger helpen en we gingen de deur uit. Het was een koude januaridag, de noordenwind deed me huiveren. Rembrandt sloeg zijn arm om me heen en voerde me mee naar een gesloten rijtuig dat bij de Anthoniesluis stond.

'De Molensteeg leek me toch iets te ver lopen voor je,' zei hij.

Hij hield het portier voor me open en ik stapte in. Dankbaar liet ik me op het koude leer van de bank zakken. Rembrandt kwam naast me zitten, trok het portier dicht en de koetsier spoorde het paard aan.

Op zich was de Molensteeg niet ver, maar onderweg realiseerde ik me dat de wandeling me toch te zwaar zou zijn geweest. Niet dat we met het rijtuig sneller waren. De rit door de Breestraat leek eindeloos te duren door de vele opstoppingen. Op de Nieuwmarkt was er bijna geen doorkomen aan, maar uiteindelijk konden we afslaan naar de Zeedijk en vervolgens sloegen we links af de Molensteeg in. De koets kon er net doorheen, een paar voetgangers moesten zich tegen de muur drukken. Het verbaasde me dat notaris Laurens Lamberti in zo'n onaanzienlijke steeg woonde.

Halverwege hielden we halt voor een smal, hoog huis.

Rembrandt hielp me uitstappen. Eenmaal binnen bleek de eenvoudige, bijna armoedige locatie een groot contrast te vormen met de inrichting van het voorhuis. Ik zag een marmeren vloer, duur uitziende siertafeltjes en stoelen langs de wanden. Boven de schouw hing een portret van een grijzende man van een jaar of zestig, waarin ik de notaris herkende toen die binnenkwam.

Laurens Lamberti begroette ons hartelijk en ging ons voor naar zijn kantoor, waar een haardvuur brandde. Een klerk zat klaar achter zijn schrijftafel, twee mij onbekende mannen stonden ernaast. Ze deden een stap naar voren en maakten een korte buiging voor Rembrandt en mij.

'Dit zijn de getuigen, Jan Guersen en Octaeff Octaefszoon,' zei Lamberti. 'Laten we gaan zitten.'

Dat deden we, en ik veegde mijn klamme handpalmen af aan mijn rok. Had ik koorts of was ik zenuwachtig, en als dat laatste het geval was, waarom dan? Misschien kwam het door de plechtige sfeer, of omdat het woord testament me dwong na te denken over mijn dood. Het zweet brak me opeens uit, ik hoopte dat het allemaal niet te veel tijd in beslag zou nemen.

Gelukkig had Rembrandt eraan gedacht het concepttestament mee te nemen, en hij overhandigde het aan de notaris. Die las het door, stelde me wat vragen over mijn gezondheid en mijn familie, en begon toen te schrijven. Een halfuur na onze binnenkomst had ik getekend en was alles geregeld. Rembrandt glimlachte breed. Zo stil als hij kort daarvoor was geweest, zo joviaal en vrolijk gedroeg hij zich nu.

Gelukkig wilde hij niet blijven hangen en vertrokken we

meteen. De notaris had het ook te druk om gezellig na te praten; in het voorhuis stonden de volgende cliënten al klaar.

Onze koets was doorgereden, maar stond op de Oudezijds Voorburgwal op ons te wachten. Ik was zo moe en draaierig dat het me moeite kostte om in te stappen. Rembrandt hielp me, en tijdens de terugrit leunde ik tegen hem aan. Zijn uitbundige stemming was alweer voorbij. De hele weg terug keek hij uit het raam en zei geen woord. Op dat moment was ik te koortsig om er conclusies aan te kunnen verbinden. Dat kwam later pas.

18

Achteraf begrijp ik niet hoe ik zo blind heb kunnen zijn. Alle voortekenen waren er, zo duidelijk als wat. Misschien kwam het door mijn ziekte, die me nog wekenlang verzwakte, of door de toewijding waarmee Hendrickje me verzorgde. Destijds zag ik die aan voor warmte, waardoor ik me schaamde dat ik zo onaardig over haar dacht, maar nu denk ik dat ze me een rad voor de ogen probeerde te draaien.

Rembrandt had niet veel tijd voor me, en daar leed ik nog het meest onder. Als je van iemand houdt staan je voelsprieten op scherp voor alles wat je geluk zou kunnen bedreigen, maar je laat je ook gemakkelijk geruststellen, al is het maar omdat de waarheid te pijnlijk is.

Ik weet niet precies wanneer hun verhouding begonnen is. Hendrickje verbleef steeds vaker in de schilderkamer om te poseren, en dan ging de deur dicht. Maar als ik onverwacht naar binnen stapte, zag ik nooit iets wat mijn wantrouwen wekte, al sluimerde er altijd een onbehaaglijk gevoel in mij als ik ze samen zag.

De eerste keer dat ik er niet langer onderuit kon dat er iets speelde, was in juni. Op 5 juni 1648, om precies te zijn. Dat weet ik nog zo goed omdat op die dag het einde van de oorlog met Spanje gevierd werd.

In de hele stad, en vooral op de Dam, was het groot feest. We gingen er met z'n allen naartoe, Titus op Rembrandts schouders, Hendrickje en ik aan weerskanten van hem. Het was een prachtige voorjaarsdag, met zon en friswitte wolkenflarden. Jong groen sierde uitbundig de takken van de bomen.

De klokken van de Zuiderkerk luidden al urenlang en iedereen was op straat.

Ik keek naar Hendrickje, die nog net niet huppelde. Met lichte, verende pas liep ze naast Rembrandt, pratend en wijzend, grapjes makend tegen Titus. Ze droeg een nauwsluitend blauw jakje en haar bruine krullen werden deels bedekt door een wit kanten kapje. Er lag een blos van opwinding op haar gezicht en zoals ze daar naast ons liep, jong en blij, leken we wel een gezin waarvan zij de oudste dochter was.

Rembrandt was in opperbeste stemming. Hij praatte en lachte, groette bekenden, beantwoordde geduldig Titus' vele vragen.

Terwijl we naar het hart van de stad wandelden, leek het klokkengebeier steeds door een andere kerk te worden overgenomen. In de verte voegde het geknal van kanonnen zich daar ook nog bij. Titus schrok ervan, maar Rembrandt legde uit dat het vreugdeschoten waren.

Naarmate we dichter bij de Dam kwamen, werd het drukker, tot het leek alsof de hele stadsbevolking zich daar had verzameld. De vensters van de huizen rond het plein waren geopend en de bewoners leunden naar buiten.

Straatjongens klommen in bomen en palen, en zelfs de boten in het Damrak stonden volgepakt met mensen die niets van de festiviteiten wilden missen. Vanaf de toren van het oude stadhuis, dat voor het nieuwe stond en nog niet afgebroken was, schetterden bazuinen, en kleurrijke vaandels hingen langs de gevel.

Ik ging op mijn tenen staan en rekte mijn hals om te zien wat er op de Dam gebeurde. Meer dan een glimp ving ik niet op, maar ik zag dat bij de Waag een wijnfontein stond waar iedereen gratis uit mocht drinken. Ook stonden er drie openluchttheaters. Twee waren gesloten met gordijnen, het derde werd net met veel tromgeroffel geopend. Op het podium beeldde een groep toneelspelers met dramatische gebaren iets uit, maar ik kon niet zien wat.

Terwijl iedereen zich voor het theater verdrong, klonk aan de andere kant van de Dam muziek. Daar kwam de schutterij! Een bonte stoet van hellebaardiers, piekeniers en tamboers marcheerde het plein op, vlaggen en vaandels wapperden boven de hoofden van de toeschouwers. Een deel van de mensen verlegde de aandacht naar de optocht, waardoor de massa in beweging kwam en het geduw toenam.

'Waar is Hendrickje?' vroeg Rembrandt. Met Titus nog steeds op zijn schouders keek hij om zich heen, en hij draaide in het rond.

Ik deed hetzelfde, maar zag Hendrickje nergens. Het was zo druk dat we schouder aan schouder stonden en voortdurend in de rug werden geduwd.

'Kom, dit gaat niet goed.' Rembrandt pakte me bij de hand en trok me mee tot we uit het gedrang waren. Intussen bleef hij zoekend om zich heen kijken en er verscheen een diepe frons tussen zijn wenkbrauwen.

De schutters maakten een bocht en marcheerden op een paar meter afstand van ons voorbij, met hoge hoeden op en rode, blauwe en oranje sjerpen om hun heupen. Om ons heen werd getrokken en geduwd, ik had moeite om op de been te blijven.

'Verdomme!' Rembrandt keek verwilderd om zich heen, er verscheen zelfs iets van angst op zijn gezicht.

'Daar, papa! Daar is Hendrickje!' riep Titus, die vanaf zijn vaders schouders een goed overzicht had. Hij zwaaide met beide armen en riep luid Hendrickjes naam.

'Ziet ze ons?' vroeg Rembrandt.

'Ja, ze komt naar ons toe. Daar is ze!'

Hendrickje dook op met een verhit gezicht. Haar kapje was verdwenen zodat haar bruine krullen om haar gezicht hingen. 'Ik kon jullie niet meer vinden, ik werd steeds verder weggeduwd! Iemand liep me omver, en toen werd ik bijna vertrapt, maar een vrouw hielp me overeind, en toen...'

Ze brak haar verhaal af en begon te huilen. Rembrandt zette Titus op de grond en trok Hendrickje tegen zich aan. Met zijn armen om haar heen huilde ze uit, zo lang dat mijn medeleven verdampte en veranderde in ergernis. Per slot van rekening was er ook weer niet zóveel aan de hand.

'Laten we gaan,' zei ik kortaf. 'We zien toch niets en straks gebeuren er nog ongelukken.'

Met Titus aan de hand liep ik weg, zodat Rembrandt wel

moest volgen. Hij kwam met Hendrickje achter ons aan. Ik wierp af en toe een blik over mijn schouder en zag dat hij nog steeds zijn arm om haar heen had.

Alles was veranderd en er was niets wat ik ertegen kon doen. De ene dag at Hendrickje nog in de keuken, de volgende dag zat ze bij ons aan tafel. Toen ik er iets van zei, antwoordde Rembrandt: 'Neeltje at ook altijd met ons mee. Ik zou niet weten waarom Hendrickje in de keuken moet zitten.'

Daar kon ik weinig tegen inbrengen, behalve dat we nu bijna geen moment meer samen hadden. Alleen de nachten brachten we nog met z'n tweetjes door, in de krappe bedstee. Ik hield mezelf voor dat zolang ik het was die 's nachts tegen zijn brede rug aan lag, ik me geen zorgen hoefde te maken.

Toch deed ik dat, liggend in het donker, met mijn ogen wijd open, luisterend naar Rembrandts ademhaling. De angst om hem te verliezen kneep mijn keel dicht en maakte het moeilijk om de slaap te vatten. Mijn dromen waren vol van Hendrickje, en 's ochtends, als ik haar in de keuken tegenkwam, kostte het me moeite om vriendelijk tegen haar te zijn.

Tot mijn grote frustratie konden Titus en Hendrickje het goed met elkaar vinden. Ze deed allerlei wilde spelletjes met hem, zoals tikkertje en blindemannetje, en ze nam hem dikwijls mee de stad uit. Dan gingen ze kikkers vangen, zoals ik vroeger met Titus had gedaan, toen ik daar nog de tijd en de kracht voor had. Omwille van Titus probeerde ik zo aardig mogelijk te zijn tegen Hendrickje.

Zo leefden we voort, zeker een jaar lang. Ik deelde Rembrandts bed, maar ik wist niet precies wat hij met Hendrickje deelde als ik de deur uit was, of als ze weer eens achter een gesloten deur voor hem poseerde. Wat ik wel wist, was dat Hendrickje gelukkig was. Regelmatig hoorde ik ergens in huis haar lach opklinken, en ze zong veel. Nooit hard, maar zachtjes voor zich uit, met de lichte klank van iemand die volmaakt tevreden is met het leven.

Aan Rembrandt merkte ik weinig, en dat stelde me gerust. Als hij ook opeens was gaan zingen of fluiten had ik me echt zorgen gemaakt, maar hij gedroeg zich hetzelfde als altijd. Wel lachte hij vaker en praatte hij meer tijdens het eten, maar ik maakte mezelf wijs dat dat niet per se iets met Hendrickje te maken hoefde te hebben. Maar wat als dat wel zo was?

Tijdens een van mijn slapeloze nachten besloot ik dat ik hem zijn gevoelens voor Hendrickje zou toestaan, zelfs als dat betekende dat hij een relatie met haar zou beginnen. We waren immers niet getrouwd, hij pleegde geen overspel. Officieel was hij me niets verschuldigd.

Mijn koele houding tegenover Hendrickje had hem al een paar keer zijn wenkbrauwen doen fronsen; een waarschuwing die ik ter harte nam. Rembrandt hield niet van gezeur en spanningen in huis, het laatste waar hij op zat te wachten was twee bekvechtende vrouwen.

Zolang hij de liefde nog met mij bedreef en ik Saskia's ring droeg, was ik de belangrijkste vrouw in zijn leven. Aan die gedachte klampte ik me vast.

Maar op een dag viel de slag toch. Normaal gesproken verdween Rembrandt meteen na het ontbijt naar zijn werkplaats, maar die ochtend bleef hij in de keuken zitten. Hendrickje liep vlug weg, en ik begreep wat er komen ging.

'Ga even zitten, Geertje,' zei Rembrandt op zachte, dringende toon.

Mijn handen begonnen te beven. Ik zette de borden iets te hard in de spoelbak en draaide me om. Terwijl ik tegenover Rembrandt plaatsnam speurde ik zijn gezicht af. Wat ik zag was weinig geruststellend. Zijn mondhoeken hingen naar beneden en hij vermeed het me aan te kijken. Met licht gebogen schouders zat hij aan tafel, spelend met een botermesje.

Ik bleef naar hem staren, met bonzend hart, maar met de rust van iemand die al weet dat het onvermijdelijke op het punt staat te gebeuren.

'Het gaat al een tijdje niet zo goed tussen ons,' zei Rembrandt, na een zenuwslopende stilte. 'Dat zul je ook wel gemerkt hebben.'

'Ik heb vooral gemerkt dat je Hendrickje leuk vindt,' zei ik bitter.

Rembrandt zweeg ongemakkelijk en tikte steeds opnieuw met het botermesje op het tafelblad. 'Ja, ik vind haar leuk,' zei hij ten slotte.

'Hóé leuk?'

'Ik hou van haar.'

Ik staarde hem aan. 'Je houdt van haar.'

'Ja.'

'Jij bent bijna vierenveertig, en zij is drieëntwintig. Een kind nog.'

'Ze is een jonge vrouw, geen kind.'

'Jullie schelen twintig jaar!'

Hij legde het botermesje opzij en rechtte zijn rug. 'Waar het om gaat is dat ik van haar hou.'

'En niet meer van mij?'

Er viel een stilte, waarin ik mijn adem inhield. Het antwoord dat hij ging geven was bepalend. Een bevestiging zou het einde van alles betekenen, maar als hij nog gevoelens voor me had, was er hoop.

We keken elkaar aan, en in die paar seconden zag ik iets wat ik niet wilde zien. Hij had misschien nog wel gevoelens voor me, maar die waren veranderd in iets wat ik niet kon verdragen: medelijden.

'Jawel,' zei hij. 'Ik hou nog van je, maar niet meer op die manier. Ik ben je dankbaar. Je bent goed voor me geweest, en voor Titus.'

'Over Titus gesproken, heb je er wel aan gedacht wat dit voor hem betekent? Ben je echt van plan om je zoon voor de tweede keer een moeder te ontnemen?'

'Je bent zijn moeder niet, en Hendrickje...'

'Ik heb bijna acht jaar voor hem gezorgd en van hem gehouden! Natuurlijk ben ik een moeder voor hem.'

Rembrandt stak bezwerend zijn hand op. 'Goed, dat zal ik niet ontkennen, maar het is niet anders. Gelukkig kan hij het ook heel goed vinden met Hendrickje.'

Ik stootte een ongelovig lachje uit. 'Dat meen je toch zeker niet? Wil je dat met elkaar vergelijken?'

'Geertje, het ís niet anders. Titus zal eraan moeten wennen. Ik hou van Hendrickje en ik ga met haar verder.'

Zijn houding had iets rusteloos en zijn blik dwaalde telkens af, alsof dit gesprek een vervelend karweitje was dat moest gebeuren voor hij verder kon met zijn leven.

Tot dat moment had ik mijn tranen tegen weten te houden, maar opeens brak de dam en begonnen ze te stromen. Met schokkende schouders, mijn handen voor mijn gezicht geslagen, zat ik aan tafel.

Rembrandt kwam naast me zitten en trok me tegen zich aan. 'Het spijt me,' zei hij. 'Het spijt me zo.'

Het liefst had ik me losgerukt, maar in plaats daarvan leunde ik tegen zijn schouder en koesterde ik me in zijn warmte. De vertrouwdheid van zijn armen om me heen maakte het alleen maar moeilijker om te geloven dat het voorbij was tussen ons.

Uiteindelijk kalmeerde ik en liet Rembrandt me los. Hij bleef wel dicht naast me zitten en hij zei zacht: 'Laten we dit netjes oplossen, Geertje. Ik zet je natuurlijk niet zomaar op straat. Ik zal je elke maand vijf gulden geven als jij me Saskia's sieraden teruggeeft.'

Zijn woorden drongen amper tot me door, ik besefte alleen dat mijn hele toekomst, mijn laatste hoop op geluk, net was ingestort. Ik was bijna veertig, had geen werk en geen echtgenoot of kinderen die voor me konden zorgen. Omdat ik geboren was in Edam en ongehuwd had samengeleefd met Rembrandt, was ik geen poorter van Amsterdam en kon ik ook niet op financiële steun van de bedeling rekenen. Op die van de kerk evenmin. Ik was oud en afgeschreven.

Maar het ergst was het om Rembrandts liefde te verliezen, nooit meer zijn lach te horen, of zijn warme blik op me gericht te weten. Een andere vrouw zou voortaan dat voorrecht genieten, in zijn armen liggen in de donkere nacht en zijn strelingen ondergaan.

'Geertje? Heb je me gehoord?'

'Wat?'

'Saskia's sieraden...'

'Wat is daarmee?'

Zijn verkrampte kaken maakten duidelijk hoe hoog dit hem zat. Hij wilde ze terug. Zodra hij van me af was, zou Hendrickje met de roosring om haar vinger rondlopen. Die gedachte was meer dan ik kon verdragen.

'Ze zijn van mij,' zei ik. 'Je hebt ze aan mij gegeven.'

'Dat weet ik, maar nu...' Hij maakte een machteloos gebaar.

'Nu zijn ze voor Hendrickje?'

'Absoluut niet. Ik wil ze op een veilige plek leggen en voor Titus bewaren. Ik had ze nooit weg moeten geven, ze behoren Titus toe. Het is het enige wat hij nog heeft van zijn moeder.'

Ik aarzelde. Daar had hij natuurlijk gelijk in, maar misschien zou Rembrandt ze intussen toch door Hendrickje laten dragen.

'Ik zal ze goed bewaren,' beloofde ik.

Opeens sloot Rembrandts hand zich stevig om mijn pols. Hoewel het geen pijn deed, voelde het onaangenaam.

'Geef ze gewoon terug,' zei hij. 'Je begrijpt toch wel hoe belangrijk ze voor me zijn?'

Hij keek zo wanhopig dat ik hem bijna zijn zin had gegeven. Natuurlijk begreep ik hem, ik begreep hem volkomen. Maar iets diep in mij sprak waarschuwende woorden, liet me weten dat het onverstandig zou zijn om hem zijn zin te geven. Dan zou hij alles hebben, en ik helemaal niets.

'Je hebt net beloofd dat je me zou helpen, dat je me niet zomaar op straat zou zetten.'

'Dat klopt. Ik geef je elke maand vijf gulden.'

'Vijf gulden... Moet ik daarvan leven?'

'Het kan meer worden, als je me die sieraden teruggeeft.'

'Je kunt je ook bedenken en me laten blijven. Ik weet dat je heel erg verliefd bent op Hendrickje, maar dat hoeft niet zo te blijven. Ze zal niet altijd jong en mooi zijn, en intussen doe je Titus groot verdriet.'

'Geertje...' Hij liet mijn pols los en streek met zijn vinger over de gladde gouden ring die ik droeg. Saskia's ring. 'Deze mag je houden, als je me de rest teruggeeft.'

'Ik hou jou liever. Kan dat niet? Is het echt zomaar voorbij?'

Hij zweeg. Ik wilde me aan hem vastklampen en smeken om nog een kans, maar ik zag aan zijn gezicht dat hij al afstand van me had genomen. Het enige wat ik kon doen was mijn waardigheid behouden en opstappen. En dat deed ik. Ik vertrok en nam mijn spaargeld en sieraden mee.

19

Verblind door tranen liep ik over straat, sjouwend met mijn spullen. Ik had niets meer gezegd tegen Rembrandt, was meteen na ons gesprek weggegaan. Hendrickje had ik niet eens gezien, Titus evenmin.

Rembrandt had naar de sieraden gezocht. Ik zag het aan de bedstee, die er niet meer zo netjes bij lag als ik hem die ochtend had achtergelaten, en aan mijn kledingstukken, die door elkaar in de kast lagen. Wat hij niet wist was dat ik altijd bedacht was op dieven, met zoveel aanloop in huis, en dat ik al mijn kostbaarheden in een voorraadpot in de keuken bewaarde. Ik vroeg me af wat hij met die zoektocht had willen bereiken, want zelfs wettelijk gezien waren Saskia's sieraden van mij. Ze stonden immers in mijn testament.

Na ons gesprek waren er klanten binnengekomen, en terwijl Rembrandt door hen in beslag werd genomen, haalde ik de sieraden tevoorschijn, pakte de rest van mijn spullen en ging de deur uit.

Ik stak over en liep de Uilenburgerstraat in, weg van de

buurt waar iedereen mij kende. Ik ging een brug over en kwam terecht in een wijk waar ik niet vaak was geweest.

Het was het eiland Rapenburg, dat geen echt eiland was, omdat één kant nog was verbonden met de stad. Maar verder was het omgeven door het water van het IJ. De scheepswerven van de VOC lagen er, en de hele buurt zat vol kroegen, opslagplaatsen voor hout en scheepshellingen. Op de werven lagen schepen in aanbouw, en de geur van vers geschaafd hout hing over het hele eiland.

Ik informeerde bij een voorbijganger of er ergens kamers verhuurd werden en de man wees naar een logement met de naam Het Swartte Bottje.

Binnen was het druk. Er hing een dichte walm tabaksrook, en gelach en gezang golfden me tegemoet. Ik wrong me tussen de klanten door naar de toog en vroeg de waard om een kamer.

Er was er gelukkig nog een vrij. Een mooi meisje met opzichtige kleding – rood fluweel en veel strikken – ging me voor naar boven en wees naar een deur.

Ik bedankte haar en duwde de deur open. Een muis schoot weg over de plankenvloer en het tochtte bij het venster, maar de kamer zag er redelijk schoon uit. Er stonden een bed, een tafel met twee stoelen en een kist om mijn spullen in op te bergen.

'Prima,' zei ik tegen het meisje, dat op de overloop op me wachtte. 'Ik neem hem.'

Mijn kamer lag aan het water aan de stadskant, met uitzicht op de Montelbaenstoren. Ik bleef er twee nachten.

De eerste dag zat ik urenlang voor het venster te kijken

naar de schepen die Amsterdam binnenvoeren, met ogen die zo gezwollen waren door het huilen dat ik me aan niemand durfde te vertonen.

Het gerasp en gezaag, geklop en gehamer ging de hele dag door, ik hoorde het in mijn slaap nog steeds. Maar het stoorde me niet, de geluiden voerden me terug naar Edam. Ik was weer een kind dat, veilig in de bedstee, haar vader nog tot laat hoorde werken, en dat haar moeder beneden in de keuken wist. Straks zou ze roepen dat ik op moest staan, en dan zou het haardvuur branden en de karnemelkspap klaarstaan.

Een enorm verlangen naar huis, naar Edam, overviel me. Ik zou ernaartoe kunnen gaan. Er woonde veel familie van me, en Trijn. Ook al had ik Trijn in geen jaren gezien, ze zou me zeker helpen. Misschien kon ik een tijdje bij haar wonen om rustig na te denken over de toekomst. Bij die gedachte voelde ik me wat beter, en ik viel in slaap.

De volgende dag liep ik naar de Montelbaenstoren om een beurtschip naar Edam te zoeken. Niet één schipper ging rechtstreeks, maar ik kon mee tot Monnickendam. Ik aarzelde niet, wierp mijn bagage in de boot en klom aan boord. Er voeren meer betalende passagiers mee en ik zocht het laatst overgebleven plekje tussen de lading. Terwijl ik me installeerde vertrokken we al. Met opgetrokken knieën en mijn bagage als kussen in mijn rug keek ik hoe we wegvoeren van Amsterdam, langs het galgenveld en verder. Het onstuimige water van het IJ sloeg tegen de boot en spatte hoog op, alsof het ons wilde tegenhouden. Met droge ogen en een hol gevoel vanbinnen staarde ik naar de hoge muren waarachter ik zo gelukkig was geweest. Ik herinnerde me de dag van mijn aankomst, mijn hoop en mijn vertrouwen in de toekomst, en ik glimlachte bitter. De afgelopen acht jaar hadden me niet veel gebracht, ik was weer op het punt waar ik was begonnen.

Hoewel, niet helemaal. Ik zocht in mijn bagage naar een leren zakje en haalde er de roosring uit. Ik hield hem omhoog en liet de diamanten vonken schieten in de zon. Een van de passagiers keek opzij en snel liet ik de ring zakken. Ik trok een lint uit mijn ingevlochten haar en hing de ring als een ketting om mijn hals, veilig verborgen onder mijn kleding.

Bij aankomst in Monnickendam ging ik op zoek naar een schip dat me naar Edam kon brengen. Dat was snel geregeld, bijna alle beurtschepen voeren daarnaartoe.

Ik nam het goedkoopste schip en zocht opnieuw een plekje tussen de manden en kisten.

Het eerste deel van mijn reis was ik diep in gedachten verzonken, en ik liet het landschap met nietsziende ogen aan me voorbij glijden, maar op een gegeven moment ging ik wat rechter zitten. De eerste vertrouwde wegen verschenen, en ik werd overvallen door ontroering. Opeens drong het tot me door hoe lang het geleden was dat ik Edam achter me had gelaten.

We voeren pal langs de timmerwerf waar mijn ouderlijk huis stond, en ook al woonden daar nu andere mensen, ik moest me beheersen om niet te roepen dat ik van boord wilde. Even later bereikten we de Middelijer Poort en voeren we de stad in. Het schip meerde aan langs de Schepenmakersdijk en iedereen stapte op de kade. Ik betaalde de schipper, pakte mijn spullen en sprong op de kade.

Daar bleef ik even staan en haalde diep adem. Iets van de donkere schaduw die boven mijn hoofd had gehangen dreef weg, een vleugje licht drong erdoorheen. Ik was thuis.

Trijn woonde in de Grote Kerkstraat, vlak bij het Damplein. Ik liep er langzaam naartoe en genoot van elke stap door mijn geboorteplaats. Niemand herkende me, al werd ik wel nagekeken met de zak spullen die ik over mijn schouder meesjouwde. Ik vond het prima, had er helemaal geen behoefte aan om bekenden tegen te komen en mijn verhaal te moeten doen. Ik zou het aan Trijn vertellen, en alleen aan haar.

Ik liep de Grote Kerkstraat in, naar de slagerij. Voor de deur was een man van een jaar of dertig bezig een varken te slachten. Het dier was aan het stuiptrekken, het bloed stroomde uit zijn keel en liep weg via een gootje. Ik wachtte tot hij niet meer bewoog en vroeg aan de slager naar Trijn.

Zonder iets te zeggen wees hij naar de winkel. Ik ging het voorhuis in en keek om me heen. Er was niemand.

'Hallo?' riep ik.

Het duurde even voor ik iets hoorde, toen keek een meisje van een jaar of vier om de hoek.

'Dag,' zei ik. 'Wie ben jij?'

'Geertje,' zei het kind.

Getroffen keek ik haar aan. 'Wat leuk, ik heet ook Geertje. Is je moeder thuis?'

Het meisje knikte en rende naar binnen. Ik hoorde haar roepen en even later verscheen Trijn in de gang. Verbluft bleef ze staan.

'Geertje, je bent het echt!' Met een paar stappen was ze bij me en we vielen elkaar om de hals.

'Wat doe jij nou hier! Wat een geweldige verrassing. Waarom heb je me niet laten weten dat je zou komen?' Trijn bleef me maar omhelzen. Ze wreef over mijn rug, zoende me op de wang en toen we elkaar eindelijk losslieten, had ze tranen in haar ogen.

'Het was voor mij ook nogal onverwacht,' zei ik.

Ze deed een stap naar buiten, riep naar de man dat ze bezoek had en trok mij mee. 'Kom, dan gaan we naar de hof. Krijn zorgt wel voor de winkel.'

In de door muren omsloten hof namen we plaats op een bankje. Een kastanjeboom zorgde voor wat schaduw, vogels zongen en de lucht was blauw. Ik zuchtte diep van genoegen.

Trijn haalde een kroes dunbier voor ons beiden en kwam bij me zitten. 'Vertel, wat is er aan de hand?'

'Eerst jij. Dat kleine meisje, Geertje, is dat je jongste kind?'

'Ja, ik heb haar naar jou vernoemd. Eerder had ik ook een Geertje, maar ze is gestorven toen ze twee maanden was.'

'Wat erg... Hoeveel kinderen heb je?'

'Vijf, maar het hadden er zeven moeten zijn. En jij?'

Ik schudde mijn hoofd en Trijn keek me meewarig aan.

'Hoe is het met die schilder?' vroeg ze.

'Dat is voorbij. En met jouw man?'

'Ik ben sinds een jaar weduwe. Maar ik heb de slagerij overgenomen en een goede knecht aangenomen, Krijn, dus ik red me wel.'

'Maar toch... Je bent twee kinderen en je man kwijt. Dat spijt me voor je, Trijn.'

'Het is niet anders.' Berustend haalde ze haar schouders op.

'Waarom is het voorbij tussen die schilder en jou? Omdat hij niet met je wilde trouwen?'

Ik schudde mijn hoofd en vertelde haar het hele verhaal. Toen ik was uitgesproken bleef het even stil.

'Daarom ben je hiernaartoe gekomen,' zei Trijn zacht. 'Omdat die ploert je hart heeft gebroken. Ik vind het zo erg voor je... Mijn hart brak ook toen Albert overleed, maar ik wist in ieder geval dat hij van me hield.'

'Rembrandt hield ook van mij. Althans, dat neem ik aan. Maar blijkbaar kan liefde opeens ophouden.'

'Zeker als er een jonge meid van drieëntwintig verschijnt, al betwijfel ik of dat veel met liefde te maken heeft.' Trijn nam een slok bier. 'En nu? Wat ga je doen?'

'Ik weet het niet. Misschien ga ik hier wonen, of in Ransdorp. Als mijn broer me tenminste niet met pek en veren wegjaagt.'

'En waar ga je van leven?'

'Ik heb wat geld. Genoeg om het even mee uit te houden, maar ik moet wel werk hebben.'

Trijn keek zuinig. 'Op jouw leeftijd? Dat zal niet meevallen, lieverd.'

'Ik vind vast wel iets. Misschien kan ik beter in Amsterdam blijven, daar is werk genoeg.'

'En die Rembrandt? Krijg je niets van hem?'

'Hij heeft me elke maand vijf gulden beloofd.'

'Vijf gulden? En daar denk jij mee rond te kunnen komen? Je moet veel meer eisen! Daar heb je recht op, Geertje.'

'Recht?'

'Ja, natuurlijk. Jullie hebben jarenlang als man en vrouw

geleefd. Je hebt recht op financiële steun.'

'Maar we waren niet getrouwd.'

'Dat maakt niet uit. Ik neem aan dat je verwachtte dat dat op een dag zou gebeuren.'

'Om eerlijk te zijn niet. Saskia's testament maakte het onmogelijk voor Rembrandt om te hertrouwen, omdat hij dan het beheer over haar erfenis zou kwijtraken.'

'Dat betekent dat hij ervoor kóós om niet te trouwen, niet dat het onmogelijk was. Heeft hij je weleens een trouwbelofte gedaan?'

'Nee,' zei ik. 'Maar hij heeft wel gezegd dat hij me als zijn vrouw beschouwde, en dat was voor mij genoeg.'

'Dat is het dan nu niet meer. Als je er een rechtszaak van maakt kun je hem zelfs dwingen met jou te trouwen, wist je dat?'

Ik liet mijn kroes zakken. 'Weet je dat zeker?'

'Heel zeker. Hier in Edam speelde een tijdje terug ook zo'n zaak. Jacob Wouters, een bonthandelaar, ging om met de dochter van de notaris, Sara, maar nadat ze samen gelegen hadden, verbrak hij de relatie. Op advies van haar vader heeft Sara hem voor de rechter gesleept en gezegd dat Jacob haar een trouwbelofte had gedaan. Jacob hield vol dat hij niet wilde trouwen, hij was verliefd geworden op iemand anders. Maar hij moest van de rechtbank, en nu zijn ze getrouwd.'

Ik had weleens gehoord dat de wet zo in elkaar zat, maar niet dat een gedwongen huwelijk ook echt voorkwam.

'Rembrandt heeft nooit beloofd met me te trouwen.'

'Dat hoeft ook niet per se met woorden. Sara had van Jacob een gouden armband gekregen. De rechtbank vond dat genoeg bewijs dat hij het serieus meende met hun relatie en ook dat Sara redenen genoeg had om te denken dat hij haar echtgenoot zou worden. Heb je ooit een geschenk van Rembrandt gekregen? Iets wat je als bewijs aan de rechtbank kunt laten zien?'

Haar stem klonk weinig hoopvol, alsof ze verwachtte dat ik niet meer dan kleding of een schilderijtje had gekregen.

Ik haalde de roosring onder mijn keurslijfje vandaan en liet hem aan haar zien. Trijn hield haar adem in en boog zich eroverheen. 'Wat prachtig! Zijn dat echte diamantjes?'

'Ja, hij is van Rembrandts eerste vrouw geweest.'

'En daarna heeft hij hem aan jou gegeven?'

Ik knikte.

Trijn pakte mijn hand en kneep erin. 'Daar is je bewijs,' zei ze. 'Dit is een trouwbelofte.'

20

Ik bleef een week bij Trijn, lang genoeg om bij te praten en de oude vriendschapsband te verstevigen. Intussen had ik besloten terug te gaan naar Amsterdam, want in Edam kon ik alleen aan de slag als visschoonmaakster. Als ik in de grote stad geen werk vond, kon ik dat altijd nog doen.

Op Trijns advies bracht ik een bezoek aan notaris Claes Keetman, die me adviseerde in mijn zaak tegen Rembrandt. Want dat ik hem aan zijn belofte van financiële steun ging houden stond wel vast. Hij was het me verschuldigd.

Zo dacht de notaris er ook over. Met een schriftelijke trouwbelofte had ik nog sterker gestaan, maar de sieraden waren ook goed, vooral omdat ze aan Rembrandts eerste vrouw hadden toebehoord. Hij vond alleen het alimentatiebedrag te laag. Na al die jaren kwam tien gulden dichter in de buurt, volgens hem.

Ik bedankte de notaris, betaalde en vertrok. Terwijl ik naar Trijns huis terugliep voelde ik iets van mijn oude kracht en ondernemingslust terugkeren. Ik moest naar Amsterdam en met Rembrandt gaan praten. Ik was hém dan wel kwijt, maar mijn toekomst misschien nog niet. Hoe sneller alles achter de rug was hoe beter. Daarna zou ik de stad voorgoed verlaten en in Edam gaan wonen.

Bij Trijn thuis vertelde ik wat de notaris had gezegd.

'Zie je wel,' zei ze. 'Je gaat zeker meteen terug? Goed zo, Geertje, laat je niet kisten.'

Ze hielp me mijn spullen te pakken en gaf me een brood, een stuk kaas en een kruikje bier. Vervolgens liep ze mee naar de Schepenmakersdijk, waar we afscheid namen.

'Zet 'm op,' zei ze. 'Veel succes! Laat die schilder er niet zomaar mee wegkomen.'

Ik ging aan boord en zwaaide naar Trijn tot het beurtschip onder de stadspoort door voer en ze uit het zicht verdween.

Onderweg bedacht ik dat ik wel even in Ransdorp kon uitstappen om mijn moeder te bezoeken. Ik miste haar, maar zag op tegen een ontmoeting met Pieter. Aan de andere kant was onze ruzie al van jaren geleden. En ik liet me er toch zeker niet door mijn broer van weerhouden om mijn moeder te zien?

Een uur later, toen we Ransdorp in voeren, liet ik me op de graskant van de Weersloot afzetten.

Ik was nog nooit in mijn moeders nieuwe huis geweest, maar tijdens mijn laatste bezoek had ze me verteld waar het stond: midden in het dorp, tegenover de kerk. Dat kwam goed uit, want Pieter woonde even buiten Ransdorp, dus de kans dat ik hem tegen het lijf zou lopen was niet zo groot.

Voor de zekerheid vroeg ik aan een voorbijganger waar het huis van Jannetje Jans was, en toen ik ervoor stond, klopte ik met een bescheiden tikje aan. Binnen klonk geschuifel en even later ging de deur open.

'Geertje,' zei mijn moeder, en ze begon te huilen.

Ik omhelsde haar en ze klampte zich aan me vast. Ik hield haar een stukje van me af en keek haar bezorgd aan. 'Hoe gaat het met je? Is alles goed?'

'Ja, ja, heel goed. Ik ben een beetje ziek geweest, maar nu gaat het weer beter. En met jou? Je ziet er moe uit, lieverd.' Ze streelde mijn wang en het was dat gebaar dat me in tranen deed uitbarsten.

Mijn moeder sloeg een arm om me heen, en om het haar gemakkelijker te maken liet ik me op een krukje zakken. Ze kwam naast me zitten en troostte me zonder te vragen wat er aan de hand was, net als toen ik klein was.

Toen ik wat gekalmeerd was kwamen de woorden vanzelf. Ik vertelde alles over Rembrandt en Hendrickje, en over mijn bezoek aan Trijn.

'Het is goed dat je naar haar toe bent gegaan,' zei mijn moeder. 'Trijn is een verstandige meid. Maar weet je zeker dat meester Van Rijn heeft gezegd dat hij je zal helpen?'

'Ja, heel zeker. Hij heeft me vijf gulden per maand beloofd.'

'Víjf gulden? Voor de rest van je leven? Heeft hij dat echt gezegd?'

Mijn moeders stem klonk ongelovig, alsof het een enorm bedrag was.

'Volgens de notaris is dat te weinig.'

'Nou, zie het eerst maar eens te krijgen,' zei mijn moeder met een zuinig gezicht.

Haar reactie bezorgde me een ongemakkelijk gevoel. Had Rembrandt gezegd dat ik het geld elke maand kreeg, of had ik het op die manier begrepen? En zou ik het nog steeds krijgen nu ik Saskia's sieraden niet had teruggegeven?

'Ik wil je niet ongerust maken,' zei mijn moeder, die blijkbaar zag dat ik nerveus werd, 'maar mijn ervaring is dat je nooit moet rekenen op de goedheid van mensen, of op wat ze je beloven. Zeker als er niets op schrift staat en er geen getuigen bij zijn. Per slot van rekening was je maar gewoon zijn...' Ze brak haar zin af en zweeg.

'Wat wilde je zeggen? Zijn hoer?'

'Nee, zijn dienstbode, of kindermeid, of wat je ook was. Je verwachtte toch niet echt dat die man met je zou trouwen?'

'Ik verwachtte in ieder geval niet dat hij me zou afdanken.'

'Ik heb geen verstand van dit soort zaken, maar ik heb wel verstand van mensen, en wat ik hoor over meester Van Rijn stelt me niet gerust. Hij schijnt een lastig heerschap te zijn, zeker als het om geld gaat.'

'Hij heeft van me gehouden, mama. Ik ga gewoon eerst met hem praten. Het komt vast wel goed.'

'Ik hoop het,' zei mijn moeder.

De woning van mijn moeder stelde niet veel voor; als je er met z'n tweeën wilde leven moest je wel erg dol op elkaar zijn. Maar voor haar alleen was het prima, en waarschijnlijk ook precies wat ze zich kon veroorloven.

Ik bleef die nacht bij haar en we sliepen samen in de bedstee. Pieter liet zich niet zien, blijkbaar had het verhaal over mijn komst nog niet de ronde gedaan in het dorp. Dat kwam mijn moeder en mij goed uit. We genoten van elkaars gezelschap en lagen de halve nacht te praten.

Bij het eerste ochtendlicht pakte ik mijn spullen. Ik omhelsde mijn moeder lange tijd en zei: 'Als je me wilt bereiken, dan kan dat via Het Swartte Bottje op het Rapenburg, in Amsterdam. Dat is een kroeg waar ik heb gelogeerd. Ik ga proberen daar opnieuw een kamer te krijgen, en als dat niet lukt kijk ik af en toe of er berichten voor me zijn.'

'Goed,' zei mijn moeder. 'Veel geluk, lieverd. En pak het voorzichtig aan. Een mens vangt meer vliegen met stroop dan met azijn.'

Gelukkig kon ik mijn kamer boven Het Swartte Bottje terugkrijgen. Hij was niet verhuurd tijdens mijn afwezigheid, ik kon er zo weer in. Misschien kon ik er wel blijven. Ik hoopte het, want de kamer was goedkoop. Maar daar was ook wel een reden voor.

De eerste keer dat ik er overnachtte had ik al een vermoeden gehad van wat voor soort kroeg dit was, en inmiddels wist ik het zeker. Er vielen te pas en te onpas frivool uitgedoste meisjes binnen, die verleidelijk lachten naar de klanten, en die het niet erg vonden als er een hand onder hun rok gleed en ze op schoot getrokken werden.

Prostitutie was verboden in Amsterdam, en ook op koppelarij stonden zware straffen, maar daar leek Korst, de eigenaar van de herberg, niet bang voor te zijn.

Op de dag van mijn terugkeer kwam er een jonge vrouw

met blond opgestoken haar in een wat buitenissige jurk binnen. Ik kon niet zeggen wat het was waardoor ik haar herkende als een meisje van plezier, misschien door haar kleurrijke kleding.

Korst haastte zich naar haar toe. Hij nam het meisje bij de elleboog en voerde haar naar het trappenhuis.

'Besteld door een klant,' zei Marritgen, een van de dienstertjes, terwijl ze doorging met haar werk.

'Gebeurt dat vaak?' vroeg ik.

'Vaak genoeg, maar het moet snel en discreet.'

In Edam had ik op de kermis tijdens de jaarmarkt weleens lichtekooien gezien, maar in het dorp zelf hielden ze zich gewoonlijk niet op. Waarschijnlijk was het meer een beroep voor de stad, als je van een beroep kon spreken.

'Als de gast zegt wat voor soort meisje hij wil, dan laat Korst er een halen,' zei Marritgen. 'Maar als het stadsbestuur erachter komt zijn we allemaal de pineut, dus mondje dicht.'

Ik zou niet weten aan wie ik dat had moeten vertellen, ik had wel wat anders aan mijn hoofd.

De volgende ochtend liep ik met lood in mijn schoenen naar Rembrandts huis. Ze hadden een nieuw dienstmeisje, dat opendeed en Rembrandt ging halen. Ze liet me wachten op het bordes, als een bedelaar, en ook Rembrandt vroeg me niet binnen toen hij aan de deur verscheen.

'Geertje,' zei hij slechts.

'Ik wil met je praten. Over de financiële steun die je me hebt beloofd.'

'En ik wil met jou praten over Saskia's sieraden.'

'Míjn sieraden.'

Rembrandt ademde diep in en weer uit. 'Zolang we een relatie hadden, ja. Dat begrijp je toch wel? Het was nooit mijn bedoeling dat je ze voor altijd zou houden.'

'Waarom heb je ze me dan gegeven?'

'Omdat je dat nodig had, als bewijs dat ik het serieus met jou meende.'

'Nou, dat hebben we gezien,' zei ik.

Geïrriteerd wendde hij zich af, groette terloops een passerende buurman en keek toen weer naar mij. 'Omstandigheden veranderen, gevoelens veranderen. Kun je niet een beetje mee veranderen?'

Ik raakte ook geïrriteerd. 'Rembrandt, mijn hele leven is veranderd! Het is compleet ingestort. Ik ben jou kwijt, ik ben Titus kwijt, ik ben álles kwijt, en nu moet ik het enige wat ik overheb zomaar teruggeven?'

'Maar wat héb je eraan?' vroeg Rembrandt met stemverheffing. 'Je kunt er niets mee, behalve ze dragen.'

'En zelfs dat doe ik niet meer,' zei ik. 'Ik wil ze hebben als herinnering aan goede tijden, en als waarschuwing dat die zomaar opeens over kunnen zijn. Ik wil ze hebben zodat ik zeker weet dat jij je aan je woord houdt.'

'Natuurlijk doe ik dat! We laten alles bij de notaris vastleggen. Hoe zou ik me er dan níét aan kunnen houden?'

'Gewoon,' zei ik. 'Omdat omstandigheden weleens veranderen, zoals je zelf net zei.'

Hij staarde me aan alsof ik iemand was die hij niet kende, of iemand die hij net pas echt leerde kennen. Ten slotte slaakte hij een zucht.

'Kom morgenmiddag om twee uur terug. Dan praten we

verder,' zei hij kortaf, en zonder gedag te zeggen deed hij de deur dicht.

Stipt om twee uur stond ik de volgende dag opnieuw op het bordes. Rembrandt deed open en ging me voor naar de keuken, waar behalve Hendrickje nog iemand was: Catharina Harmens. Ik kende haar wel, ze woonde in de buurt. Ze zat naast Hendrickje aan tafel en keek mij afkeurend aan.

'Hendrickje en mevrouw Harmens zijn erbij als getuigen,' zei Rembrandt. 'Ga zitten, Geertje.'

Ik nam plaats en negeerde de getuigen. Rembrandt kwam meteen ter zake.

'Ik wil je een voorstel doen. Ik ben bereid je in één keer een vergoeding van honderdzestig gulden te geven, en daarna jaarlijks een bedrag van zestig gulden. Mocht je het daar niet mee redden, door ziekte of andere omstandigheden, dan kan het iets meer worden. Er is wel een voorwaarde: je mag het testament dat je vorig jaar hebt opgemaakt niet wijzigen. Ik wil zeker weten dat je Saskia's sieraden niet verkoopt. Als je dat toch doet, vervallen alle financiële afspraken.'

Er viel een stilte waarin iedereen naar mij keek. Ik nam de tijd om over het voorstel na te denken. Honderdzestig gulden, in één keer! Dat was een enorm bedrag. En vervolgens nog eens elk jaar zestig gulden. Dat was de vijf gulden per maand die hij me al eerder had beloofd. Niet heel veel, maar beter dan de bedelstaf. Als ik werk vond om mijn inkomen mee aan te vullen, zou ik het daarmee wel redden. Het idee van een gegarandeerd inkomen was erg aantrekkelijk...

Rembrandt staarde me aan, trommelde met zijn vingers

op het tafelblad en verbrak ten slotte de stilte. 'Je hebt ze toch nog wel?' informeerde hij wantrouwig.

'Ja, natuurlijk.'

'Goed zo. Ik doe dit voorstel maar één keer, Geertje. Als je het verwerpt, komt er niets beters. Misschien helemaal niets meer.'

'Ik moet erover nadenken. Dat lukt niet als jullie me allemaal aanstaren.'

Hij boog zich naar me toe. 'Waarom moet je daarover nadenken? Ik geef je levenslange financiële zekerheid. Wat wil je nog meer?'

Ik keek hem aan en had zijn handen willen pakken, die grote, eeltige knuisten die met het fijnste penseel konden werken, en die mijn lichaam hadden gestreeld. Ik wil jou, had ik willen zeggen, en blijkbaar stond die gedachte op mijn gezicht te lezen, want hij stak zijn hand uit en legde die op de mijne. Het voelde warm en vertrouwd.

'Ik weet wat je denkt,' zei hij, zo zacht en intiem alsof wij tweeën de enige aanwezigen waren. 'En ik weet wat je voelt. Het spijt me dat ik je verdriet heb gedaan, Geertje. Dat meen ik echt, daarom doe ik ook zo'n royaal voorstel.'

Ik beet op mijn lip, probeerde mijn tranen tegen te houden en liet mijn hand onder die van hem liggen.

'Als je er niet mee uitkomt of problemen hebt, kun je altijd een beroep op me doen. Ik laat je echt niet verkommeren, ik wil dat je weer gelukkig wordt,' zei hij.

Ik koesterde me in de warmte van zijn blik, opgelucht en blij dat er nog iets over was van zijn gevoelens voor mij. Misschien kwam op een dag alles wel terug, kreeg hij genoeg van

Hendrickje. Titus zou me missen, Rembrandt zou me missen. Het kon gebeuren.

'Ga je akkoord?' vroeg Rembrandt, terwijl hij mijn hand licht drukte.

Ik knikte.

21

'Alles goed?' vroeg Korst toen ik terugkwam in de herberg.

Hij had me al een paar keer gevraagd of ik problemen had, en ik besloot hem in vertrouwen te nemen.

'Wat een verhaal!' Korst haalde een hand door zijn grijzende haar. 'Wie had dat gedacht van meester Van Rijn. Hoewel, zo geliefd is hij niet. Hij heeft op Vlooienburg gewoond, wist je dat? Samen met Saskia, toen ze net getrouwd waren. Dan liep hij rond met zijn schetsboek, en maar tekenen. Altijd het gewone volk, en bedelaars. Maar een keer een aalmoes geven, ho maar.'

Dat deed hij wel, af en toe, maar ik ging er niet op in. 'Ik heb hem er in ieder geval niet mee weg laten komen,' zei ik.

'Nee, heel goed,' zei Korst terwijl hij met een doek de toog schoonwreef. 'Maar ik denk toch dat je te snel ja hebt gezegd. Zestig gulden per jaar, hoe denk je daarvan te gaan leven?'

'Als ik werk vind lukt het wel.'

'En als je geen werk vindt? Of als je ziek wordt? Je moet mij maar eens vertellen hoe je geld wilt verdienen als je ziek wordt. Je hebt geen kinderen die voor je kunnen zorgen. Heb je andere familieleden die naar je omkijken als je het niet redt?'

Het zweet brak me uit. Hij had gelijk, ik was ervan uitgegaan dat ik mijn inkomen alleen maar hoefde aan te vullen, maar wat als dat niet lukte?

'Hij heeft beloofd me te helpen als ik tegenslag krijg. Dat staat ook in het contract.'

'Geweldig. Staat er ook bij wat hij onder tegenslag verstaat, en hoeveel je dan krijgt? Want anders heb je er niet veel aan,' zei Korst.

Verslagen keek ik voor me uit. 'Wat had ik dan moeten doen?'

'Meer geld vragen natuurlijk! Je hebt die schilder bij de ballen, meid. Waarom denk je anders dat hij het wil oplossen? Hij is als de dood dat het op een rechtszaak uitdraait, want die gaat hij zeker verliezen. Zonder die ring had je niet veel kans gehad, maar mét...' Hij knikte vol overtuiging.

Ik had hem de roosring niet laten zien, Korst dacht dat het een eenvoudige zilveren of gouden ring was. Hij hoefde niet te weten hoe kostbaar het sieraad was, niemand hoefde dat te weten. Ook de andere juwelen droeg ik op mijn lichaam. Ik vertrouwde geen mens, zeker niet in deze buurt.

Maar wat Korst zei was waar, ik had meer moeten vragen. Ik had een bedrag moeten eisen waarbij ik me geen zorgen hoefde te maken over ziekte of over mijn oude dag. Ik dacht aan notaris Keetman, die tien gulden had gezegd, en ik zuchtte. Ik had minstens honderdtwintig gulden per jaar moeten eisen, en dat was nog niet veel. Een ambachtsman verdiende driehonderd per jaar.

Korst keek me oplettend aan. 'Heb je al getekend?'

'Ja...'

'Maar niet bij een notaris, en geen officieel document.'

'Nee, bij Rembrandt thuis, iets wat hij zelf had opgesteld. Hij noemde het een concept.'

Korst knikte goedkeurend. 'Daar heeft hij niets aan. Alleen een door een notaris opgestelde en getekende overeenkomst is rechtsgeldig.'

'Weet je dat zeker?'

'Geloof me, meid, ik heb meer ervaring met rechtszaken dan me lief is. Vertrouw me, ga terug en zeg dat je je hebt bedacht.'

Ik vertrouwde op het oordeel van Korst. Het klonk logisch. Mijn testament was immers ook pas rechtsgeldig geworden toen het bij een notaris was opgesteld.

Hoop vlamde door me heen, tegelijk met woede en ergernis over mijn domheid en de manier waarop Rembrandt me erin had laten lopen.

Een dreigend wolkendek trok over, zwaar van de regen, en zo snel ik kon liep ik naar de Breestraat. Net toen de bui losbarstte bereikte ik het huis.

Hendrickje deed open op mijn geklop. 'Geertje,' zei ze verrast.

Waarschijnlijk had ze gehoopt dat alles naar ieders tevredenheid was geregeld en dat ze van me af was, maar helaas. Intussen regende het hard. Ik was niet van plan om te wachten tot Hendrickje me binnenvroeg, en ik wrong me langs haar heen.

'Wat kom je doen?' vroeg ze, terwijl ze de deur achter ons sloot.

'Ik moet Rembrandt spreken.'

'Hij is aan het werk.'

'Dat begrijp ik, hij is altijd aan het werk. Maar hij zal er even mee moeten ophouden.'

Ze wierp me een onderzoekende blik toe en zag blijkbaar iets op mijn gezicht dat haar verontrustte, want ze nam haar rokken bijeen en ging de trap op.

Ik bleef achter in de hal, wachtend alsof dit niet jarenlang mijn thuis was geweest. Alsof ik de schilderijen die er hingen niet voorzichtig en liefdevol had afgestoft, geen klanten had ontvangen in de zijkamer, niet met Rembrandt in de hal had staan zoenen.

Ik onderdrukte de golf van emotie die in me opwelde en keek op toen ik een jongensstem hoorde.

'Geertje!'

Titus kwam aanrennen en vloog in mijn armen. 'Je bent terug!'

Ik drukte hem tegen me aan, snoof zijn frisse geur op, kuste hem op zijn haren. 'Dag lieve jongen van me. Hoe is het met je?'

'Ik heb je zo gemist.' Hij bleef me vasthouden en ik bleef hem tegen me aan houden, al was hij eigenlijk te zwaar.

Uiteindelijk zette ik hem op de vloer en hurkte bij hem neer. 'Het spijt me dat ik geen gedag heb gezegd toen ik vertrok. Ik moest opeens weg en ik wist niet waar je was.'

'Ik was met Hendrickje naar de markt, en toen we terugkwamen zei ze dat jij weg was en dat zij voortaan voor me zou zorgen.' Er verschenen tranen in Titus' ogen.

'Dat klopt. Hendrickje zal dat vast heel goed doen. Ze is toch altijd lief voor je?'

'Ja, maar ik wil niet dat zij voor me zorgt. Ik wil dat jij terugkomt!' Hij sloeg zijn armen om me heen en drukte zijn gezicht tegen me aan. Op dat moment kwam Rembrandt de hal in.

Hoewel ik diep medelijden had met Titus en ik mijn eigen emoties amper de baas kon, kwam dat me erg goed uit. 'Het komt wel goed, lieverd,' zei ik, Rembrandt negerend. 'Ik hou van je, dat weet je. Misschien kan ik je af en toe eens komen opzoeken.'

De wantrouwige blik op Rembrandts gezicht maakte plaats voor schuldbewustheid.

'Titus,' zei hij.

Titus draaide zich om, maar bleef met één hand mijn rok vasthouden. 'Ik wil dat Geertje terugkomt,' zei hij met de opstandige boosheid van een achtjarige.

'Dat begrijp ik, maar het gaat niet. Dat heb ik je toch uitgelegd? Ga maar naar Hendrickje, ik moet even met Geertje praten.'

Titus keek naar mij op en ik knikte. Na nog een knuffel liep hij weg. In de deuropening bleef hij staan en keek zijn vader beschuldigend aan. 'Zie je wel, Geertje is helemaal niet boos op mij.'

Hij liep weg en het bleef een paar tellen stil in de hal.

'Heb jij tegen dat kind gezegd dat ik boos op hem was?' vroeg ik ten slotte.

Rembrandt haalde vermoeid een hand door zijn haar en

schudde zijn hoofd. 'Niet op hém, alleen dat je boos was. Hij heeft het verkeerd begrepen.'

'Dan hoop ik dat je dat even rechtzet.'

'Volgens mij heb je het net zelf al rechtgezet, maar ik zal met hem praten. Hij hoeft inderdaad niet nog meer verdriet van deze hele toestand te hebben. Maar wat kan ik voor je betekenen? Is onze regeling je nog niet helemaal duidelijk?'

'Inderdaad,' zei ik. 'Het is mij volstrekt onduidelijk hoe ik van dat bedrag moet leven.'

De uitdrukking op Rembrandts gezicht verhardde onmiddellijk. 'Wat bedoel je?'

'Wat ik zeg. Het is heel eenvoudig: ik kan daar niet van leven. Ja, als ik erbij werk, maar wat moet ik beginnen als ik ziek word? Ik ben veertig, mijn gezondheid is niet heel sterk. Hoe zal die over vijf of tien jaar zijn? Ik heb meer geld nodig, Rembrandt.'

'Nog meer?' vroeg hij afgemeten.

'Zoveel is het ook weer niet, als je bedenkt wat ik de afgelopen jaren allemaal voor Titus en jou heb gedaan.'

'Je hebt hier onderdak gehad, goed te eten gekregen en mooie kleding gedragen. Alles wat ik je heb geschonken mocht je houden. Je hebt zelfs Saskia's sieraden meegenomen. Is het dan nog niet genoeg? Wat wil je, Geertje?'

'Een behoorlijke oudedagsvoorziening. Genoeg om me geen zorgen over de toekomst te hoeven maken. Dat lijkt me redelijk. En dan beloof ik dat ik de sieraden voor Titus bewaar.'

Rembrandt zuchtte diep. 'En welk bedrag lijkt jou dan redelijk?'

'Driehonderd.'

'Ben je helemaal gek geworden? Waar moet ik dat van betalen?'

'Je zou een portret kunnen schilderen. Of je het leuk vindt of niet, het levert goed geld op.'

We keken elkaar strak aan, toen haalde hij diep adem en knikte.

'Je krijgt een verhoging. Niet driehonderd, maar het bedrag dat ik je gegeven zou hebben als je problemen had gekregen. Alleen laten we nu officieel vastleggen hoeveel.'

'En? Hoeveel is het?'

'Daar moet ik over nadenken. Ik laat het je weten.'

Geërgerd vouwde ik mijn armen over elkaar. 'Beslis dat nu maar even! Je had het toch al bedacht? Ik wil dit afgehandeld hebben, ik moet ergens van leven.'

'Dit zijn geen zaken die je "even" beslist, Geertje. Waar woon je op dit moment trouwens?'

'In Het Swartte Bottje, op het Rapenburg.'

'Goed, ik denk erover na en laat het je weten. Echt!' Rembrandt begeleidde me naar de voordeur en deed hem open. 'En kom niet meer onverwacht hiernaartoe, je maakt Hendrickje en Titus overstuur.'

Ik liep naar buiten, draaide me om en keek hem koeltjes aan. 'Voor Titus zal ik doen wat je vraagt, Hendrickje kan me niet schelen. Wat mij betreft slaapt ze geen nacht meer goed.'

'Hendrickje kan hier niets aan doen,' zei Rembrandt, en voor ik iets kon terugzeggen had hij de deur gesloten.

Ik had geld nodig, maar ik had geen tijd om werk te zoeken. Korst liet me wat bijverdienen achter de tap, maar dat was niet genoeg. Ik was wanhopig, zo wanhopig dat het me niets meer kon schelen wat Rembrandt wilde. Na mijn bezoek aan hem liep ik regelrecht naar een pandjeshuis in de Uilenburgerstraat. Het kostte me geen enkele moeite om twee van Saskia's armbanden te verpanden, de uitbater wilde ze graag hebben.

Even later stond ik weer buiten, met een stoffen zakje vol munten. Ik voelde me niet schuldig. Het enige wat ik voelde was opluchting omdat ik de komende maanden onderdak en te eten had. De belangrijkste kostbaarheden zou ik voor Titus bewaren, maar ik moest ook ergens van leven.

'En?' vroeg Korst toen ik Het Swartte Bottje binnenliep.

Ik leunde tegen de toog, opeens doodmoe. 'Hij gaat erover nadenken.'

Korst knikte goedkeurend. 'Sterk blijven, meid. Je vecht voor je toekomst, vergeet dat niet.'

'Ik denk er elke seconde van de dag aan. Ik kan niet meer.'

Korst schoof me een kroes bier en een stuk kaas toe. 'Neem maar mee naar je kamer. Van het huis.'

Ik glimlachte naar hem en ging de smalle wenteltrap op. In mijn koude, ongezellige kamer strekte ik me uit op het bed en staarde naar de zoldering. Ik was te moe om te eten, waarschijnlijk door de spanning. Maar Korst had gelijk, ik moest sterk zijn en blijven vechten. Ik had nu de kans om mijn zaakjes goed te regelen, zodra ik een contract getekend had stond alles vast.

Een bonzende hoofdpijn kwam opzetten. Ik sloot mijn

ogen en wreef met twee vingers over mijn voorhoofd. Ik voelde me zo eenzaam en ellendig dat ik graag een potje had gehuild, maar zelfs daar was ik te moe voor.

Ik moest in slaap gevallen zijn, want ik schrok op van een klop op de deur. Verwilderd schoot ik overeind en keek om me heen. Ja, ik had geslapen; het begon al te schemeren.
 'Geertje?' Het was de stem van Korst. 'Er is iemand voor je.'
 Ik zwaaide mijn benen over de rand van het bed en stond op. 'Wie?'
 'Meester Van Rijn,' zei Korst.
 Dat klonk een stuk onderdaniger dan de benamingen die hij de afgelopen dagen voor Rembrandt over had gehad. Rembrandt zou op dat moment toch niet bij hem zijn?
 Voorzichtig opende ik de deur. Daar stond Rembrandt, naast Korst. Die laatste deed een stap naar achteren en Rembrandt duwde de deur verder open. Hij kwam naar binnen en ik zag meteen aan zijn gezicht dat het mis was.
 Hij gooide de deur met een klap dicht en kwam groot en dreigend voor me staan. 'Heb jij Saskia's armbanden verkocht?'
 Geschrokken keek ik hem aan. Hoe was hij dat zo snel te weten gekomen?
 'Ene Jacomijn Baltens kwam vanmiddag langs. Ze zei dat jij eerder die dag bij haar was geweest en twee gouden armbanden had verpand. Ze herkende je meteen en is naar mij toe gekomen.'
 Ik deed een paar stappen achteruit. 'Wat moest ik anders? Ik heb geld nodig.'

'Ik zou je toelage verhogen, weet je nog? Omdat ik met je te doen had, al vraag ik me nu af waarom eigenlijk. Je weet hoe dierbaar Saskia's sieraden me zijn, en toch heb je die armbanden verkocht. Zeg me dat je haar roosring nog hebt. Zeg het!' Hij dreef me nog verder naar achteren, tot ik met mijn rug tegen de muur stond, en greep me bij de arm. Ook al kneep hij niet hard, ik werd bang.

'Ik heb hem nog,' zei ik snel.

'Laat zien!'

'Als je me even loslaat...'

Zijn hand gleed van mijn arm. Ik haalde de ring onder mijn keurslijfje vandaan, hield hem voor zijn gezicht en stopte hem meteen weer weg.

'Draag je hem zo, aan een lint?' zei Rembrandt geagiteerd. 'Straks verlies je hem nog!'

'Helemaal niet, het lint zit goed vast, en als het toch losgaat, valt de ring in mijn keurslijf. Hij zit daar veiliger dan aan mijn vinger. In deze buurt zou ik meteen beroofd worden als ik hem droeg.'

Rembrandt kalmeerde, maar bleef me op mijn plek vastpinnen door één hand tegen de muur te zetten en vlak voor me te blijven staan. 'Ik wil die armbanden terug,' zei hij, met zijn gezicht heel dicht bij het mijne. 'Je gaat ze ophalen. Vandaag nog.'

'Daar heb ik het geld niet voor. Ze liggen veilig in het pandjeshuis, ze blijven mijn eigendom. Zodra jij mijn toelage verdubbeld hebt, zal ik ze ophalen.'

'Jóúw eigendom. Ze zijn van Titus! Je hebt het recht niet om ze te verkopen!'

'Volgens het testament zijn ze van mij, anders kan ik ze moeilijk aan hem nalaten. En ik heb die armbanden niet verkocht maar beleend. Ik haal ze echt wel weer terug.'

Waar ik de kracht vandaan haalde om zo rustig en standvastig te blijven weet ik niet, misschien kwam het doordat ik wist dat hij niets kon beginnen. Hij mocht mij letterlijk klemzetten, figuurlijk had ik hém in de tang.

'Alles goed hier?'

Er verschenen twee mannen in de deuropening, Korst en iemand die ik niet kende. Korst kwam met vastberaden stappen naar binnen.

'Ik denk dat u beter kunt gaan.'

'Waar bemoei jij je mee?' Rembrandt draaide zich om en keek hem woest aan.

'Dit is mijn herberg, en ik heb geen zin in gedonder. Dus u vertrekt nu rustig of ik haal de schout erbij,' zei Korst met zijn handen in zijn zij.

De andere man kwam ook naar binnen, ging naast hem staan en vouwde zijn armen over elkaar.

'Ik ga al.' Rembrandt liep bij me vandaan, naar de deur. Voor hij de kamer verliet, vuurde hij nog een dodelijke blik op me af. 'Haal die armbanden terug. En pas goed op die ring, anders heb je een groot probleem.'

22

Zittend op de rand van mijn bed herstelde ik langzaam van de schrik. Korst en zijn helper hadden een stoel gepakt en luisterden naar mijn verklaring van wat er net was gebeurd. De jongeman kwam me vaag bekend voor, en toen hij zich aan me voorstelde, herinnerde ik me waarvan.

'Octaeff,' zei ik. 'Jij was getuige toen ik mijn testament opmaakte bij notaris Lamberti.'

'Dat klopt,' zei Octaeff. 'Ik ben eigenlijk schoenmaker, maar ik werk ook weleens voor notarissen als ze getuigen nodig hebben. Op die manier heb ik heel wat opgestoken van het rechtssysteem. Wat de heer Van Rijn net deed is huisvredebreuk en bedreiging, en dat is strafbaar.'

'Octaeff heeft mij een aantal keren heel goed geholpen,' zei Korst. 'Ik heb hem gevraagd of hij jou wil bijstaan, als je dat wilt natuurlijk. Hij is niet duur.'

Ik keek naar Octaeff. 'Hoeveel vraag je?'

Hij noemde een bedrag dat een rib uit mijn lijf was, maar dat ik wel overhad voor goed advies.

'Het is belangrijk dat je dit niet overhaast aanpakt,' zei Octaeff. 'Meester Van Rijn zal zich door de beste advocaten laten adviseren, dus je moet niet in je eentje het gevecht aangaan. Als ik jou was zou ik een rechtszaak beginnen.'

Ik besloot Octaeffs advies op te volgen. Met Rembrandt viel niet meer te praten, hij liet me geen keus.

Octaeff legde uit hoe de rechtspraak werkte en met welke schepenen we te maken zouden krijgen. Voor het niet nakomen van een trouwbelofte moesten we bij de rechtbank voor huwelijks- en familiezaken zijn, de Huwelijkskrakeelkamer.

De heren die deze rechtbank leidden waren geen juristen maar vooraanstaande burgers, commissarissen genoemd, en zij zouden mijn zaak behandelen. Omdat het nieuwe stadhuis nog in aanbouw was, was de rechtbank zolang in de Oude Kerk ondergebracht.

We zetten de zaak meteen in gang. Op 25 september 1649 werd Rembrandt gedagvaard door de commissarissen van Huwelijkse Zaken. In plaats van daar te verschijnen, stelde Rembrandt voor om opnieuw bij elkaar te komen en te praten.

Op de dag van de afspraak, 3 oktober, was ik zenuwachtig, maar het hielp dat Octaeff bij me was. Onderweg naar de Breestraat sprak hij me moed in. Zelf zei ik geen woord. Mijn mond was droog en mijn keel zat dichtgesnoerd.

We arriveerden en Octaeff liet de klopper op de deur vallen. Rembrandt deed zelf open, groette ons kortaf en ging ons voor naar de keuken. Het was eigenlijk een belediging dat hij ons niet in het woonvertrek wilde ontvangen, maar het maakte me niet uit. Het enige wat ik wilde was dat er een einde kwam aan het geruzie, en dat ik straks naar buiten kon lopen met het geruste gevoel dat ik geen gebrek zou lijden.

Hendrickje stond bij de tafel, één hand rustte bevallig op de leuning van een stoel. Ze zag er prachtig uit met haar ingevlochten haar en kanten kapje, en ik zag meteen dat het zachtgele jakje met de laag uitgesneden hals en pluizige bontrand nieuw was.

'Ga zitten,' zei Rembrandt tegen ons.

We trokken allemaal een stoel naar achteren, Octaeff en ik namen plaats tegenover Rembrandt en Hendrickje. Er werd ons niets te drinken aangeboden. Rembrandt nam het woord en kwam meteen ter zake.

Hij stelde voor om mij een som van tweehonderd gulden te betalen om de armbanden bij het pandjeshuis terug te halen. Daarnaast was hij bereid me geen zestig maar honderdzestig gulden per jaar te geven, zolang ik leefde.

'Driehonderd,' zei ik op ferme toon.

Geërgerd keek Rembrandt mij aan. 'Hoe rijk denk je dat ik ben? Ik heb meer schulden dan bezittingen, ik kan dit huis amper afbetalen!'

Dat was waar, maar het kon me niet schelen. Hij hoefde maar één of twee grote opdrachten te krijgen en zijn problemen waren opgelost, terwijl er voor mij nooit meer iets bij zou komen.

'Het is een goed aanbod, Geertje,' zei Octaeff. 'Meester Van Rijn heeft me zijn administratie laten zien en wat hij zegt is waar: hij heeft schulden.'

Vol ongeloof keek ik opzij. 'Hebben jullie met elkaar afgesproken? Zonder dat ik ervan wist?'

'Ik wilde me op de hoogte stellen van de situatie. Dat doe ik altijd.'

'Hoezo, "dat doe ik altijd"? Je praat alsof je advocaat bent! Wat hebben jullie samen zitten bekonkelen?'

'Rustig, Geertje. Octaeff en ik hebben overleg gepleegd over hoe we dit op een nette manier kunnen oplossen, zonder een rechtszaak. Echt, ik kán je niet meer betalen. Hier ligt de grens.'

Opeens was hij er weer, de vriendelijkheid in zijn stem. Ik keek Rembrandt in de ogen en zag de pijn die hij blijkbaar ook voelde. Was hij oprecht? Probeerde hij het echt goed te maken? Ik wilde niets liever dan dat geloven.

Ik keek opnieuw naar Octaeff en hij knikte. 'Ik zou het doen. Dit krijg je normaal gesproken alleen als je een kind verwacht. Als je het voor de Huwelijkskrakeelkamer laat komen, kunnen de commissarissen je ook minder toewijzen.'

Over tafel reikte Rembrandt me de hand, en hij glimlachte bemoedigend. 'Laten we de strijdbijl begraven. Ik geef toe dat mijn vorige voorstel wat karig was, en het spijt me dat ik zo ruw was toen ik je in de herberg opzocht. Nou, wat zeg je ervan? Hebben we een akkoord?'

Octaeffs argument dat ik niet zwanger was gaf de doorslag. Dat kon voor de rechtbank inderdaad weleens een belangrijk punt zijn. En dus deed ik het enige wat ik kon doen: ik stemde in.

Het contract zou worden opgemaakt door notaris Laurens Lamberti en op 10 oktober worden getekend. Je zou zeggen dat ik weer goed kon slapen nu alles geregeld was, maar dat was niet het geval. Elke nacht lag ik te woelen en te rekenen of ik uit zou komen met het geld als ik ziek werd. Dan stak de twijfel weer de kop op, maar die onderdrukte ik. Honderdzestig gulden per jaar was veel geld om zomaar te krijgen, maar of ik ervan kon leven was de vraag. Waarschijnlijk was het nét genoeg. Als ik niet ziek werd tenminste. Ik zou er zeker bij moeten werken, ook op mijn oude dag. Er zou niemand zijn om op terug te vallen.

Ik vroeg aan Korst of ik als vaste kracht bij hem aan de slag kon, en hij zette me achter de tap en liet me schoonmaken.

Op de ochtend van 10 oktober stormde en regende het en ik had mijn handen vol aan het schoonhouden van de vloer. Elke keer als de deur openging waaiden er herfstbladeren en andere troep naar binnen, en de klanten lieten een spoor van modderige voetafdrukken achter.

Terwijl ik de vloer dweilde, ging mijn blik steeds naar de klok. Ik twijfelde nog steeds. Deed ik er goed aan om akkoord te gaan? Zou ik me kunnen redden?

Ik draaide me half om en zag Marritgen een aarzelende blik in mijn richting werpen.

'Wat is er?' vroeg ik.

Ze beet op haar onderlip, keek om zich heen en leek toen een besluit te nemen. 'Ik heb iets opgevangen en ik vind dat je dat moet weten.'

'Wat heb je opgevangen? Waar gaat het over?'

'Over dat contract dat je vanmiddag gaat tekenen. Ik móét het je zeggen: Octaeff heeft het op een akkoordje gegooid met meester Van Rijn.'

Alle haartjes op mijn lichaam richtten zich op. 'Wat?'

'Ik heb het Octaeff zelf tegen Korst horen zeggen. Hij zei letterlijk: "Als Geertje instemt met dit contract, krijg ik een leuk centje." Korst vroeg: "Van wie?" en Octaeff zei: "Van Rembrandt natuurlijk." Korst vond dat maar zozo, maar Octaeff verzekerde hem dat je van de rechtbank niet meer zou krijgen, en dat het goed voor je zou zijn om er een streep onder te zetten. Dat wil Rembrandt ook graag, hij heeft helemaal geen zin in een rechtszaak.'

Elke spier in mijn lichaam verstijfde. 'Dus daarom raadde Octaeff mij aan om Rembrandts voorstel te accepteren. De vuile verrader!'

'Korst leek het er wel mee eens te zijn dat het beter voor je is als je rust krijgt. Hij zei dat je er slecht uitziet, bleek en mager.'

'Het gaat prima met me. Ik kan zo'n rechtszaak echt wel aan.' Ik staarde voor me uit, leunend op de stok van de dweil. Vanbinnen groeide een woede als een oplaaiend vuur, en het liefst had ik ergens mee gesmeten, maar ik hield me in. Nadenken moest ik, heel goed nadenken.

'Wat ga je nu doen?' vroeg Marritgen.

'Ik ga vanmiddag gewoon naar Rembrandts huis,' zei ik, en ik gaf haar een zoen. 'Dank je, Marritgen. Ik ben heel blij dat je me dit verteld hebt.'

Geladen met emoties liep ik een uur later naar de Breestraat, mijn huik stevig om me heen getrokken, alsof hij me moest beschermen tegen meer dan alleen de kou. Ik had niet op Octaeff gewacht en kwam als eerste aan. Binnen was notaris

Lamberti al aanwezig. Hij werd net uit zijn jas geholpen door Hendrickje, die mij tussen de bedrijven door een beetje ongemakkelijk toeknikte. Titus was opnieuw nergens te bekennen. Hielden ze hem bij me vandaan?

We gingen de trap af naar de keuken, en terwijl we plaatsnamen, arriveerde Octaeff ook. Hij oogde gehaast en wierp mij een verbaasde, vragende blik toe. Ik wendde mijn hoofd af.

Lamberti zat al aan tafel en opende de bijeenkomst. Hij haalde het conceptcontract tevoorschijn en keek iedereen beurtelings aan.

'Het doet me genoegen om te horen dat jullie er onderling uit zijn gekomen, zonder tussenkomst van de rechtbank. Zo hoort het,' zei hij. 'Jullie zijn verstandige mensen die hun geschillen samen kunnen oplossen. Mijn complimenten daarvoor. In het conceptcontract, dat jullie met elkaar hebben opgesteld, staat dat mevrouw Dircx een alimentatie zal ontvangen van honderdzestig gulden per jaar, en eenmalig een bedrag van tweehonderd gulden om de door haar beleende sieraden uit het pandjeshuis terug te halen. Als voorwaarde voor deze regeling stelt meneer Van Rijn dat mevrouw Dircx in de toekomst geen verdere eisen stelt, en dat ze haar testament onveranderd laat. Met name de roosring met diamanten, die nu in haar bezit is, mag zij niet verkopen of belenen.'

Hij keek in het rond om te zien of we het hier allemaal mee eens waren en toen het stil bleef, ging hij verder. 'Goed, dan zal ik het contract in zijn geheel overschrijven en dan kunt u het ondertekenen.'

'Spaar u de moeite,' zei ik kortaf.

Onmiddellijk draaiden alle gezichten in mijn richting.

'Pardon?' zei de notaris.

'U hoeft het contract niet voor te lezen. Ik weet wat erin staat en ik ga het niet tekenen.'

'Geertje...' begon Rembrandt, maar ik liet hem niet uitpraten.

'Dacht je nou echt dat je me op deze manier buiten spel kunt zetten? Door het achter mijn rug om op een akkoordje te gooien met hém.' Ik knikte naar Octaeff, die ongemakkelijk wegkeek. 'Jullie hebben me verraden en bedrogen, en ik ga níét akkoord! Honderdzestig gulden is bij lange na niet genoeg om van te leven. Ik wil driehonderd. Zo niet, dan herroep ik mijn testament.'

In de stilte, waarin iedereen me verbluft aankeek, stond ik op en beet Rembrandt toe: 'Denk daar maar eens over na als we voor de rechtbank staan.'

Zonder verder op een reactie te wachten, verliet ik de keuken en stormde ik de trap op. In de hal griste ik mijn huik van de haak en met grote stappen liep ik naar buiten, waarbij ik de deur met een klap achter me dichtgooide.

Niemand kwam achter me aan. Ongetwijfeld zaten ze allemaal nog in totale verbijstering bij elkaar. Ik moest er bijna om lachen. Ze hadden gedacht me in de maling te kunnen nemen, maar dat ging mooi niet door. Vanaf dit moment zou ik mijn eigen zaakjes opknappen. Octaeff had me precies verteld welke stappen er ondernomen moesten worden.

Vastbesloten liep ik door naar de Oude Kerk, niet van plan om ook maar een minuut te verspillen.

23

Rembrandt negeerde de eerste dagvaarding, en ook na de tweede oproep verscheen hij niet voor de rechtbank. Dat deed zijn zaak geen goed, te zien aan de gezichten van de commissarissen. Ze veroordeelden hem tot een boete van drie gulden en verschoven de zitting naar 23 oktober. Als hij weer niet kwam opdagen, zouden ze in zijn afwezigheid tot een uitspraak komen.

Maar zover liet Rembrandt het niet komen. Op de 23ste stonden we samen voor de rechtbank. Rembrandt kende de heren allemaal, maar ik maakte me daar geen zorgen over. Het had in zijn voordeel kunnen werken als hij op goede voet met hen had gestaan, maar dat was niet het geval.

Tijdens het verhoor vertelde ik dat Rembrandt me keer op keer had beloofd met me te zullen trouwen. Dat was niet waar, en Rembrandt keek van opzij vol afkeer naar me, maar ik negeerde hem.

'Wat hebt u daarop te zeggen, meneer Van Rijn?' vroeg Jacob Hinlopen.

'Niets.' Rembrandt haalde zijn schouders op. 'Behalve dat het onzin is, maar dat hoef ik niet te bewijzen. Laat haar maar bewijzen dat ik het heb gezegd.'

De commissarissen keken me vragend aan.

'Zijn er getuigen die uw verklaring kunnen ondersteunen, mevrouw Dircx?' vroeg Hinlopen.

'Nee,' zei ik. 'Maar ik heb wel ander bewijs.'

Ik toonde hun de roosring. De diamantjes schitterden in het zonlicht dat door het kerkvenster naar binnen viel, en de commissarissen bogen naar voren om de ring beter te kunnen zien.

Ik overhandigde het sieraad aan Jacob Hinlopen, die hem uitgebreid bestudeerde en vervolgens aan zijn collega's gaf. Terwijl die de ring eveneens bekeken, vroeg Hinlopen: 'Klopt het dat u deze ring aan mevrouw Dircx hebt gegeven, meneer Van Rijn?'

Rembrandt knikte nors.

'Deze ring, en nog meer sieraden. Ze zijn van Rembrandts eerste vrouw geweest, van Saskia,' zei ik.

Cornelis Abba gaf me de ring terug en de heren keken elkaar aan.

'Ik denk niet dat we over deze zaak in overleg hoeven te gaan,' zei Jacob Hinlopen. 'Het is duidelijk. Meneer Van Rijn, u hebt mevrouw Dircx door haar de ring van uw overleden vrouw te schenken inderdaad het idee gegeven dat u de intentie had haar te huwen. Mevrouw Dircx heeft er derhalve recht op dat het huwelijk ook daadwerkelijk gesloten wordt. Maar, omdat u eerder samen al tot een financiële regeling bent gekomen, waarvan wij het concept hebben gezien, gelasten we u om u aan de afspraak te houden die u eerder samen heeft gemaakt. Dat betekent dat mevrouw Dircx honderdzestig gulden per jaar uitgekeerd zal krijgen, voor de rest van haar leven, en een bedrag van tweehonderd gulden ineens. Van dat bedrag zal mevrouw Dircx de verpande sieraden terugkopen. Het is haar verboden ze van de hand te doen of te belenen. Dit is onze uitspraak, en zo zal het zijn.'

Na de woede kwam de leegte. Ik had me wekenlang vastgeklampt aan mijn boosheid, maar na de uitspraak kon ik alleen maar huilen. Niet in de rechtszaal, ik wachtte tot ik in mijn kamer was. In de herberg ging ik rechtstreeks naar boven en negeerde Korst, die opkeek en een stap in mijn richting deed. Met hem was ik ook uitgepraat, de verrader.

Ik liet me op de rand van mijn bed zakken en gooide al het verdriet eruit. Uiteindelijk keek ik moe gehuild voor me uit. Wat nu? Ik was van plan geweest om in Edam te gaan wonen, maar de commissarissen hadden aan de uitspraak toegevoegd dat ik mijn toelage elke maand bij Rembrandt moest ophalen, waardoor ik aan Amsterdam gebonden bleef. Ik zou wel naar Ransdorp kunnen gaan, naar mijn moeder.

Waarom ook eigenlijk niet? Ik zou een handeltje kunnen beginnen in kaas en melk, en met de melkschuit mijn waren naar Amsterdam kunnen brengen. Het huisje van mijn moeder was niet groot, maar het zou wel lukken. Misschien kon ik mettertijd, als de zaken goed gingen, iets groters huren.

Het gevoel van wanhoop en uitzichtloosheid ebde weg. Ik kwam overeind, liep naar het raam en keek naar de bedrijvigheid op het water en naar de Montelbaenstoren, die zich trots en slank boven de schepen verhief.

Ik had geld, ik kon het me veroorloven om een paar koeien of geiten te kopen, en een stukje land te huren waar ze konden grazen. Ik zou spullen moeten aanschaffen om boter en kaas te maken: emmers, een karnton, kaasmallen. Mijn moeder had altijd zelf kaas en boter gemaakt, ze zou me zeker helpen.

Opeens zag de toekomst er niet meer zo donker uit. Het liefst was ik meteen naar Ransdorp afgereisd, maar ik had hier nog zaken af te handelen. Om te beginnen moest ik mijn geld bij Rembrandt ophalen, want de betaling was met terugwerkende kracht op 28 juni vastgesteld. Hij was me dus nog wat schuldig, en ook moest ik het geld krijgen waarmee ik Saskia's sieraden terug moest halen.

Dat bedrag zou ik goed kunnen gebruiken om mijn bedrijfje mee op te starten... Maar Rembrandt zou me mijn toelage pas geven als ik de sieraden kon laten zien, dat wist ik zeker.

Ik haalde mijn beurs onder mijn rok vandaan en spreidde de inhoud uit over tafel. Saskia's ringen glansden in het wegstervende licht.

Wat zouden ze waard zijn? Misschien wel een heel jaarsalaris. Met de helft zou ik ook al uit de zorgen zijn.

Met een zucht borg ik alles weer op, maar de hele verdere dag bleef ik eraan denken.

Pas aan het einde van de middag verliet ik mijn kamer om wat te eten. Toen ik beneden kwam en de gelagkamer in liep, zag ik een bekende figuur bij de toog staan. Pieter.

Hij was in gesprek met Korst, die mij als eerste zag. 'Daar heb je haar,' zei hij.

Langzaam liep ik naar mijn broer toe. Hij zag er ouder uit dan ik me herinnerde. Zijn gezicht had de verweerde huid van iemand die zijn dagen buiten doorbrengt, en op zijn hand zat een groot litteken.

'Pieter,' zei ik, rustig en afstandelijk.

'Geertje... Hoe gaat het met je?' Hij maakte geen aanstalten om me een kus te geven, maar anders zou ik die ook ontweken hebben.

'Wel goed,' zei ik. 'Wat doe je hier?'

'Jou opzoeken. Moeder vertelde dat je het aan de stok hebt met die schilder, en elke keer als ik in Amsterdam kom hoor ik verhalen.'

Ik nam hem mee naar een hoekje van de gelagkamer en gebaarde naar Korst dat hij iets op tafel moest zetten. 'Op zijn rekening,' voegde ik eraan toe, met een knikje naar mijn broer.

Pieter protesteerde niet. Hij ging zitten, legde zijn muts op de stoel naast zich en keek me een tijdje aan. 'Vertel, wat is er allemaal aan de hand?' vroeg hij ten slotte.

Ik had het wel netjes gevonden als hij zijn verontschuldigingen had aangeboden voor zijn gedrag de laatste keer dat we elkaar hadden gezien, maar daar was hij duidelijk niet mee bezig.

'Dat weet je toch. Moeder heeft het je vast verteld,' zei ik koeltjes.

'Maar hoe is het afgelopen? Is die rechtszaak al geweest?'

'Ja, vanochtend.' Ik vertelde hoe alles was verlopen en wat

de uitspraak was, en Pieter luisterde aandachtig.

'Goed gedaan,' zei hij. 'Die schilder is net zo goed schuldig. Je hebt groot gelijk dat je hem hebt aangepakt. Wat ga je nu doen?'

'Terug naar Ransdorp, naar moeder.'

'Daar zal ze blij mee zijn. Ze mist je enorm.'

'Hoe gaat het met haar?'

'Niet zo goed. Ze wordt oud en ziekelijk, zoals je weet. Dat krot waar ze woont doet haar gezondheid ook geen goed, de schimmel staat op de muren. Marij en ik dachten erover om haar bij ons in huis te nemen, maar eigenlijk hebben we daar niet voldoende plaats voor. Dus het zou wel goed uitkomen als jij iets beters zoekt waar jullie samen kunnen wonen.'

Vandaar dat hij gekomen was; ik had geld en hij had me nodig. Maar ik had hem net zo hard nodig, en dus knikte ik.

'Dat was ik ook van plan. Ik dacht erover om een handeltje te beginnen in boter en kaas, maar dan moet ik wel spullen kunnen kopen. Morgen ga ik bij Rembrandt tweehonderd gulden ophalen, daar moet ik Saskia's armbanden mee terughalen, en ik denk dat hij me de rest pas geeft als ik dat gedaan heb.'

'Ik kan je wel wat lenen om materiaal te kopen. Je hebt ook vee nodig, en een woning met een stukje grond, want die bouwval houdt het niet lang meer. Als ik even tijd heb ben ik daar de boel aan het repareren. Kon je die tweehonderd gulden maar gebruiken...'

'Dat gaat echt niet. Dan krijg ik mijn toelage niet, dat leg ik net uit.'

'Heb je geen andere sieraden meer?'

'Van Saskia?'

'Ja. Heb je ze bij je?'

Ik knikte en haalde het met kralen versierde beursje tevoorschijn. De inhoud legde ik op tafel, verscholen achter onze kroezen: een aantal zilveren en gouden ringen, een paar armbanden en meerdere oorbellen.

Vol belangstelling bekeek Pieter alles. 'Dat is een vermogen waard! Welke ring heb je als bewijs gebruikt?'

Ik wees naar de roosring.

Pieter boog wat naar voren en floot zachtjes. 'Zijn die diamantjes echt?'

'Ja, natuurlijk.'

'Geertje, ik weet niet wat die ring waard is, maar hier zou je een huis van kunnen kopen.'

'Hij is niet van mij. In mijn testament staat dat ik alles aan Titus moet nalaten.'

'En dus is het van jou. Hoe kun je iets aan iemand nalaten als het je eigendom niet is? Rembrandt heeft er niets over te zeggen, je kunt ermee doen wat je wilt. Daarom is hij zo bang voor je, daarom heeft hij je dat idiote testament laten opmaken. Als je ze verkoopt of verpandt, hoef je je nooit meer zorgen te maken over geld. En al helemaal niet met die toelage erbij.'

'Maar die moet ik wel elke maand ophalen, en dan zal Rembrandt de sieraden willen zien.'

'We zouden voor duplicaten kunnen zorgen.'

Van dat idee werd ik een beetje zenuwachtig. 'Dat is bedrog.'

'Weet je wat bedrog is? Een vrouw jarenlang aan het lijntje

houden en haar dan het huis uit gooien omdat er een jonge meid langskomt. Dát is bedrog!'

Ik wreef mijn handen, die koud aanvoelden. 'Je hebt gelijk. Maar stel dat het uitkomt?'

'Als wat uitkomt? Dat je je eigen bezittingen hebt verkocht? Daar heb je toch alle recht toe? Staat in het contract dat je ze elke maand moet laten zien?'

'Volgens mij niet.'

'Nou dan. Weet je wat, ik haal die toelage wel voor je op. We verpanden een paar goedkopere ringen, dan kun je er altijd nog een terughalen als het echt moet. Jij begint een nieuw leven, en die schilder krijgt wat hij verdient.'

Met een brede glimlach keek mijn broer me aan, en ik lachte flauwtjes terug.

Helemaal lekker zat het me niet, maar ik wist ook niet wat ik anders moest. En hij had gelijk, die sieraden waren mijn eigendom. Ik besloot om een paar maanden te wachten met het verpanden ervan, zodat ik ze nog een tijdje aan Rembrandt kon laten zien. Daarna zou ik ze een voor een terugkopen. Hoe dringend ik het geld ook nodig had, het voelde niet goed dat ik Titus' erfenis verkwanselde.

In maart van het nieuwe jaar, 1650, verhuisde ik naar Ransdorp, wat mijn moeder erg gelukkig maakte. Ik vertelde Rembrandt niets over mijn verhuizing, dat was zijn zaak niet.

Aan het einde van de maand ging ik terug naar Amsterdam om mijn toelage op te halen. Verder dan de hal kwam ik niet. Rembrandt liet me alle sieraden tevoorschijn halen, maar wierp er niet meer dan een snelle blik op. Hij overhandigde me een zakje dat zwaar aanvoelde en zei: 'Dit is de tweehonderd gulden om de armbanden mee terug te halen. Doe het meteen. En hier is je alimentatie.'

Ik nam een tweede zakje in ontvangst en telde de munten na.

'Waar is Titus?' vroeg ik.

'Met Hendrickje naar de markt. Het lijkt me beter dat jullie elkaar niet meer zien.'

'Waarom?'

'Omdat hij erg veel moeite heeft met de situatie.'

Mijn ogen gleden naar een portretje van Titus in de hal. 'Ik mis hem.'

'Ja,' zei Rembrandt, op een toon alsof hij wilde zeggen: 'Niets aan te doen.' Toen zag hij mijn gezicht, en na een korte aarzeling liep hij de zijkamer in. Even later kwam hij terug met een tekeningetje en gaf het me. Het stelde een jongensgezichtje voor, omlijst met krullen. Ik bekeek het ontroerd.

Rembrandt liet me uit en we namen afscheid met een korte groet.

Ik liep naar de Uilenburgerstraat, haalde de beleende armbanden op en keerde terug naar de Breestraat. Rembrandt glimlachte toen ik ze aan hem overhandigde, en voor het eerst in lange tijd keek hij wat vriendelijker.

'Dank je,' zei hij, en hij sloot de deur.

Ik had in Ransdorp al wat om me heen gekeken en mijn oog was gevallen op een boerderijtje even buiten het dorp. Het had een erf, een boomgaard en een stal. Erg groot was het allemaal niet, precies genoeg voor ons tweeën. De prijs viel mee, ik wilde het dolgraag kopen.

Eind april voer ik naar Amsterdam om mijn toelage te halen. Hendrickje verscheen aan de deur. Rembrandt was niet thuis, liet ze me weten.

Ze vroeg naar de sieraden en ik haalde ze een voor een tevoorschijn.

Wat een vernedering had kunnen zijn, draaide ik om in een triomf: ik bezat iets wat Rembrandt en zij heel graag wilden hebben. Dat Hendrickje de man van wie ik had gehouden bezat, interesseerde me niet meer. Wat ik voor Rembrandt had gevoeld was ergens tussen al die besprekingen door verdwenen. Ik voelde zelfs medelijden met Hendrickje. Zelf was ik in ieder geval nog getrouwd geweest, al was het maar kort, en ik kon mezelf weduwe noemen. Dat klonk een stuk beter dan oude vrijster, de titel die haar te wachten stond.

Met mijn geld veilig opgeborgen in een zakje onder mijn rokken liep ik naar de andere kant van de stad, waar de nieuwe grachtenwijk werd gebouwd. Daar kwam Rembrandt nooit.

Op de Korte Prinsengracht vroeg ik aan een voorbijganger of er ergens een pandjeshuis zat, en hij wees me de weg naar dat van Giertge Nanninghs, in de Claes Medemblicxgang.

Binnen was het druk. Ik wachtte op mijn beurt, haalde de kostbaarheden uit het beursje en spreidde ze uit over de toonbank.

Giertge keek ernaar, en vervolgens naar mij. Ik was mijn sociale status kwijt, maar ik droeg nog steeds kleding van duur laken en een heel fijn kanten kapje. Blijkbaar nam mijn verschijning Giertges wantrouwen weg, want ze boog zich vol belangstelling over de sieraden. Ze hield ze in het licht, beet erop en knikte. Even later stond ik buiten met een klein vermogen in mijn beurs.

24

Ik kocht het boerderijtje, laadde mijn bezittingen en die van mijn moeder op een kar en we verhuisden. Het werd mei en de bloesem aan de fruitbomen toverde de hele boomgaard om tot een roze met witte wolk. Ik liet er twee koeien en een paar geiten grazen, op het erf scharrelden kippen. 's Morgens stond ik vroeg op om de dieren te verzorgen en in de moestuin te werken. Daarna maakte ik een ontbijt voor mijn moeder en mij, dat we opaten terwijl we naar de velden achter ons huis keken.

Ik had voor een machtiging gezorgd waarmee Pieter elke maand mijn toelage kon ophalen, zodat ik Rembrandt niet meer onder ogen hoefde te komen.

Rembrandt gaf mijn geld elke keer zonder moeilijk te doen aan Pieter mee, en ook zonder naar de andere sieraden te vragen. Dat de rest inmiddels ook beleend was, had hij niet ontdekt. Het was heel verstandig geweest om deze keer een pandjeshuis aan de andere kant van de stad te bezoeken. Ik was van plan de ringen stuk voor stuk terug te kopen zodra mijn kaas- en melkhandeltje genoeg opleverde.

De meimaand bracht zon en warmte. Ik molk de koeien en geiten, karnde de melk en maakte kaas. Een deel ervan bewaarde ik in de kelder voor eigen gebruik en ik verkocht de rest. Mijn moeder voerde de kippen en hield hele gesprekken met ze. Af en toe vroeg ik me af of het wel goed met haar ging, want ze kon me zo wezenloos aankijken. Dan zei ze u tegen me en vroeg ze de weg naar huis. Maar net zo plotseling was ze weer zichzelf en ebde mijn bezorgdheid weg.

Het was een prachtige zomer, die in de stad ongetwijfeld voor hitte en stinkende grachten zorgde, maar op het platteland alleen maar kleur bracht.

Ik bleekte het wasgoed op het gemeenschappelijke bleekveld, oogstte de groente in mijn moestuin, verzamelde de eieren die de kippen in de ren achterlieten, keek naar de blauwe lucht en voelde de zon op mijn huid.

Ik was gelukkig.

Maar geluk is een staat die nooit lang voortduurt. Zodra je eraan begint te wennen en het als vanzelfsprekend beschouwt, is het oppassen geblazen. Dat weet ik nu, maar toen niet. Destijds ervoer ik die laatste paar maanden in Ransdorp als het begin van een nieuw leven. In werkelijkheid schonk God ze me als een goedmakertje, als een kleine adempauze voor wat Hij voor mij in petto had.

Het is misschien niet eerlijk om met een beschuldigende vinger naar Hem te wijzen, maar het is een feit dat Hij toestond wat er op 5 juli gebeurde.

Ik was naar de markt geweest en liep met mijn mand aan

de arm terug naar huis toen ik achter me paardenhoeven hoorde dreunen op de landweg. Ik keek om en zag een koets met hoge snelheid op me afkomen.

Hij passeerde me rakelings. Met een sprong opzij bracht ik mezelf in veiligheid.

De koetsier minderde vaart en hield halt.

Woedend nam ik mijn rokken bijeen en liep naar hem toe om hem even goed de waarheid te zeggen. Maar voor ik dat kon doen vlogen de portieren aan beide kanten open en sprongen er twee mannen naar buiten.

Aan de kleuren van hun kostuums en de pluimen op hun hoeden, zwart en rood, herkende ik ze als stedelijke gerechtsdienaren uit Amsterdam.

'Geertje Dircx?' vroeg een van hen.

Op dat moment begreep ik wat er aan de hand was. Ik draaide me om en rende weg, maar ik was kansloos. De mannen hadden me snel ingehaald, grepen me vast en sleepten me mee.

'U bent gearresteerd, in naam van de vroedschap van Amsterdam. Wij hebben de opdracht u over te brengen naar het tuchthuis van Gouda.'

Ik verzette me hevig, maar tegen twee man was ik niet opgewassen. Ze boeiden me, werkten me hardhandig de koets in en stapten zelf ook in. Ik schreeuwde en schopte.

Het rijtuig kwam in beweging, maakte een scherpe draai en ik stootte hard mijn hoofd. Terwijl ik versuft tegen de wand aan lag, werden mijn voeten geboeid en daarna kon ik niets meer beginnen.

Op de bok spoorde de koetsier de paarden aan en in volle vaart reden we weg.

25

Juli 1654

Ik misdraag me niet. Wie zich niet aan de regels houdt, komt terecht in een ruimte die bekendstaat als 'de donkere hel'. Ik heb er nooit gezeten, maar het schijnt een hok te zijn dat op eikenhouten balken rust, vlak boven het water van de gracht die langs het tuchthuis loopt.

Dag in, dag uit zit ik in de werkzaal te spinnen, weven en breien te midden van vrouwen die zich schuldig hebben gemaakt aan diefstal, beroving, aanranding, geweldpleging, bedelarij en prostitutie. Ik heb veel tijd om na te denken over wat er is gebeurd, en over mijn familie. Precies vier jaar zit ik hier nu, en er is nog niemand op bezoek geweest. Waar zijn mijn moeder en Pieter, waar is Trijn? Waarom laten ze me aan mijn lot over? Als ik eraan denk dat ik hier nog acht jaar moet blijven, vliegt de ontzetting me naar de keel, en daarom denk ik er maar niet aan. Het is beter om met de dag te leven en niet te veel naar de toekomst te kijken.

We mogen bezoek ontvangen, er zitten hier geen zwaargestraften. Moordenaars en sodomieten eindigen nog altijd aan de galg, die vallen niet te verbieden. In het tuchthuis worden verwarde personen en zwakzinnigen gestopt die niet gek genoeg zijn voor het Dolhuis, en mensen die vanwege lichte vergrijpen heropgevoed moeten worden.

Orde en tucht worden streng bewaakt. De binnenmoeder kan hard optreden en venijnig knijpen, en soms slaat ze de gevangenen met een stok, maar dat is mij nooit overkomen. De regentessen zijn eigenlijk geen voorstanders van lijfstraffen, dat is tegen het idee waarmee de spinhuizen zijn opgericht. We moeten leren lezen en schijven, de Bijbel bestuderen en werken.

Elke dag dank ik Geertruida dat ze me goed heeft leren lezen. Het verdrijft de verveling in de avonduren, al geldt dat alleen 's zomers. In de winter ben je afhankelijk van kaarslicht, en kaarsen moet je zelf betalen. Dat heb ik er niet voor over; als ik op een dag vrijkom, zal ik mijn geld hard nodig hebben.

Het is al een paar keer voorgekomen dat vrouwen die gehoorzaamden, hard werkten, veel in de Bijbel lazen, niet brutaal waren en berouw toonden over hun misdaden vervroegd werden vrijgelaten. En dus volg ik alle regels stipt op en verlaag ik me niet tot de scheldpartijen waarmee mijn medegevangenen hun frustraties uiten. In mijn vrije tijd doe ik niets anders dan in de Bijbel lezen, die vol staat met wraak en geweld en daarmee een geweldige inspiratiebron vormt. Maar uiterlijk ben ik een en al zedigheid en boetvaardigheid.

Ik weet dat de binnenmoeder, Selichje, in mijn onschuld gelooft, en dat ze dat heeft gezegd tegen de regentessen, die over mijn lot beslissen. Zij kunnen mijn straf verkorten, zonder tussenkomst van de schepenenbank. Soms wordt een straf zelfs gehalveerd. Dat zou betekenen dat ik over twee jaar kan vrijkomen. Vrij! Alleen al de gedachte eraan doet me duizelen. Stel je voor dat ik weer gewoon mijn leven zou kunnen leiden, van de zon en de wind genieten, zélf beslissen wat ik met mijn dagen doe. Ooit was dat zo gewoon, nu weet ik dat vrijheid het grootste geluk van een mens is. Maar ik sta mezelf niet toe om te dromen, daarvoor heeft het leven me te vaak een poets gebakken. Aan de andere kant heb ik nog steeds die sieraden. De regentessen bewaren ze tot ik word vrijgelaten. Rembrandt mag me dan wel haten, hij is er niets mee opgeschoten dat ik hier zit.

Van Selichje weet ik hoe mijn aanhouding in zijn werk is gegaan. Ze heeft het me verteld terwijl we samen over de binnenplaats wandelden. In de uitspraak stond dat ik 'op verzoek van vrienden' in het tuchthuis ben opgenomen. Die 'vrienden' werden niet bij naam genoemd, maar Cornelia Jans had tegen haar gezegd dat Rembrandt van Rijn alle kosten op zich had genomen, zowel van het transport als van mijn verblijf hier.

'Heel opmerkelijk,' zei Selichje. 'Alleen het transport kostte al honderdveertig gulden, en de betalingen aan de schout en het tuchthuis kwamen daar nog bij. Wat heb je gedaan dat hij zo woedend op je is?'

Ik vertelde haar het hele verhaal, ook over mijn eigen fouten, al probeerde ik die wel te verklaren. 'Ik had die sieraden nooit moeten verpanden. Dan was dit niet gebeurd.'

'Dat vraag ik me af,' zei Selichje. 'Het stond dan wel in het contract dat dat niet mocht, maar dat je je daar niet aan hield kan nooit zo'n zware straf opgeleverd hebben. Dat wist meester Van Rijn vast, hij moet geïnformeerd hebben wat er nodig was om je te laten arresteren. In de aanklacht staat dat je losbandig gedrag vertoonde, en dat vinden de hoge heren veel erger dan contractbreuk.'

'Maar wat bedoelt hij daarmee? Dat ik me met andere mannen zou hebben ingelaten? Dat is helemaal niet waar. Ik huurde een kamer boven Het Swartte Bottje, en ja, daar liep van alles rond. Maar ík woonde er alleen maar.'

'En daardoor had je de schijn tegen. Het enige wat hij nodig had was een aantal belastende verklaringen.'

'Van wie? Wie hebben er dan tegen mij getuigd?'

'Ik weet het niet, dat staat er niet bij. Die stukken zullen wel bij notaris Crosse liggen, bij wie ze zijn opgemaakt.' Langs de rand van haar witte kap keek Selichje me van opzij aan. 'Je moet er niet van opkijken als je die getuigen amper blijkt te kennen. Er zijn altijd wel mensen die voor een paar gulden van alles willen verklaren.'

Had Rembrandt mensen omgekocht? Was Korst er daar een van, en Octaeff? Een paar meisjes van lichte zeden die in Het Swartte Bottje werkten? Alles was mogelijk.

'En mijn familie?' vroeg ik. 'Heeft die iets van zich laten horen? Heeft mijn broer geprobeerd me hieruit te krijgen?'

Selichje schudde het hoofd.

'Maar waarom niet? Pieter is net zo schuldig als ik, hij heeft me geholpen.'

'Dat zal de reden dan wel zijn,' zei Selichje.

Natuurlijk was dat de reden. Pieter moest als de dood zijn geweest dat hij ook werd opgepakt. Misschien had Rembrandt daar wel mee gedreigd, misschien had híj om die reden wel tegen mij getuigd.

Die gedachte benam me de adem. Kon dat waar zijn? Had Pieter met Rembrandt samengespannen? Ik kon het bijna niet geloven, maar het was de enige verklaring voor het feit dat hij niets van zich liet horen.

Terwijl ik over mijn naaiwerk gebogen zat, maalden de gedachten door mijn hoofd. Nu werd alles me pijnlijk duidelijk. Pieter had een goede reden om weg te blijven, en dat gold ook voor de rest van mijn familie: hij had ze niets verteld. Waarschijnlijk voer hij ergens rond op een verre zee en vroegen mijn moeder en Trijn zich af waarom ze nooit meer iets van me hoorden. Ze wisten niet dat ik hier zat, en aangezien brieven schrijven niet was toegestaan, was er geen manier om het hun te laten weten.

Ook voor wie zich gedraagt is het leven hier zwaar. Het tuchthuis is gevestigd in de vervallen bijgebouwen van het Sint-Catharinaklooster aan de Groeneweg. Aan de ene kant zit het rasphuis, voor de mannen, en aan de andere kant het spinhuis, voor de vrouwen. De ruime zalen zijn heel geschikt als werkplaats, maar wat minder om dag en nacht in te verblijven. Het tocht altijd, en in de winter is de zaal niet warm te krijgen. Eigenlijk had het gebouw allang gesloopt moeten worden. De nonnen weigerden er langer te verblijven, maar voor ons gevangenen is het blijkbaar heel geschikt.

Het is een vreemd idee dat ik mijn dagen doorbreng in de

ruimte waar ooit geestelijken de maaltijd gebruikten. De eetzaal van het voormalige klooster is ingericht als werkzaal, in de kerk zelf wonen de knechten van het tuchthuis. Daar ligt, nogal tegenstrijdig, ook 'de lichte hel', de isoleercel, waarin je opgesloten wordt voor kleine vergrijpen.

De meeste vrouwen zitten hier maar een paar weken of maanden. Je moet het wel erg bont gemaakt hebben om een vonnis van jaren over je uitgesproken te krijgen, tenzij iemand bereid is om de kosten van je verblijf op zich te nemen. Rembrandt heeft er blijkbaar heel wat voor over om mij hier te houden, want hij betaalt trouw.

Het schijnt helemaal niet zo moeilijk te zijn om iemand in het tuchthuis te laten opsluiten. Diegene hoeft niet per se een misdrijf te hebben gepleegd, ook als een man of vrouw onaangepast gedrag vertoont kan diegene met toestemming van de burgemeester opgenomen worden. Maar over het algemeen overkomt dat laatste voornamelijk vrouwen.

Er is een geheime afdeling voor meisjes die door hun ouders of voogd zijn opgesloten. Ze hebben hun familie te schande gemaakt door ongetrouwd zwanger te worden of door verregaande ongehoorzaamheid, en ze zijn veroordeeld tot een paar weken celstraf om hun zonden te overdenken. Zij worden niet aan de buitenwereld tentoongesteld, zoals wij.

De eerste keer dat dat gebeurde, een paar dagen nadat ik was aangekomen, wist ik niet wat ik meemaakte. Een deel van de werkzaal is begrensd met houten hekken. Ik had me nog niet afgevraagd waar die voor dienden, tot er mensen binnenkwamen die erachter gingen staan.

'Wie zijn dat?' vroeg ik aan Jacomijn.

'Bezoekers.' Mijn vriendin ging gewoon door met verstellen, alsof het wijzen, praten en lachen haar niet opviel. 'Het spinhuis schijnt een leuk uitje te zijn. Op zondag komen ze de hele dag door, met het hele gezin. Ze hebben er graag twee stuivers voor over om ons te bekijken, en nog wel meer als we gaan schelden of zielig doen.'

Ik keek naar de hekken, waar een paar veroordeelde vrouwen naartoe slenterden. De een ging in gesprek met de bezoekers, de ander tilde haar rokken op om de sporen van de stokslagen op haar billen te laten zien. Een derde vrouw, Maria, stak bedelend haar hand door de opening van het hekwerk, waarna een jongetje griezelend achteruit sprong. Selichje kwam snel aanlopen, gaf de vrouw een draai om haar oren en het publiek klapte.

'Straks krijgt Maria een duit van Selichje,' zei Jacomijn. 'Hoe meer drukte we maken, hoe meer het ons oplevert.'

Ik knikte. 'En het spinhuis.'

'Precies, al dat theater trekt bezoekers. De mensen willen natuurlijk wel iets te zien krijgen. In september, tijdens de kermis, is het helemaal een gekkenhuis. Dan is de entree gratis en staat het daar helemaal vol.' Ze knikte naar de ruimte achter de hekken.

Ik was niet van plan mezelf te verlagen voor een paar stuivers, en Jacomijn evenmin. We bleven rustig zitten naaien, en met ons nog een paar anderen. Maar de meeste vrouwen kozen ervoor een toneelstukje op te voeren. Met plaatsvervangende schaamte keek ik toe vanuit mijn ooghoeken.

'Ik heb gehoord dat in spinhuizen in andere steden vrouwen publiekelijk gestraft worden,' zei Jacomijn. 'Dan worden ze in een kooi gestopt, die heel snel in het rond wordt gedraaid, tot die vrouw moet spugen. Dus we mogen blij zijn dat we in Gouda zitten.'

Blij was een groot woord, maar ik was wel dankbaar dat er in Amsterdam geen plaats was. Stel je voor dat er bekenden naar me kwamen kijken, ik zou de schande niet overleven. Nu waren het vreemden, afkomstig uit de harde, onverschillige buitenwereld, waar niemand zich iets van mijn lot aantrok.

Volgens Jacomijn mogen bezoekers in andere spinhuizen viezigheid naar de gevangenen gooien, en zij kon het weten, want ze had in verschillende tuchthuizen gezeten. Mijn nieuwe beste vriendin was een dievegge en een oplichtster, maar volgens haar was ík dat ook. Het verschil tussen ons was dat zij na een paar maanden weer vrijkwam, en ik pas over vele jaren.

Jacomijn had diverse keren gekocht op rekening van anderen om haar schuldeisers te kunnen betalen, omdat haar linnenwinkeltje niet liep.

'Wat moest ik anders,' zei ze. 'Ik was zwanger, mijn man had geen werk en het werd winter. We moesten ergens van leven.'

Ze werd veroordeeld tot een paar maanden tuchthuis in Rotterdam, beviel daar van haar kind, dat twee dagen na haar vrijlating stierf, en vervolgens ontdekte ze dat haar man een ander had. Ze ging hem te lijf met de beddenpan, waarna de buren de schout waarschuwden en ze opnieuw gearresteerd werd.

'Het tuchthuis van Rotterdam zat vol, dus ik werd naar

Haarlem gebracht. Maar daar heb ik maar een paar weken gezeten,' zei ze.

'En nu zit je in Gouda.'

'Ja, voor diefstal. Weet je, Geertje, als je eenmaal in het tuchthuis hebt gezeten, kun je daarna nergens meer aan de slag. Niemand wil je hebben. Het enige wat je dan nog kan doen is stelen of in een bordeel werken. Ik koos voor het eerste.'

We raakten steeds hechter bevriend. 's Nachts maakten we de ander wakker tijdens een nachtmerrie, en we troostten elkaar als de eenzaamheid en verlorenheid ons te veel werden. In de verstikkende duisternis lagen we tegen elkaar aan en wachtten op het grijze ochtendlicht.

'Hoor,' zei Jacomijn dan, 'het gebouw praat met ons.'

In het begin dacht ik dat ze gek was, maar later leerde ik luisteren naar de krakende gebinten, en naar de wind die als een ademtocht tussen de kieren door naar binnen dreef. Het was troostrijk, zo in de stilte van de nacht.

Nadat we ongeveer een halfjaar alles samen gedeeld hadden, werd Jacomijn uit het spinhuis ontslagen. Ze beloofde langs te komen, maar ik heb haar nooit meer gezien.

Iedereen vertrekt eerder dan ik. Elke keer als er een nieuwkomer naast me te werk wordt gesteld, neem ik me voor geen persoonlijke band met haar aan te gaan, maar dat is bijna onmogelijk. Helemaal als je samen een bedstee deelt. Niemand slaapt alleen. Misschien was dat nog wel de grootste schok, vier jaar geleden: dat ik niet alleen met een andere vrouw een kamer, of cel, moest delen, maar ook een slaapplaats.

Inmiddels ben ik er min of meer aan gewend, evenals aan de jeuk door luizen, en aan de eeuwig zeurende honger. Mijn comfortabele leventje van vroeger lijkt iets uit een droom, en het spijt me dat ik er niet meer van heb genoten.

In het spinhuis slaap je niet op een kussen van eendendons en heb je geen gladde lakens en schone dekens om over je heen te trekken als het 's nachts vriest. Je kussen is gevuld met hooi, dat door de stof heen prikt, en je strozak van ruw katoen stinkt en is te dun. Om warm te blijven kruip je tegen elkaar aan, of je je bedgenoot mag of niet. Sowieso is het maar beter om vriendschap te sluiten, want de troosteloosheid van dit bestaan kun je niet in je eentje het hoofd bieden.

Elke ochtend om acht uur gaat het luikje in de deur van de kamer open en wordt er een houten bord met eten naar binnen geschoven: twee stukken roggebrood met boter en kaas voor ieder. 's Middags eten we in de werkzaal: karnemelkspap met brood, gekookte kool of een andere warmoes, en opnieuw roggebrood. En scharbier, de goedkoopste biersoort. Ik weet er alles van, in Het Morriaenshooft leverden we vele vaten aan het weeshuis van Hoorn.

Om acht uur 's avonds staat er soep met roggebrood op tafel. De zondag onderscheidt zich alleen van de rest van de week door wat grotere porties.

De dagen verglijden in een eentonige regelmaat van hard werken, Bijbellezingen, gebeden en boetedoening. Tweemaal per week komt er een dominee, zondag om negen uur en woensdag om twaalf uur, om ons tuchtelingen te catechiseren.

Gebeden prevelend in de ijskoude kapel krijg ik nooit het

gevoel dat de Heer dicht bij me is. De zoveelste verkoudheid is dichtbij, en honger. En woede.

De plaats naast mij in de bedstee blijft nooit lang leeg. Ik weet niet hoeveel vrouwen er in totaal naast me hebben gelegen. Sommigen mocht ik wel, maar de meesten werkten op mijn zenuwen met hun huilbuien, nare dromen en stinkende adem.

Vanaf het begin heb ik me als de baas opgesteld en eis ik de beste slaapplek. In de winter slaap ik tegen de wand. Daar heb je het minst last van tocht en blijft de warmte het best hangen. Maar in de zomer verkies ik de open kant, dankbaar voor de koele luchtstroom. En als er weer een gevangene vertrekt, slaap ik als een prinses, breeduit.

Ondanks de strenge discipline en de weinige rechten die we hier hebben, zijn de regentessen toch tot de conclusie gekomen dat ook wij, gevangenen, een paar minuten per dag frisse lucht nodig hebben.

Terwijl ik met de andere vrouwen rondjes wandel over de binnenplaats, doe ik niets anders dan naar de lucht kijken. Het maakt me niet uit wat voor weer het is, hij is altijd prachtig.

De ene keer strekt zich een stralend blauwe leegte boven me uit, en de andere keer drukt een grijze massa op de gebouwen. Maar het is buitenlucht, een vleugje vrijheid. De vogels die voorbijscheren herinneren me eraan dat de wereld buiten nog bestaat, dat alles gewoon doorgaat, en voor mij ook weer, op een dag.

26

'Geertje?'

Ik heb Selichje niet horen aankomen en ik schrik op van mijn werk.

'Kom even mee,' zegt ze.

Het is zomer, maar in de werkzaal is het altijd kil en de warmte in Selichjes kantoortje is een hele overgang. Ik schuif mijn stoel zo dat ik in het binnenvallende zonlicht zit, en ik koester mijn stijve spieren in de warmte.

'Je weet dat jouw zaak me bezighoudt,' zegt Selichje. 'Ik heb erover nagedacht wat ik voor je kan doen, maar dat is helaas niet veel, tenzij er bewijzen zijn dat de getuigen hebben gelogen over jouw gedrag. Maar ik heb het er wel over gehad met de regentessen.'

Dat treft me diep. 'Hebt u dat echt gedaan?'

'Ja, en de dames waren het met me eens dat je bijzonder zwaar gestraft wordt. Té zwaar.' Selichje zwijgt even en zegt dan: 'Regentes Vroesen kwam later naar me toe en vroeg me aan jou door te geven dat je een verzoek om gratie kunt indienen bij de kerkenraad.'

Hoop vlamt in me op. 'Hoe moet ik zoiets aanpakken?'

'De regentessen kunnen het namens jou doen. Zal ik het ze vragen?'

Het liefst was ik op mijn knieën voor haar gaan liggen en had ik haar hand gekust, maar ik glimlach alleen en knipper met mijn ogen, die vochtig worden. 'Als u dat zou willen doen... Heel graag.'

Selichje glimlacht terug, maar kijkt meteen weer ernstig. 'Ik doe mijn best, maar verwacht er niet te veel van. De kerkenraad zal de beschuldiging van losbandig gedrag nog erger vinden dan de rechtbank. Maar prostituees krijgen nooit langer dan een paar weken of maanden, dus je zou verwachten dat ze vierenhalf jaar wel genoeg vinden.'

Dat zou je verwachten, ja. Het verzoek tot ontslag uit het tuchthuis wordt ingediend, waarna een tijd van martelende onzekerheid volgt. Na een dag of tien word ik uit de werkzaal gehaald en naar de deftige regentessenkamer gebracht.

Mijn hart bonkt wild in mijn borst, alsof het daaruit bevrijd wil worden, en mijn keel wordt droog. Het is een warme dag, maar mijn handen voelen koud.

De regentessen zitten rond de tafel, Selichje staat ernaast. Ze kijkt me niet aan. Ik probeer daar geen conclusies aan te verbinden, maar alles in mij zet zich schrap. Nerveus probeer ik de gezichtsuitdrukkingen van de regentessen te lezen. Ze kijken vriendelijk maar verder neutraal terug.

'Geertje,' zegt Margaretha Vroesen. 'We hebben uit jouw naam de hulp ingeroepen van de gereformeerde kerkenraad van Amsterdam, en die heeft een van de dominees verzocht naar Edam te gaan om te proberen ontlastende verklaringen van je familie te krijgen.'

Ik knik gespannen.

'Dat heeft de dominee gedaan, maar helaas hebben we vandaag geen goed nieuws ontvangen. De kerkenraad laat weten dat de wereldlijke overheid je bij vonnis in het tuchthuis heeft geplaatst, en dat het niet aan hen is om anders te beslissen.'

De greep van ijskoude teleurstelling sluit zich om mijn hart. 'Maar... die verklaringen van mijn familie dan? Wat hebben ze over mij gezegd, en worden die dan zomaar aan de kant geschoven?'

'De verklaringen waren in jouw voordeel, maar ze staan los van de beschuldigingen die tegen jou zijn geuit. We hebben nog voor je gepleit en gezegd dat je een voorbeeldige gevangene bent, maar dat mocht niet baten.'

Margaretha's blik is vol compassie, maar het is duidelijk dat ze niets aan de uitspraak kan veranderen.

'Hoe lang...' fluister ik. 'Hoe lang moet ik nog blijven? Toch niet voor de héle straf? Twaalf jaar?'

'Vooralsnog wel, maar we kunnen natuurlijk later altijd opnieuw een verzoek indienen. Heb je nog vragen?'

'Rembrandt. Heeft hij die dominee gesproken?'

'Dat weet ik niet, maar het lijkt me onwaarschijnlijk.'

'Mij niet! Ik denk dat de kerkenraad hem op de hoogte heeft gesteld, en dat hij die dominee heeft omgepraat of omgekocht.' Een stortvloed van tranen maakt me het spreken onmogelijk. Ik moet er meelijwekkend uitzien, want iedereen kijkt vol mededogen naar me.

'Het spijt ons zeer, maar het is niet anders. Je zult je lot moeten aanvaarden. Zoek steun in gebeden, Geertje. God zal je last lichter maken,' zegt Margaretha.

Daar ben ik niet van overtuigd, maar Margaretha maakt een handgebaar en Selichje neemt me mee.

'Het spijt me,' zegt ze, en ze wrijft troostend over mijn arm.

'Hoe is dit mogelijk? Wat gebeurt er allemaal?' vraag ik met overslaande stem.

'Rembrandt. Hij heeft iemand naar Edam gestuurd om nieuwe belastende verklaringen te vinden. Hij wil dat je je volledige straf uitzit.'

'Hoe weet je dat?'

'Dat heeft een van de regentessen me verteld.'

'Maar als ze op mijn hand zijn, zullen ze toch wel...'

Selichje onderbreekt me. 'Ik ben bang van niet, Geertje. Rembrandt betaalt veel te goed voor jouw verblijf hier. Het is niet in hun belang dat je vertrekt.'

Hoe groot de klap ook is, ik heb wel iets bereikt: in Edam weten ze nu waar ik zit. Ik heb daar veel vrienden en familie wonen, misschien kunnen zij iets voor me doen.

De regentessen staan me, bij hoge uitzondering, toe om brieven te versturen en dat doe ik meteen. Mijn moeder kan niet lezen en schrijven, maar Trijn wel.

Ik koop twee vellen papier bij Selichje en begin meteen. De eerste brief gaat naar Trijn, de tweede naar Geertruida en Pieter. Over die laatste brief twijfel ik, per slot van rekening heb ik helemaal geen contact meer met hen, maar het zijn rijke, gerespecteerde burgers. Als er mensen zijn die het verschil kunnen maken, dan zijn zij het wel.

Een maand lang leef ik in hoopvolle verwachting, dan komt er een brief uit Hoorn. Bevend van spanning lees ik hem, om hem vervolgens ontgoocheld te laten zakken. Geertruida en Pieter zijn geschrokken en vinden het heel erg voor me. Ze hebben besloten om niets tegen de kinderen te zeggen, en zeker niet tegen Trijntje, om ze niet overstuur te maken. Verder wensen ze me sterkte en kracht, en dat was het. Geen woord over hulp of machtige kennissen inschakelen, niets. Ik weet meteen dat dit hun laatste brief is.

Trijns brief biedt meer hoop. De verontwaardiging spat van de regels af als ze beschrijft hoe er op een dag een vreemde vrouw voor haar deur stond, die zich voorstelde als Cornelia Jans.

'Ze begon allemaal vragen over jou te stellen,' schrijft ze. 'Over je karakter en je gedrag. Ze vroeg of je weleens losbandig of agressief was geweest. Ik zei "nee" en vroeg waar dat op sloeg. Toen vertelde ze dat je in het spinhuis zat, en dat Rembrandt van Rijn haar had gestuurd om bezwarende getuigenverklaringen over je te verzamelen. Ik werd woedend, heb dat mens weggestuurd en de deur voor haar neus dichtgegooid. Lobberich en alle anderen hebben precies hetzelfde gedaan, dus ze heeft haar reis voor niets gemaakt. Pieter heeft je trouwens wel een lelijke streek geleverd door ons niet op de hoogte te brengen. Ik begrijp niet waarom hij gewoon uitgevaren is. Als ik het eerder had geweten, had ik misschien iets voor je kunnen doen.'

Van alles wat me overkomen is, doet Pieters verraad me inderdaad het meest zeer. Rembrandt kan ik nog enigszins begrijpen. Ook al heeft hij me diep gekwetst, ik ben zelf ook niet zonder fouten geweest. Als ik die sieraden niet had verpand, had ik nu in Ransdorp gezeten. Arm en verbitterd, maar vrij.

Pieter daarentegen is mijn bloedverwant. Als je niet meer op je familie kunt rekenen, op wie dan wel? Aan de andere kant, hij heeft me al eerder laten vallen. Pas toen hij dacht dat er iets te halen viel, zocht hij me weer op. Waarom was ik zo dom om hem te vertrouwen?

'Ik geef het niet op,' schrijft Trijn. 'Ik ga mijn uiterste best doen om je vrij te krijgen.'

Maar er komen geen brieven meer. Hebben de regentessen onze briefwisseling gelezen en besloten niets meer te versturen? Of heeft Trijn haar voornemen om mij te bevrijden na een paar pogingen opgegeven en gaat ze nu door met haar leven?

De dagen rekken zich uiteen, lijken steeds langer te duren. Er verstrijken weken, maanden. Je zou zeggen dat gevangenschap went, maar als ik denk aan al die uren die ik hier nog moet doorbrengen, altijd maar naaiend en verstellend, tot er geen plekje meer op mijn vingertoppen is waar ik me niet heb geprikt, en mijn rug zeer doet door de oncomfortabele stoel waar ik de hele dag op zit, en als ik zie hoe ik vermager door de karige maaltijden, als ik weer een nacht niet heb geslapen door het gedraai en gezucht van de vrouw naast me, dan kan de wanhoop me overvallen met een geweld dat me de adem beneemt.

En in de vele slapeloze nachten waarin ik lig te tobben, besef ik dat de wetenschap dat niemand aan je denkt de ergste vorm van eenzaamheid is.

27

Januari 1655

Vandaag is een koude winterdag. Flets licht valt door de hoge glas-in-loodramen naar binnen. De kilte in de werkzaal is met geen vuur te verdrijven en mijn vingers zijn eigenlijk te stijf om het priegelwerk met naald en draad te verrichten.

We zijn met minder vrouwen dan anders. Door de aanhoudende kou begint de een na de ander te hoesten en verdwijnt met koorts naar de ziekenzaal, die recht boven de werkzaal ligt. Hun geblaf en genies is door de balkenzoldering te horen.

'Jij bent toch dat liefje van die schilder?' vraagt de jonge vrouw naast me. 'Van Rembrandt van Rijn?' Ze fluistert, want er staan stokslagen op praten tijdens het werk.

Inwendig zucht ik diep. Hoe vaak die vraag me de afgelopen vierenhalf jaar is gesteld, heb ik niet bijgehouden, maar het is ontzettend vaak. Je zou zeggen dat de mensen inmiddels iets anders hebben om over te kletsen, maar Rembrandts liefdesleven houdt de gemoederen blijkbaar nog steeds erg bezig. Zelfs in Gouda.

De vrouw naast me heet Lena Minne en ze is twee dagen geleden in het tuchthuis aangekomen wegens roof en prostitutie. Ze had een man opgepikt, hem dronken gevoerd in een herberg en hem daarna mee naar buiten genomen. In een steegje zakte hij ineen en beroofde ze hem van zijn bezittingen. Zelfs zijn broek, wambuis, mantel en schoenen heeft ze meegenomen. Juíst zijn kleding, zoals ze vertelde, want die was erg kostbaar. Ze heeft hem naar het begin van de steeg gesleept, zodat hij snel gevonden zou worden, en hem daar naakt achtergelaten. Maar blijkbaar is er een getuige geweest, want ze is vrij snel opgepakt.

Dat soort verhalen schokken me allang niet meer, al kijk ik wel iedere keer op van de brutaliteit van veel vrouwen.

'Je hoeft niets te zeggen, hoor, ik weet het allang,' fluistert Lena. 'Jij bent Geertje Dircx. Er wordt veel over je gepraat.'

Ik werp een blik op Selichje, die met haar rug naar ons toe staat, en haal de naald door het laken. 'Er wordt over iedereen gepraat.'

'Klopt, maar over de een wat meer dan over de ander. Maar als je het wilt weten: iedereen staat aan jouw kant. Ze vinden hem allemaal een klootzak.'

'Maar intussen zit hij in zijn werkplaats te schilderen en zit ik hier. Al meer dan vier jaar.'

'Vier jaar!' Lena fluit zachtjes tussen haar tanden. 'Belachelijk. Ik heb een jaar gekregen. Waarom moet je zo lang zitten?'

Ik haal mijn schouders op.

'Ik kom ook uit Amsterdam, uit de buurt waar Rembrandt woont. Nou ja, er vlakbij. Het Rapenburgeiland. Daar heb jij toch ook gewoond? In die buurt hebben ze het nog steeds over je. En over Hendrickje, natuurlijk.'

Nu heeft ze mijn aandacht. Ik kijk haar van opzij aan en vraag: 'Hendrickje? Wat is er met haar?'

'Ze is voor de kerkenraad gesleept omdat ze in hoererij leeft. Maar ze wilde haar leven niet beteren want ze was zwanger, dus ze kon niet bij Rembrandt weggaan. Nou ja, dat kón ze natuurlijk wel, maar wat had ze dan gemoeten?'

'Is Hendrickje zwanger?' Een oude pijn, gesust en half vergeten, komt met een schok weer tot leven.

'Was,' zegt Lena zachtjes. 'Ze is intussen al bevallen, van een dochter, Cornelia.'

Cornelia de derde. Rembrandts twee andere dochtertjes, die hij met Saskia had gekregen, droegen dezelfde naam.

'Wanneer is ze geboren?' vraag ik.

'Ergens vorig jaar. In oktober geloof ik.'

Selichje draait zich om en we zwijgen. Ik probeer me op mijn werk te concentreren, maar de gedachten tuimelen door mijn hoofd.

Hendrickjes kind is dus nog maar een paar maanden oud. Ik zie haar voor me met haar dochtertje in de armen, zittend bij de haard in het woonvertrek, waar ik me ook zo vaak heb gewarmd. Met lege armen.

Ik probeer me Rembrandt als trotse, blije vader voor te stellen, maar dat lukt minder goed. Hij zal wel weer hele dagen in zijn schilderswerkplaats doorbrengen en alles van zijn dochter missen, zoals hij alles van Titus gemist heeft.

Titus... hoe oud is hij inmiddels? Dertien alweer. Geen kleine jongen meer, en ook niet langer enig kind, maar grote broer. Is hij blij met zijn zusje, en hoe is zijn band met Hendrickje?

De grootste pijn die ik voel zit niet in mijn kinderloosheid en evenmin in het feit dat ik Rembrandt – van wie ik niet meer hou – kwijt ben, maar in de volslagen nutteloosheid van mijn bestaan. Zo nutteloos dat ik in een oogwenk ben vergeten door de mensen die ik ooit zo liefhad.

'Je kunt beter medelijden met haar hebben,' zegt Lena zacht, en het dringt nu pas tot me door dat ze naar me zit te kijken. 'Een vriendin van me heeft gezien dat er vorige maand allemaal kisten uit hun huis werden gedragen. Ze hebben het financieel heel zwaar, Rembrandt gaat waarschijnlijk failliet. Hij probeert zijn schuldeisers te betalen door zijn kunstschatten te laten veilen, misschien moeten ze hun huis wel uit. Ik denk dat Hendrickje meer zorgen heeft dan plezier. En nu ze een kind heeft, kan ze geen kant meer op. De rest van haar leven is ze Rembrandts hoer, en nog een berooide ook.'

Ze heeft gelijk. Rembrandt zal nooit met Hendrickje trouwen, en dus is ze, net als ik, haar eer kwijt en wordt ze door iedereen met de nek aangekeken. En niet alleen zij, ook haar dochter, die als bastaard door het leven moet gaan. Dat zal Rembrandt waarschijnlijk niets kunnen schelen, maar het moet hem wel dwarszitten dat hij geen opdrachten meer krijgt en zijn gezin niet kan onderhouden.

Ik weet dat ik hen zou moeten vergeven en medelijden zou moeten hebben, maar dat voel ik nou eenmaal niet. Net zoals ze geen medelijden met mij hadden toen ik vierenhalf jaar geleden die koets in werd gesleurd. Dat ze het moeilijk hebben is een kleine troost, als een zonnestraaltje in koud water.

28

Mei 1655

Ik ben steeds vaker ziek, word steeds zwakker. Er zijn momenten dat ik het niet erg zou vinden als ik nog wat dieper in mijn koortsdromen zou wegzinken, de vergetelheid in, weg uit dit leven. Maar de Heer is blijkbaar van mening dat ik mijn hele straf moet uitzitten, want ik herstel steeds weer van de ziektes die mijn lichaam teisteren.

Intussen wordt het voorjaar. Op een stralende dag in mei is iedereen op de buitenplaats, ik hoor de lichte, blije stemmen van de andere vrouwen, maar ik ben weer ziek.

Zwetend lig ik in de bedstee op de ziekenzaal. Mijn hele lichaam doet pijn en mijn keel brandt. Slikken is een kwelling en dus probeer ik dat zo min mogelijk te doen. Waarschijnlijk heb ik koorts, want de wanden van de bedstee schuiven naar me toe en weer terug.

Af en toe meen ik Trijns stem te horen, maar als ik mijn ogen open, zie ik alleen Elsje, de ziekenverzorgster. Ze bet mijn gloeiende voorhoofd met een koud doekje en zegt iets wat ik niet versta. Dan helpt ze me wat rechter te zitten en zet ze een kom met een kruidige drank aan mijn lippen.

Moeizaam neem ik een paar slokken, en duizelig van de inspanning die dat kost laat ik me terugzakken tegen het kussen.

'Ga maar slapen,' zegt Elsje.

Ik sluit mijn ogen.

Er is veel tijd voorbijgegaan. Toen ik even wakker werd was het donker, maar als ik opnieuw mijn ogen open, is het dag. Ochtend of middag zou ik niet kunnen zeggen, en het interesseert me ook niet.

Mijn keelpijn is minder geworden, en de koorts lijkt te zijn gezakt, want de wanden van de bedstee blijven op hun plaats. Wel heb ik dorst, verschrikkelijke dorst.

Ik kijk opzij of Elsje in de buurt is. Ze staat bij het venster naar buiten te kijken. Mijn stem weigert dienst, en om haar aandacht te trekken klop ik op de houten rand van het bed.

Ze kijkt om en ik zie Trijn. Met snelle stappen komt ze naar me toe en neemt plaats op de rand van de bedstee. Droom ik? Dit kan helemaal niet!

'Trijn...' Ik steek mijn hand naar haar uit, mijn stem is niet meer dan een fluistering.

'Dag lieverd.' Ze sluit haar beide handen om die van mij. 'Je bent erg ziek geweest. Hoe gaat het nu?'

Het is Trijn, het is haar echt! Ze praat als Trijn, ze doet als Trijn, en toch blijf ik haar verbijsterd aankijken.

'Dorst...' breng ik dan uit.

Trijn staat op en schenkt iets in een beker. Ze helpt me drinken, dunbier. Het smaakt verrukkelijk, ik drink de hele beker leeg.

'Nog meer?' vraagt Trijn.

Ik schud mijn hoofd. 'De keelpijn is weg, en de hoofdpijn ook. Ik ben alleen zo moe.'

'Dat is niet vreemd. Maar je zult je wel snel beter voelen nu de koorts weg is.'

Ik ben nog steeds bang dat ik een koortsdelirium heb, dat Trijn er niet echt is. 'Hoe kun je nou zomaar opeens hier zijn?'

'Ik ben gekomen om je hier weg te halen, en dat is gelukt. Je ontslag is al toegezegd, vandaar dat ik bij je mag.'

Wezenloos kijk ik haar aan.

'Heb je me gehoord? Je mag weg! Is het niet geweldig?' zegt Trijn stralend.

Ik kan bijna niet geloven wat ik hoor. Dit moet een gevolg van de koorts zijn, ik heb waandenkbeelden. Maar Trijns blijdschap is echt, en ze blijft die woorden maar herhalen.

'Echt waar? Mag ik weg?' vraag ik zwakjes.

Trijn knikt. 'Zodra je je goed genoeg voelt om te reizen. Je moet eerst helemaal beter zijn.'

Ik probeer overeind te komen, maar ik word geveld door een duizeling. Trijn duwt me zachtjes terug in het kussen.

'Niet vandaag, dat is te snel. Het zou je dood worden als je nu dagenlang in een koets of op een boot moest zitten.'

'Maar straks gaat het niet door en moet ik toch blijven. Ik wil nu weg, voor ze zich bedenken,' zeg ik hees.

'Lieverd, ik heb je ontslag hier zwart-op-wit staan. Kijk maar.' Ze houdt een vel papier omhoog dat vol staat met zwarte kriebellettertjes die ik onmogelijk kan ontcijferen.

'Staat dat er echt? Hoe kan dat, zo opeens?'

'Dat vertel ik nog wel. Vanmiddag, als ik terugkom. Nu moet je rusten.'

Rusten! Alsof ik nog een oog dicht kan doen.

'Zoek een koets voor vandaag,' smeek ik, en ik grijp haar arm.

Trijn legt liefdevol een hand tegen mijn wang. 'Goed. Voor vandaag, en anders voor morgen. Ik zal ook proviand voor onderweg inslaan. Ga jij intussen nog even slapen.'

Een golf van vermoeidheid onderdrukt de protesten die in me opkomen. Ik sluit mijn ogen en voel me wegzakken. 'Dank je,' mompel ik.

Als ik mijn ogen nog even open, is Trijn verdwenen.

Ook al leek het onmogelijk, ik slaap toch nog een tijdje. Wanneer ik wakker word, voel ik me een stuk beter. Moe en verzwakt, dat wel, maar ik heb geen pijn meer. Waar is Trijn? Heb ik toch gedroomd?

Ongerust kom ik overeind en kijk de ziekenzaal in. Elsje komt net binnen met een lege po en houdt me tegen als ik aanstalten maak om uit bed te komen.

'Doe dat maar niet. Niet zonder hulp,' zegt ze.

'Waar is Trijn? Waar is mijn vriendin?' Mijn stem slaat over.

'Ze is in gesprek met de regentessen. Straks komen ze met de dokter kijken of je sterk genoeg bent om te vertrekken.'

Sterk genoeg of niet, ik blijf hier geen minuut langer.

'Ik voel me prima. Waar zijn mijn kleren?' Ik zwaai mijn blote benen over de rand van de bedstee.

Opnieuw houdt Elsje me tegen. 'Even wachten, ik ga Selichje halen.'

Ze komen allemaal kijken hoe het met me gaat, Selichje, Margaretha en de arts. Trijn is er ook, maar ze blijft op de achtergrond. Pas als de arts me heeft onderzocht en knikt, gaat Elsje mijn kleding halen.

Ik mag weg!

Trijn helpt mij met aankleden. Ook al voel ik me lang niet zo goed als ik me voordoe, ik moet en zal vertrekken voor iemand mijn ontslag terugdraait.

Nog een beetje wankel op mijn benen verzamel ik mijn spaarzame bezittingen en neem afscheid van Lena, Selichje en de regentessen. Hoewel het een groots moment is, gaat het vlug en wil het belang ervan niet goed tot me doordringen. Haast heb ik, haast! Ik krijg mijn bezittingen mee, waaronder mijn sieraden, en aan de arm van Trijn loop ik door de gangen, de entreehal in en dan door de hoge toegangspoort naar buiten.

Buiten!

Ik sta stil en kijk om me heen in de smalle straat. Het is een doordeweekse dag en het gonst er van bedrijvigheid. Voetgangers, sjouwers, mannen en vrouwen met handkarren, meiden op weg naar de markt, een groep ganzen die snaterend voorbijgedreven wordt, de drukte is me bijna te veel.

Het is licht bewolkt en het waait een beetje. De wind voelt als een streling. Twee wolken drijven uiteen en laten de zon erdoor, die recht op mijn gezicht schijnt. Ik sluit mijn ogen en onderga haar warmte, voel mijn bleke huid tintelen, mijn verzwakte lichaam hunkeren naar meer.

Ik ben vrij.

Vrij!

Trijn slaat een arm om me heen. 'Ga je mee? Het is gelukt met die koets, hij staat al klaar.'

Snel stap ik in, en veilig vanachter het raampje sla ik alles en iedereen gade.

Ik ben vrij, zeg ik in gedachten. Ik ga met Trijn mee, naar Edam.

Maar al gebeurt het allemaal echt, ik besef het nog steeds niet. Een deel van me zit nog steeds in het tuchthuis. Misschien blijft het daar wel, en zal ik me nooit meer helemaal de oude voelen.

'Mijn moeder. Pieter,' zeg ik. 'Hoe gaat het met ze?'

'Je broer vaart nog steeds.'

'En mijn moeder?'

Door de aarzelende blik van Trijn weet ik het antwoord al.

'Ze is natuurlijk overleden. Het ging vijf jaar geleden al niet zo goed met haar.' Ik sluit mijn ogen om weerstand te bieden aan de golf van pijn die over me heen spoelt. 'Wanneer...'

'Kort na jouw arrestatie. Ze heeft nooit geweten dat je gevangen zat.'

Dat is dan in ieder geval een troost. En een antwoord op de vraag waarom ik nooit iets van haar gehoord heb.

Trijn installeert zich naast me en de koetsier doet het portier achter haar dicht.

'Het eerste stuk gaan we met de koets,' zegt ze, 'en daarna nemen we de trekschuit. Dat is sneller en goedkoper.'

Ik kijk opzij en leg mijn hand op die van haar. 'Dank je voor alles, Trijn. Je hebt me gered. Je hebt me echt gered!'

Ze glimlacht me warm toe.

We vertrekken nog niet meteen; de koetsier is bezig met de

tuigage van het paard, waarmee blijkbaar iets aan de hand is. Dat geeft ons de gelegenheid om even rustig te praten, zonder het geratel van wielen en hoefgeklepper.

'Hoe heb je dit voor elkaar gekregen?' vraag ik. 'Ik dacht dat ik tot mijn oude dag moest blijven.'

'Ik heb al eerder geprobeerd je vrij te krijgen. Ik heb brieven geschreven en ik ben een paar keer naar het spinhuis gegaan om met de regentessen te praten.'

'Daar hebben ze me niets van verteld!'

'Misschien wilden ze je geen valse hoop geven. Ze zeiden dat ik bij de burgemeesters van Gouda moest zijn, dus ik ben naar hen toe gegaan. Maar dat haalde ook niets uit.' Trijns stem klinkt geërgerd. 'Net toen ik dacht dat ik het nooit voor elkaar zou krijgen, kreeg ik een brief van de binnenmoeder.'

'Van Selichje?'

Trijn knikt. 'Ze schreef me dat je gezondheid achteruitging, en dat dat meestal een reden is voor vervroegd ontslag, omdat je dan niet meer kunt werken. Ze raadde me aan opnieuw met de burgemeesters te gaan praten, dan zou zij bij de regentessen pleiten.'

Ik kan mijn oren niet geloven. 'En al die tijd dacht ik dat iedereen me vergeten was!'

'Absoluut niet. Ik hoopte dat Rembrandts woede intussen wat gezakt was, en dat hij zijn aanklacht wilde intrekken. Veel kans gaf ik het niet, maar ik kon het allicht proberen. Dus ik ben eerst naar Amsterdam gegaan.'

'Je bent bij Rembrandt geweest? Hoe ging dat?'

'Hij werd razend toen ik vertelde dat ik van plan was om jou uit het spinhuis te halen. "Waag het niet! Je zult er spijt van krijgen als je dat doet!" dreigde hij.'

'En toen?' vraag ik ademloos. 'Wat zei jij toen?'

'Dat hij bij mij aan het verkeerde adres was met zijn dreigementen, en dat hij beter mee kon werken, omdat ik ook wel aan een paar verklaringen over hém kon komen.'

Ik schiet in een zenuwachtige lach.

'Daarna ben ik naar Gouda gegaan,' zegt Trijn. 'Toen ik daar aankwam bleek Rembrandt de burgemeesters al te hebben geschreven, dus ze waren op de hoogte. Maar deze keer was degene die me ontving een andere, iemand die net was aangesteld. Die burgemeester vertelde me dat Rembrandt hem had verzocht om jou gevangen te houden tot je broer terug was van zee. Waarschijnlijk hoopte hij dat Pieter een belastende verklaring over je wilde afleggen.'

Een steek van verdriet gaat door me heen. 'Ze spanden samen. Ik kan gewoon niet geloven dat Pieter me zo in de steek gelaten heeft.'

'Rembrandt had hem in de tang,' zegt Trijn. 'Pieter wilde niet meewerken aan jouw opsluiting, maar Rembrandt had gedreigd hem ook te laten oppakken als hij weigerde.'

Zoiets vermoedde ik al, maar dat maakt het verraad niet minder groot.

Trijn kijkt me van opzij aan. 'Ik wil het niet goedpraten, maar hij heeft wel een vrouw en kinderen om voor te zorgen, Geertje. Als hij ook in het tuchthuis was beland...'

'Ik weet het,' zeg ik. 'Maar ik wil hem toch nooit meer zien. Hij had jou kunnen inlichten, of mijn familie, dan had hij in ieder geval íéts voor me gedaan. Maar vertel verder. Wat zei de burgemeester?'

'Die vond het te ver gaan om te wachten tot Pieter thuiskwam. Hij vond het vreemd dat je op basis van één verklaring van een familielid veroordeeld was, en hij heeft nog eens goed naar je zaak gekeken. Hij keek ervan op dat, behalve je broer, niemand wist dat je in het spinhuis zat, en dat daarna niemand wilde meewerken om je daar nog langer te houden. Ik heb hem gezegd dat je ziek was en gevraagd of hij gratie wilde verlenen. Vervolgens hebben de heren burgemeesters met elkaar overlegd en stemden ze in met vervroegde vrijlating. Ik mocht je meteen ophalen.'

Ik ben in tranen, en ook Trijn oogt geëmotioneerd. Ze knippert wat, veegt over haar ogen en werpt een blik naar buiten.

'We gaan,' zegt ze.

We houden ons aan elkaar vast als de koets zich in beweging zet en een scherpe draai maakt. Dan rijden we de Groeneweg uit, langs huizen met trapgevels waar meiden de stoep schrobben en huisvrouwen een praatje met elkaar staan te maken, langs een handkar vol broden met een schreeuwende verkoper ernaast, langs kinderen die achter een vluchtende kip aan zitten.

Aan het einde van de Groeneweg slaan we rechts af en dan is de stadspoort al zichtbaar. De koets rijdt langzaam de donkere doorgang in, komt er aan de andere kant weer uit en bommelt over de houten brug. Om ons heen strekt zich het groene platteland uit, overgoten met zonlicht. De wieken van de molens bewegen in een frisse wind, kleine witte wolken jagen achter elkaar aan langs de blauwe lentehemel.

Ontroerd knijp ik in Trijns hand.

Ze knijpt terug en zegt: 'Het is voorbij, Geertje. We gaan naar huis.'

31 mei 1655
Geertje Dircx is ontslagen uyt het tuchthuys

Aantekening in het Resolutieboek van de burgemeesters van Gouda

Dankwoord

Tijdens mijn research voor *Schilderslief* heb ik veel gelezen over Geertje en Rembrandt, waaronder de boeken die in de bronnenlijst staan. Ook heb ik gebruikgemaakt van archiefstukken, die me door medewerkers van verschillende archieven werden aangereikt.

Historicus John Brozius spitte de archieven van Hoorn door op zoek naar informatie over Het Morriaenshooft en de familie Beets-Groot.

De transcripties van die stukken, die achter in *Schilderslief* zijn opgenomen, zijn afkomstig uit het Stadsarchief Amsterdam.

Pauline van den Heuvel en Jirsi Reinders stuurden me kopieën van archiefstukken over de rechtszaak tussen Geertje en Rembrandt toe en legden de originelen ter inzage voor me klaar. Het is niet de eerste keer dat ze me met mijn research helpen, en ik ben ze weer zeer dankbaar. Van Coretta Bakker-Wijbrans en Maarten de Gids van het archief in Gouda, het Streekarchief Midden-Holland, kreeg ik de stukken over

Geertjes verblijf in het tuchthuis.

Een speciaal woord van dank is voor Epco Runia, Leonore van Sloten en Martijn Bosch van het Rembrandthuis, die me volop van informatie hebben voorzien.

Zoals altijd heb ik veel gehad aan mijn redacteur Monique Postma, die meedacht over de vorm van dit boek, en die het met haar redactionele commentaar naar een hoger plan heeft getild. Daarnaast hebben we het altijd heel gezellig met elkaar, ook niet onbelangrijk.

Ook mijn andere redacteur, Liesbeth Vries, heeft met een scherp oog de puntjes op de i gezet. Veel dank ook aan Sabine Mutsaers, die het boek nauwgezet persklaar heeft gemaakt, en aan Sylvia Beljon, Ko Barhorst en mijn man, Wim, voor het meelezen van de drukproef. Het laatste woord van dank is voor het team van uitgeverij Ambo|Anthos. Ik bof dat ik met zoveel fijne, goede mensen mag samenwerken.

Bronnen

Bikker, Jonathan, *Rembrandt. Biografie van een rebel*. Rotterdam, nai010 uitgevers/publishers, 2019.

Driessen, Christoph, *Rembrandts vrouwen*. Amsterdam, Uitgeverij Bert Bakker, 2011.

Kroniek van het Rembrandthuis, 2006/1-2.

Natter, Bert, *Rembrandt mijn vader. Verteld door Titus van Rijn*. Amsterdam, Thomas Rap, 2005.

Roscam Abbing, Michiel, *De schilder & schrijver Samuel van Hoogstraten 1627-1678. Eigentijdse bronnen & oeuvre van gesigneerde schilderijen*. Leiden, Primavera Pers, 1993.

Runia, Epco (red.), *Museum Het Rembrandthuis. Rembrandt's social network. Familie, vrienden en relaties*. Zwolle, W. Books, 2019.

Schama, Simon, *De ogen van Rembrandt*. Amsterdam, Uitgeverij Atlas Contact, 1999.

Schwartz, Gary, *Ontmoet Rembrandt. Leven en werk van de meesterschilder*. Amsterdam, Rijksmuseum/Nieuw Amsterdam Uitgevers, 2009.

Vis, Dirk, *Rembrandt en Geertje Dircx*. 'De identiteit van Frans Hals', 'Portret van een schilder' en 'De vrouw van de kunstenaar'. Haarlem, H.D. Tjeenk Willinck en zoon, 1965.

Wijman, H.F., 'Een episode uit het leven van Rembrandt: de geschiedenis van Geertje Dircks', *Jaarboek Amstelodamum* 60 (1968), p. 103-118.

Zonruiter, P. Joh., *Titus de zoon van Rembrandt*. Den Haag, J.N. Voorhoeve.

Nawoord

Eerherstel voor Geertje

Vreemd eigenlijk, dat de naam Geertje Dircx de meeste mensen niets zegt, in tegenstelling tot de namen Saskia en Hendrickje. Het is ook opvallend dat geen auteur ooit Geertje als hoofdpersoon voor een roman heeft gekozen. Het is toch een opmerkelijk verhaal, en een prachtig stukje zeventiende-eeuwse girlpower. Maar tijdens exposities en herdenkingen kom je Geertje zelden tegen, en als ze wordt genoemd is het meestal in negatieve zin.

Misschien komt het door de bedenkelijke rol die Rembrandt, onze nationale held, in dit drama heeft gespeeld. Het is niet mijn bedoeling om hem zwart te maken, en ik ben me ervan bewust dat deze roman een interpretatie is van een werkelijkheid die wij niet kennen. We weten niet of Geertje van Rembrandt hield of dat ze een opportuniste was, en of Rembrandt met haar getrouwd zou zijn als dat had gekund. We kennen hun gedachten en gevoelens niet, maar wat we wel weten zijn de feiten. En die liegen er niet om.

Van die feiten zijn we relatief kort op de hoogte. Al honderden jaren is er grote interesse in Rembrandts werk en leven, maar pas in 1965 zijn alle akten en documenten over de ruzie tussen Geertje en hem in de openbaarheid gekomen.

Het is opvallend hoe negatief er vóór die tijd over Geertje werd geschreven. Zowel in de literatuur als in toneelstukken werd ze steevast neergezet als een opportunistische, wraakzuchtige oude heks, die haar zinnen op Rembrandt had gezet en hem erin probeerde te luizen. De arme man had uiteindelijk geen andere keus dan haar te laten opnemen in een gesticht voor geestelijk gestoorde vrouwen.

De waarheid lag even anders, maar dat kon men niet weten, want de notariële archieven van Amsterdam waren in die tijd niet geopend voor het grote publiek.

Zoals H.F. Wijman schrijft in 'Een episode uit het leven van Rembrandt: de geschiedenis van Geertje Dircks' (met ks), gingen de historici die wel de beschikking hadden over de originele stukken nogal selectief te werk. Ze brachten alleen passages naar buiten die in het voordeel van Rembrandt spraken en negeerden de rest.

Maar niet iedereen sloot de ogen. In 1920 publiceerde de Haarlemse archivaris C.J. Gonnet een notariële akte uit 1656 over Geertje. Daaruit bleek, om met Wijmans woorden te spreken, 'hoe fel en onbeheerst hij [Rembrandt] op kon treden als eenmaal zijn woede was opgewekt'.

Met die informatie werd in de jaren daarna door geen enkele Rembrandt-biograaf iets gedaan. Liever gingen ze aan de hele zaak voorbij.

Het is romanschrijvers uit de eerste helft van de twintigste eeuw dan ook niet kwalijk te nemen dat ze Geertje hebben neergezet als een chanterend, overspannen viswijf, want de volledige stukken bereikten het grote publiek dus pas in de jaren zestig.

Dirk Vis herontdekte de processtukken, en een paar andere notariële akten over Geertje die nooit eerder boven water waren gekomen. Dankzij hem ontstond eindelijk een goed beeld van haar conflict met Rembrandt.

Opvallend genoeg willen veel historici en musea nog steeds niet aan de feiten, ook al liggen die er duidelijk. In tentoonstellingen over Rembrandt en zijn vrienden, familie en sociale netwerk wordt Geertje genegeerd, en anders wordt er meestal negatief over haar gesproken.

In zijn boek *Biografie van een rebel* noemt historicus Jonathan Bikker Geertje 'een manipulatieve vrouw die het slechtste in Rembrandt naar boven haalde'.

En in een publicatie van het Rijksmuseum, die als bijlage in diverse kranten verscheen, zegt Jane Turner, hoofd van het Rijksprentenkabinet: 'Zij [Geertje] chanteerde Rembrandt vervolgens op haar beurt door in haar testament op te nemen dat Titus haar erfgenaam werd en alleen bij een huwelijk aanspraak zou maken op haar bezittingen, inclusief de juwelen van Saskia.'

Ik heb Geertjes testament goed bestudeerd, maar die voorwaarde staat er niet in. Het lijkt er eerder op dat Rembrandt Geertje, die toen ziek was, heeft meegenomen naar de notaris en haar de bepalingen van het testament heeft gedicteerd om Titus' erfenis veilig te stellen. Als Geertje aan haar ziekte was bezweken, zouden Saskia's sieraden immers naar haar familie zijn gegaan, en dat wilde hij ongetwijfeld voorkomen.

Niet alle historici staan aan Rembrandts kant. Zo schrijft historicus en Rembrandt-biograaf Gary Schwartz: 'Het is een akelige geschiedenis, waarover veel onenigheid is ontstaan onder kunsthistorici. Sommigen, zoals ik, maken eruit op dat Rembrandt onbetrouwbare, wraakzuchtige trekken had die extreme vormen konden aannemen.'

Christoph Driessen betoogt in *Rembrandts vrouwen* dat Rembrandt in de loop van zijn leven in niet minder dan 25 juridische geschillen was verwikkeld, en dat zijn optreden tegenover Geertje meedogenloos was. 'Hij moet haar gehaat hebben,' schrijft hij, 'en zelfs nadat ze vijf jaar in het spinhuis had gezeten, was deze haat nog niet bekoeld.'

Redenen genoeg voor mij om Geertje na bijna vier eeuwen recht te doen.

Wat we weten over Geertje

Het prettige van schrijven over historische figuren is dat er meestal veel bronmateriaal is, en dat je je door de gebeurtenissen kunt laten leiden. Het nadeel is dat je je ook aan de waarheid moet houden. Althans, dat vind ik.

Wat weten we van Geertje? Eigenlijk niet zo gek veel. Haar geboortedatum is onbekend, maar terugrekenend vanaf haar trouwdag zijn historici tot de conclusie gekomen dat ze rond 1610 geboren moet zijn. Haar ouders waren Dirck Pieters van Edam en Jannetje (Jenneke) Jans van Kwadijk, en ze had in ieder geval één broer, Pieter.

Haar ouderlijk huis stond volgens een archiefstuk 'buiten de Middelijer Poort', zoals de Westerpoort ook wel werd genoemd. Van hieruit voerde de weg naar het dorp Middelie en vervolgens naar Hoorn.

Natuurlijk wilde ik weten waar dat 'buiten' was, en dus pakte ik er de zestiende- en zeventiende-eeuwse stadskaarten van Edam bij. Die lieten zien dat er buiten de Middelijer Poort inderdaad al vroeg bebouwing was: het Groot Westerbuiten en het Klein Westerbuiten. Links van die laatste straat lag in de zeventiende eeuw, langs de Purmer Ringdyck, een timmerwerf. In die tijd woonden timmermannen met hun gezin op de werf, en aangezien Geertjes vader timmerman was, lijkt het me aannemelijk dat ze op het Klein Westerbuiten heeft gewoond.

Op een gegeven moment verliet Geertje Edam en ging ze naar Hoorn, waar ze werk vond in herberg Het Morriaenshooft. Die stond aan het Oude Noort, de winkelstraat die nu Grote Noord heet. Natuurlijk wilde ik graag de exacte locatie weten, en historicus John Brozius ging voor me op zoek in eigendomsakten uit die tijd. Daaruit kon hij opmaken dat Het Morriaenshooft het zevende huis vanaf de Geldersesteeg was: Grote Noord 35. In januari 1642 was het eigendom van Aecht Carstens. Dat was een leuke ontdekking, want zo kon ik de echte naam van Geertjes werkgeefster gebruiken. Op 26 november 1634 trouwde Geertje met scheepstrompetter Abraham Claeszoon.

(1602-1634/35):

Abraem Claesz Jongesel van hoorn woonnende op het Oostende vande haven

Ende

Geertjen dircx Jongedochter van Edam hier woonnende in het moerijaenshooft op het Oude noort.

Attestatie bij mijn gepasseert om in Swaegh te trouwen den 26 en November ao 1634.

Lang heeft hun huwelijk niet geduurd. Abraham ging varen en is onderweg omgekomen. Na zijn dood ging Geertje als kindermeisje aan de slag bij de familie Beets. Pieter Beets had een houtbedrijf aan de Luijendijk en woonde met zijn gezin aan het uiterste oosten van de Oude Doelen. Geertruida Groot-Beets heette eigenlijk Geert, maar vanwege de naamsverwarring met Geertje heb ik haar Geertruida genoemd. (Waarschijnlijk is zij trouwens familie van mij, want mijn voorouders komen uit de omgeving van Hoorn en mijn moeder heet ook Geertruida Groot. Maar dat ben ik nog aan het uitzoeken.)

Er is helaas niets bekend over Geertjes verblijf bij de familie Beets. Ze moet het er wel naar haar zin hebben gehad, want ze bleef er jarenlang. Toen ze haar testament opmaakte, liet ze honderd gulden en haar portret na aan Trijntje, het jongste kind van het gezin. Toch is ze op een gegeven moment vertrokken, ik neem aan omdat de kinderen groter werden en geen kindermeisje meer nodig hadden.

In 1640 vinden we Geertje terug in Ransdorp, bij haar broer. Die was 'woonachtich tot Bloemendael in Waterlant'.

Bloemendael maakte destijds deel uit van Ransdorp, en Waterland is een regio in Noord-Holland.

Over Pieter is niet veel meer bekend dan dat hij scheepstimmerman was en dat hij op een gegeven moment in dienst van de Oost-Indische Compagnie is getreden.

Ik heb mijn best gedaan om uit te zoeken of Pieter getrouwd was, maar daar is niets over terug te vinden. Het leek me echter geen wilde gok dat hij een vrouw en kinderen had, dus die heb ik hem maar gegeven.

Rond 1641 ging Geertje naar Amsterdam om als 'droge min' – een kindermeisje dat de baby niet zoogde – te werken bij Rembrandt van Rijn. Ze moet daar vlak voor of na Saskia's dood zijn aangekomen. Aangezien Saskia al lange tijd ziek was, en Rembrandt dringend hulp nodig had voor Titus, lijkt het me aannemelijk dat Geertje arriveerde nog vóór Saskia overleed.

Het is niet helemaal duidelijk wat de rol van Geertjes broer in het drama met Rembrandt is geweest. Heeft Pieter zijn zus opgehitst om Saskia's sieraden te verpanden, of is Geertje zelf op het idee gekomen? Hebben ze samengewerkt?

Daar ziet het wel naar uit. Op 2 maart 1656, dus toen Geertje al uit het spinhuis ontslagen was, liet Rembrandt Pieter zonder opgaaf van redenen arresteren. Het enige wat Pieter te horen kreeg, was dat hij opgepakt werd om 'getijgnisse der waarheijt' af te leggen.

Pieter had helemaal geen zin om tegen zijn zus te getuigen. Het schip waar hij als timmerman werkte lag klaar om te vertrekken en hij zou inkomsten mislopen als hij niet mee kon.

Helaas zijn niet alle akten bewaard gebleven, zodat we alleen van Pieters arrestatie weten en niet wat de precieze reden ervan was. Het is mogelijk, zelfs heel aannemelijk, dat Rembrandt wist dat Pieter bij de verpanding van Saskia's sieraden betrokken was, en dat hij hem opnieuw wilde dwingen negatieve verklaringen over Geertje af te leggen.

Het 'camerbouck' van Gouda meldt 'de leste mei 1655... Geertge Dirx is ontslaegen uit het tuchthuijs'. Na haar vrijlating keerde Geertje met Trijn terug naar Edam. Trijn Jacobs was niet haar enige vriendin, ook Trijn Outgers heeft zich voor haar ingespannen. Maar het was Trijn Jacobs die naar Gouda afreisde, en vanwege de vele Trijns in het boek heb ik me op haar geconcentreerd.

Terug in Edam ondernam Geertje opnieuw juridische stappen tegen Rembrandt, deze keer wegens onrechtmatige inhechtenisneming op grond van lasterpraat. Op 6 mei 1656 bracht ze samen met Trijn Jacobs en Trijn Outgers een bezoek aan notaris Claes Keetman in Edam. Trijn Jacobs getuigde daar hoe Rembrandt, via zijn handlangster Cornelia Jans, had getracht bezwarende verklaringen over Geertje te krijgen, maar dat 'in heel Edam' niemand daar gehoor aan had gegeven.

Een jaar later, op 8 augustus 1656, laat Geertje haar naam noteren op een lijst met schuldeisers van Rembrandt. Genoegdoening heeft ze niet gekregen, want Rembrandt was inmiddels failliet. Met Geertje ging het ook niet goed. Het laatste levensteken is te vinden op een lijst met schuldeisers van 19 september 1656, maar op de lijst die daarna volgde staat haar naam niet meer. Historici gaan ervan uit dat ze toen overleden was, maar het kan natuurlijk ook zijn dat ze de zaak uiteindelijk heeft losgelaten.

Geertjes portret

Ik heb erg mijn best gedaan om te achterhalen of er een portret van Geertje bestaat. Er zijn allerlei vermoedens, maar het is niet met zekerheid te zeggen. Je zou denken dat Rembrandt de vrouw van wie hij hield, of op wie hij ten minste erg gesteld was, een keer geportretteerd heeft. Misschien is dat ook wel zo, maar is het portret niet bewaard gebleven. Of misschien 'verstopte' hij Geertjes beeltenis in zijn schilderijen.

Er zijn twee tekeningen van de hand van Rembrandt waarvan wordt beweerd dat ze Geertje voorstellen. De ene is van een vrouw in Noord-Hollands kostuum en hangt in het British Museum in Londen, de andere lijkt dezelfde vrouw te zijn en is te vinden in het Teylers Museum in Haarlem.

Op de achterkant van de eerste tekening staat geschreven 'de minnemoer van Titus soon van Rembrandt', wat voor veel mensen het bewijs is dat het hier om Geertje gaat. Die tekst is er echter niet door Rembrandt op geschreven. De tekening kan ook betrekking hebben op Geertjes voorgangster, de minnemoer die vlak na de geboorte van Titus voor moeder en kind heeft gezorgd.

Volgens Rembrandt-kenner Otto Benesch is de tekening gemaakt in 1636, toen Titus nog lang niet geboren was. Mis-

1. Tekening, Vrouw in Noord-Hollands kostuum, op de rug gezien, door Rembrandt, ca. 1636-1638. Op de achterzijde staat geschreven: 'De minnemoer van Titus soon van Rembrandt', Teylers Museum, Haarlem
2. Tekening, door Rembrandt, ca. 1642-1648, British Museum Londen

schien heeft degene die de aanduiding 'de minnemoer van Titus soon van Rembrandt' opschreef een vergissing gemaakt en bedoelde hij of zij de verzorgster van het eerste kind van Rembrandt en Saskia, hun in 1635 geboren en overleden zoontje Rombertus.

Ook van de naakte vrouw die op bed ligt op Rembrandts schilderij *Danaë* wordt gedacht dat het Geertje is, maar aangezien Rembrandt dat werk in 1636 heeft geschilderd, toen hij Geertje nog niet eens kende, kan dat niet het geval zijn.

Toch moet er een portret van Geertje zijn geweest. In haar testament liet ze de notaris opschrijven dat ze haar 'contrefeijtsel', haar portret, naliet aan Trijntje Beets, ''t kind van Pieter Lambertszoon Beets tot Hoorn'.

Geertje was blijkbaar erg dol op Trijntje, want ze liet haar ook nog eens honderd carolusguldens na. Om welk portret het gaat heeft men nooit kunnen achterhalen.

Het vermoeden bestaat dat Geertje model heeft gestaan voor het doek 'Sara in verwachting van Tobias'. De datering, rond 1645, klopt in ieder geval. Aangezien Rembrandt zowel Saskia als Hendrickje heeft afgebeeld, is er alle reden om aan te nemen dat hij ook Geertje heeft vereeuwigd. Al was het alleen maar omdat het in de zeventiende eeuw een groot probleem was om vrouwen te vinden die half of geheel naakt wilden poseren.

En dan hebben we nog het schilderij waarvan een uitsnede als omslag voor dit boek is gebruikt: 'Jonge vrouw bij een half open deur'. Het hangt in het Art Institute van Chicago en is geschilderd in 1645, in de tijd dat het tussen Rembrandt en Geertje nog goed ging.

Wie het schilderij heeft gemaakt is niet zeker. Lange tijd dacht men Rembrandt, maar tegenwoordig wordt het werk aan Samuel van Hoogstraten toegeschreven.

Voor alle twee valt iets te zeggen. Van Hoogstraten heeft een reeks gelijksoortige portretten gemaakt waar dit doek heel goed in zou passen. Aan de andere kant onderscheidt 'Jonge vrouw bij een half open deur' zich van die reeks door een veel hogere kwaliteit.

Zoals Simon Schama betoogt in *De ogen van Rembrandt*, is Rembrandts persoonlijke toets onmiskenbaar, zoals bij het haar van het meisje en de mooie schaduwval op haar gezicht, vooral bij haar mondhoek en rechterooglid.

Het is die fijne manier van schilderen die totaal niet past bij Van Hoogstraten.

Een ander punt dat Schama naar voren brengt is de manier waarop de jonge vrouw is geportretteerd. Niet recht voor zich uit kijkend, zoals op de andere doeken in de reeks schilderijen van Samuel van Hoogstraten, maar opzij en een beetje wantrouwig. Typisch een pose voor Rembrandt, die altijd graag varieerde.

Naar mijn mening is er veel te zeggen voor Schama's veronderstelling dat Van Hoogstraten het werk in de steigers heeft gezet en dat Rembrandt de finishing touch heeft aangebracht. Het staat wel vast dat het doek afkomstig is uit het atelier van Rembrandt, en dus zou het best kunnen dat Rembrandt en Samuel er samen, als meester en leerling, aan hebben gewerkt.

Maar is het daarmee een portret van Geertje? De Waterlandse klederdracht is een sterke aanwijzing dat de vrouw op het schilderij haar beeltenis is. Op het portret oogt ze alleen wel erg jong, een jaar of twintig, en Geertje was in 1645 vijfendertig jaar oud. Daar staat tegenover dat ze geen kinderen heeft gekregen en haar slanke figuur en jeugdige uitstraling waarschijnlijk lang heeft kunnen behouden.

3. Jonge vrouw met een rode halsketting, 1645
   Metropolitan Museum of Art

4. Jonge vrouw bij een half open deur, 1645
   Samuel van Hoogstraten/Rembrandt

5. 'Sara in verwachting van Tobias', Rembrandt, ca. 1645, National Gallery in Schotland, Edinburgh. Volgens vele historici zou dit Geertje kunnen zijn. De datum klopt, en er is een sterke uiterlijke gelijkenis met andere portretten uit die periode.

Rembrandt, Hendrickje, Titus en Samuel

Na de dood van zijn moeder in 1645 keerde Samuel van Hoogstraten (1627-1678) terug naar Dordrecht en begon een schildersschool in zijn ouderlijk huis, De Olifant in de Weeshuisstraat.

Op 18 juni 1656 trouwde hij met Sara Balen. Het stel bleef kinderloos. Samuel ontwikkelde zich tot een bekend schilder, dichter en kunsttheoreticus.

In 1678, het jaar van zijn dood, schreef hij een verhandeling vol praktische adviezen over de schilderkunst, *Inleyding tot de hooge schoole der schilderkonst; anders de zichtbaere werelt.*

In dit boek haalde hij ook herinneringen op aan zijn

leertijd bij Rembrandt. Hij schreef onder meer: 'Als ik mijn meester [...] eens lastig viel, met te veel oorzaek vragen, zoo antwoorde hy zeer wel: Schikt u daer nae, dat gy 't geene gy alreets weet, wel leert in 't werk stellen, zoo zult gy de verborgentheden, daer gy nu nae vraegt, tijts genoeg ontdekt zien.'

Hij deed ook verslag van de strenge aanpak van zijn leermeester, die Samuel huilend en zonder eten de fouten in zijn werk liet corrigeren.

Hendrickje en Rembrandt lijken in de liefde erg gelukkig met elkaar te zijn geweest, als we afgaan op hoe vaak Rembrandt haar heeft geschilderd. Maar zonder zorgen was hun relatie niet. De ruzie met Geertje zal voor veel spanningen hebben gezorgd, en Hendrickje kwam zelf ook in de problemen.

Op 2 juli 1654 moest ze voor de kerkenraad verschijnen, omdat ze 'in hoererije' samenleefde met Rembrandt. Ze negeerde de oproep, evenals de twee die daarna volgden, maar op 23 juli verscheen ze toch. Veel gevolgen had haar zondige gedrag niet. Ze bekende schuld en de kerkenraad verbood haar om het sacrament van het heilig avondmaal tot zich te nemen. Hendrickje was in verwachting in die tijd. Op 30 oktober 1654 werd dochter Cornelia gedoopt in de Oude Kerk te Amsterdam. Rembrandt erkende zijn kind en liet haar onder de naam Van Rijn inschrijven.

In 1656 ging Rembrandt failliet en verhuisde hij met zijn gezin naar de Rozengracht. Daar opende Hendrickje, geholpen door Titus, twee jaar later een kunstwinkel. Dat werd een groot succes. Hendrickje en Titus lieten zich als zakenpartners registreren in een bedrijf waarvan ze beiden eigenaar waren, en Rembrandt was werknemer. Op die manier konden schuldeisers zijn bezittingen niet vorderen.

Rembrandt en Hendrickje zijn vijftien jaar samen geweest, tot Hendrickje op 24 juli 1663 op zevenendertigjarige leeftijd stierf. Hoogstwaarschijnlijk is ze het slachtoffer geworden van de pest die in de zomer van 1663 uitbrak. Rembrandt zelf overleed een paar jaar later, op 4 oktober 1669, en werd in de Westerkerk begraven.

Dochter Cornelia was pas veertien jaar toen ze wees werd. Ze trouwde jong, nog niet eens zestien jaar oud, met de schilder Cornelis Suythof. Het stel scheepte in op een VOC-schip en voer naar Java om daar een nieuw leven te beginnen. Ze kregen twee kinderen, Rembrandt en Hendrickje, maar die hebben de volwassen leeftijd niet bereikt. Cornelia overleed in 1684 in Batavia, dertig jaar oud.

Het verhaal wordt er helaas niet vrolijker op. In 1668 trouwde Titus met Magdalena van Loo, maar ook dat huwelijk heeft niet lang mogen duren. Magdalena was in verwachting van hun eerste kind toen Titus, op 4 september 1668, stierf aan de pest. Hij zou die maand achtentwintig zijn geworden.

Een halfjaar later, op 22 maart 1669, beviel Magdalena van een dochter, die ze Titia noemde. De arme kleine Titia begon haar leven niet erg gelukkig; ze was nog maar een paar weken oud toen ook haar moeder stierf. Ze kwam in huis bij een oom en groeide daar op. Op haar zeventiende trouwde Titia met François van Bijler. In 1725 overleed ze kinderloos.

Zo stierf Rembrandts nageslacht uit. Maar zijn naam en

die van de mensen die een rol speelden in zijn leven worden tot op de dag van vandaag in de herinnering gehouden. De enige die in de vergetelheid raakte was Geertje.

Testament van Geertje Dircx
24 januari 1648

In den name des Heeren Amen. In den jare deszelfs onses Heeren zestien hondert achtenveertich de clock drij uren compareerde **Geertje Dircx weduwe van zal. Abraham Claesz** trompetter was in zijn leven d'ondergesch. Getuijgen [soo sijleiden verclaerden] welbekent, sieckelijck, gaende en staende doch hare verstant, memorie en uijtspraecke noch wel hebbende en volcomentlijck gebruijckende, diewelcke willende d'onvoirsienlijcke ure des doods voorcomen met hare testamentelen dispositie, mitsgaders wederroepende, casserende, dood ende te niet doende mits desen allen makingen ende dispositien van uijterste willen by haer voor date deses tsij alleene off met haer overleden man eenichsins gepasseert, heeft met rijpen voorbedachten rade haer testament ende uijterste wille op nieus gedaen schrijven ende verclaert sulcx te zijn alshier na volcht. Inden eersten bevelende hare siele God Almachtich en hare lichame der christelijcke begravinge, heeft zij testatrice indien sij sonder wettich nasaet comt te sterven tot hare eenige ende universele erffgename geinstitueert en genomineert soo zij institueerde ende nomineerde mitsdesen **hare moeder Jannetje Jans** in de naeckte ende bloote uijt hare testatrices goederen competerende, daer op geimputeert alle 't gene na rechte mach aengerekent werden. Ende assignerende d'selve hare moeder tot voller voldoeninge der voorsz. legitime portie allen den clederen van linnen, wollen ende andere stoffen van clederen tot hare testatrices lijve behorende, zonder yets meer, verstaende zij testatrice onder hare clederen niet te begrijpen eenighe [doorgestreept: silverwerck] juwelen, tharen lijve behorende. Ende in allen den voordere goederen, roerende, ontroerende, actien, crediten ende gerechitcheden egene uijtgesondert bij haer testatrice boven 't gunt daerinne sij haar moeder heeft geinstitueert natelaten, heeft sij testatrice tot hare eenige ende universele erffgename geinstitueert ende genomineert soo sij institueerde ende nomineerde mitsdesen **Titus van Rijn, Rembrants soone** omme eeuwichlijck en erffelijck daer mede te doen sijne vrije wille ende geliefte, als met zijn vrijeeijgen goet, mits dat d'voornoemde Titus van Rijn, sal gehouden bij manier van legate uijt te keren aen **Trijntje Beets, 't kind van Pieter Lambertsz. Beets tot Hoorn**, hondert carolus guldens eens, met haer testatrices contrefeijtsel sonder ijets meer. Alle 't welck voorschreven staet verclaerde zij testatrice te wezen haer testament ende uijterste wille die sij wilde als alsulcx ofte als codicille, gifte uijt saecke des doods ofte onder den levenden vast en onverbreeckelijck gehouden te werden ende volcomen effectte sorteren van seb minsten tot ten meesten articule toe;

niet tegenstaende alle vereijschte solemniteijten van rechten hierinne niet geobservert en waren.

Aldus gedaen in Amstelredamme ten huijse mijns notarij gestaen inde molenstege ter presentie van Jan Geurtsz schoenmaker woonachtich op de noorderhoeck vande Minnebroers steech op de Voor burchwal [en] Octavo [Octa ...sz] schoenmaker woonachtich op Uijlenburch geloofwaerdige getuijgen hier toe versocht ende gebeden

tmerck van Jan Guersen
Geertje Dircx
Octaef Octaefen schonmaker Testor
Laur:Lamb:Nots.

Bron: *Stadsarchief Amsterdam, Notarieel Archief,* NR. 21, FO. 15.

Conceptcontract tussen Rembrandt en Geertje
14 [vermoedelijk] oktober 1649

Compareerden etc. Geertghe weduwe van zal: Abraham Claesz geasst. Met als haren voogd in desen vercooren ter eenre, ende den Eersamen wijtvermaerden schilder Rembrant van Rhijn ter endere zijde, verclarende ende bekennende d'voorn. Geertghe Dircx hoe dat bekennende d'voorn. Geertghe Dircx hoe dat zij t soontge van den voorn: Rembrant genaemt van Rhijn jonger sijnde hadde droogh gemint ende daer nae een geruijmen tijd gewoont bij den voorn: Rembrant, ende haer goederen die doch weijnich ende nochtans haer niet en kennen voeden meestende tsijnen huijse gewoonen, al twelck haer beweeght heeft dat zij op den vierentwintichsten Januarij 1648 voor mij notario en haer goed 'twelck sij soude mogen comen natelaten gemaeckt heeft op Rembrants voorsz. soontje van Rhijn. Ende alsoo d'voorn. Geertje Dircx tsedert dat sij gegaen is uijten huijse van Rembrant op een camer woonen bevint dat zij van haer middelen niet eer[lijck] totten eijnde haeres levens en souden kennen leven maer geschapen deselve in corten tijd altemael te verteeren ende te niet souden loopen, soo hadde zij aende voorn: hare gewesenen Meester Rembrant versocht tot behoudenis van haer ende middlergens met haer in te gaen een accoord, twelck Rembrant consenterende verclaerden sijluiden mettern anderen onwederroepelijck geaccordeert ende verdragen te sijn soo sijlieden accordeerden en verdroegen mitsdesen in navolgende manieren te wetene: Eerstelijck sal d'voorn. Rembrant van Rhijn aende voorsz: Geertghe Dirckx soo nu soo dan tusschen dite ende nieuw jaer eerstcomende om haer goed dat verset is van silver ende gout wederom te lossen ende haer alsoo tenemalen te redden onder de cortinge vant tgunt hij haer reets heeft verschoten, noch soo veele geven dattet samen bedragende de somme van tweehondert carolus guldens eens. Ende daerenbovennoch tot haer eerlijck onderhout ende alimentatie jaerlicx **de somme van hondert ende tsestich carolus guldens** haer leven langh gedurende ende langer niet, ij tegaenopdenachtentwichtichsten Junij anno xvi c vijftich eerstcomende ende te betalen telckens ten eijnde van yder jaer. Ende dit voor ende in voller betalinge van alle gelden ende pretensien die voorn. Geertghe Dirckx onder haer meester voorn. eenichsints gehad heeft ofte soude mogen hebben, als oock tgunt zij op hem in eenigerleij manieren soude kennen pretenderen tsij uijt wat oorsaecke tselve soude mogen wesen niets uijtgesondert, bedacht off onbedacht. Onder desen uijtdruckelijcke conditie nochtans dat het testament twelck zij Geertge Dirckx op den xxiii Januarij anno 1648 voor mij notaris ende seeckere getuijgen heeft gemaeckt ten behoeve van het soontghe van de voorsz. Rembrant van Rhijn sal blijven onverbreeckelijck, gelijck zij tot seeckerheijt vandien bij desen tselve is approberende te niet doende allen anderen makingen van uijterste willen, bij haer tseder tot date deses toe, ofte oock voort maecken vant voorsz. testament gemaeckt heeft. Belovende voorts zij Geertghe Dirckx haer nu soo te comporteren ende eerlijck te dragen dat **d'roosringh met diamanten** neffens al haer ander goet datse tegenwoordich noch is hebbende, ende mede tgunt sij metten voorn: penninghen lossen sal op haer overlijden vrij ende onbelast bij haer sal nagelaten werden. Is mede geaccordeert dat de hondert tzestich guldens siares noch haer ander goet niet sal en sal mogen werden aangesproocken ofte uijtgewoonen voor eenige hoedanige schilden bij Geertge Dirckx gemaect ofte hier nae te maecken; onder die conditie staet Rembrant haer d'selve toe te geven ende anders niet. Belovende partijen ten wederzijden elckx int zijne desen accoorde nae te komen onverbreeckelijck zonder hier nae eenige pretensie meer op malcanderen te maecken tsij waer uijt tselve soude mogen wesen. Onder verbant ende renunciatie als na rechte, op peene soo Geertge Dirckx contrarie doet van te sullen metter daet vervallen vande voorsz: hondert zestich gulden siares ende daerenboven noch datelijck uijt te keerenaltguntzijontfangen soude mogen hebben zonder echter eenich pretens te mogen maecken.

Bron: *Stadsarchief Amsterdam, Notarieel Archief, NR. 21, FO.14.*

Verklaring van Octaeff Octaeffsz in de zaak Geertje Dircx
14 oktober 1649

Compareerde **Octaef Octaeffs schoenmaker** wonachtich binnen deser stede oud xxvi jaren, ende heeft bij zijn manne waerheijt in plaeste ende onder presentatie van eede ten versoecke van den wijtvermaerden schilder Rembrant van Rhijn geattestreert ende verclaert soo hij attesteerde ende verclaert mits desen, hoe waer is dat getuijge op den derden dese lopende maents October des jaers xvi c negenenveertich met eenen Geertghe Dircx weduwe van zal. Abraham Claesz is geweest ten huijse van den requirant ende dat d'selve Geerge Dircx geadsisteert seijnde met hem getuijge frinalicken metten requriant is geaccordeert over alle questien en pretensien tsij van huwelicxbeloften ofte andersints die sij met anderen hadden openstaende als oock wegen de gelden die Geertge Dircx hadde staende onder den requirant, dat d selve requirant in voldoeninghe van al tselve haer soude uijtkeeren ende betaelen soo nu soo dan tusschen dit ende nieuwe jaer eerstcomende om haer goet dat versett was van silver en gout wederom te lossen ende haer alsoo tenemaelen te reden onder cortinghe vant gunt hij haer rede hadde verschoten, noch soo veele geven dattet samen soude bedraghen de somme van twe hondert carol. guldens eens ende daerenboven noch tot haer eerlijck onderhout jaerlix hondert tsestich gul: haer leven langh geduijrende in te gaen op den 28 Junij 1650 ende dat het testament twelck zij Geertghe Dircx op den vierentwintichsten Januarij 1648 gemaeckt hadde ten voordele vant soontge van den requirant soude blijven onverbreeckelijck. Dat voors hij getuijghe op den Xen daeren sijnde neffens mij notario ende d'voorsz. Geertge Dircx inde koocken vanden requirant om't accoord te teecken d'selve Geertge Dircx tegen den requirant [die daer mede present was] seer hevich ende onredelijck heeft uijtgevaeren willende taccord niet hooren lesen veel min tekenen. Ende niet tegenstaende dat ick notaris haer mondelingh seijde dat taccoordt niet anders inhouden soude als dese conditien:

1. Dat den requirant haer soude uijtkeeren eens twe hondert gulden to lossinge van haer goet
2. Ende dat voors jaerlix tot haer onderhout hondert tsestich gulden geduijrende haer leven endelange niet;
3. Dat mede haer testament twelck zij voor mij notaris gemaeckt hadde ten voordele van des requirants soontge soude blijven onverandert ende dat daermede alle actien ende pretensien d'een op d'ander soude mogen hebben souden dood ende te niet sijn. D'voorn. Geertge Dircx wel heeft bekent die conditien soo waren geaccordeert maer dat sij taccoord niet en wil-

de teeckenen nemende tot een uijtvlucht bij sieckte ende andere swackheden een meijt ofte bewaerster en sulx meerder jaerlix als hondert zestich gulden nodich te hebben twelck alhoewel den requirant seijde sulcx tzijner discretie te sullen verbeteren, heeft d'voorn. Geertge Dircx geen accoord voor die tijd willen teeckenen. Sonder arch ofte list in Amstelredamme desen XI-IIIen October ao. 1649 Ter Presentie van Daniel Beuckelaer ende Gerrit Schuijlenburch geloofwaerdiche getuijgen hier toe versocht en gebeden.

Bron: *Stadsarchief Amsterdam, Notarieel Archief,* NO. 603, FO. 335 VO.

Uitspraak in de zaak tussen Rembrandt en Geertje
23 October 1649

Geertie Dircx wed[uw]e, eijsscherse
contra
Rembrant van Rijn, Gedaechde

D'eysschersse v[er]claert dat de Gedaechde haer mondelycke trouwbeloften heeft gedaen ende haer daer over een rinck gegeven
zeijt daer boven van hem beslapen te sijn tot diverse reijsen, versoeckt van[den] Gedaechde getrout te mogen werden, ofte andersins dat hij haer onderhout doe.
De Gedaechde ontkent d'eijsscherse beloften van trouw gedaen te hebben, maer v[er]claert niet te behoeven te bekennen, dat hij bij haer heeft geslapen, zeijt voorders dat d'eijsscherse t'selve doceert ende doe blijcken
Naer verblijff van perthijen geven Commissaris[sen]

als goede mannen voor uijspraeck, dat de Gedaechde sal uijtkeren aende eijsschersse in stede van hondert ende sestich gulden, de som[m]e van tweehondert Car[olus] guldens, ende dat Jaerlijx geduijrende haer leven, blijvende voort alles conform het contract, bij de Gedaechde in Judicio overgeleijt van date den 14en Octob[ris] a[nn]o 1649 onder de hand van Lourens Lamberti Not[aris] Publicq alhier ter Stede gepasseert, Actum den 23en

October a[nn]o 1649, presentib[us] Bernhart Schellinger Cornelis Abba en[de] Jacob Hinlopen

Bron: *Stadsarchief Amsterdam, Huwelijkskrakeelregister, Rechterlijk Archief 3064.*

Verklaring van Giertgen Nanningh over Geertje Dircx
19 September 1656

Op huijden den 19en September Ao 1656 compareerde voor mij Henrick Schaeff nots. etc. ende de ondergeschr. Getuijgen d'eerbare **Giertgen Nanninghs out** LIII jaren, huijsvrou van Jeremias Andries Steijger, schuijtevoerder wonende bij de Princesluijs in Claes van Medemblicx gangh alhier. Ende heeft bij ware woorden in plaetse van eede ten versoucke van Geertjen Dircx dr. Weduwe van sa: Abraham Claesz, wonende tot Edam, althans sijnde binnen dese voors. stede, getuijght verclaert en geattesteert hoe waer is, dat over ontrent ses jaren gelden, onbegrepen van den juijsten tijd de requirante aen haer getuijge in onderpandt heeft gegeven, op seeckere somme van penningen bij haer getuijge daerop aen haer verstreckt een beursgen daerin drie goude ringen, ende noch silvere en goude stucken gelts te samen tot sesthien stucx toe, mette voorsz. ringen en een silvere trouwpenningh die ongemundt was, daer onder begrepen. Welck beursgen ende sethien stucx, soo ringen als silvere en goude stucken gelts haer getuijge ontrent een jaer daernae, mede onbegrepen, affgehaelt sijn door seeckere twee mans-personen, haer qualificerende off seggende te wesen de voochden van de requirante; vande welcke den eenen genaamt Pieter Dircxz. Haer getuijge was bekent, aende welcke beijde als vooren daer op hadde verstreckt. Presenterende sij getuijge tgunt voorsz. is, des nooth sijnde, naerder bij eede te verclaren. Gedaen 'tAmsteldam, ter prsentie van Jan Theunisz shoemaker en Willem Oostendorp als getuijgen hier toe versocht.

Geert Nann
Jan Teunissen
W. Oostendorp
H. Schaef N.P.

Bron: *Stadsarchief Amsterdam, Notarieel Archief 1306, NO. 54, FO (film) 1361.*

Verklaring van Trijn Jacobs in de zaak Geertje Dircx
6 mei 1656

Op huijden den 6 Maij 1656 compareerde voor mij Claes Keetman, openbaer nots: etc. Trijn Outger weduwe van zalr: Gerrit Jacobsz koeslager out omtrent 65 jaren, **Trijn Jacobsdr.** wede. van Albert Jansz, out omtrent 54 jaren, woonende binnen deser voorsz. stede. Ende hebben etc. ter instantie ende versoecke van Geertien Dircks weduwe zalr. Abraham Claesz mede alhier woonachtich verclaert etc. hoe waer is, dat sij getuijgen ende eerst d'voor: Trijn Outgers alleene, omtrent vijff jaren geleden, sonder den perfecten dach te onthouden te hebben, den persoon van **Cornelia [Jans]** woonachtig tot Amsterdam, bij haer is gecomen uijt de name van Rembrant van Rijn ende op haer getuijgen neffens op eene Adriaentien Prs. ende **Lobberich Jacobs** welcke waren de peet ende nichte van hare requirante voornoemd, versogt, d'meergenoemde requirante dien doentertijt **binner der stede ter Gouw [Gou-**

da] int **Spinhuijs** buijten weten van haer comparanten waer sittende, aldaer noch de tijd van elff jaren mochte verblijven, welcks versoeck door haer getuijgen ende de voorverhaelde Adriaentie Prs. Ende Lobberich Jacobs volcomentlijk affgeslagen ende 't sele geensints en wilde consenteren.Verclaert voorder d'voorn:

Trijn Jacobs mede alleene, omtrent elff maenden geleden haer in persoon van deser stede naer Tergouw [Gouda] voorsz: sich selffs heeft getransporteert, doch alvooren eerst bij d'voorn: Rembrant van Rijn haer heeft laten vinden ende d'selve geseijt, sij van voornemen waer omme de meergenoemde requirante uijte voors. Spinguijs te haelen, waerop d'selve Rembrant van Rijn antwoorde: hi haer soo stout niet soude maecken om 't selve te doen, **ende met de vinger haer toewenckende en dreijghde: bij aldien ghi heen gaet het sal u rouwen**; ende sij Trijn Jacobs voornoemt getuijge in desen echter haer voorgenomen reijse vervorderde, aldaer comende en terwijl sij daer waer verscheijde brieven van hem Rembrant van Rijn aende E. Magistraet aldaer sijn gecomen melden met verbot d'voors: requirante niet los te maken maer d'selve aldaer te houden tot tijt en wijle haer broeder die uijtlandich was thuijs quame. waerop sij getuijge door groote moeijte eijntelijck consent van d'selve heeren heeft becomen om haer uijt het voorsz. Spinghuijs mede te nemen, twelck alsoo is geschiet. Presenterende 'tgeen voorsz: dess noodt sijnde naerde te bevestigen: sonder bedroch: gedaen etc. ten dage, maende en jare voorsz.

dit hanteijken gestelt
bij Trijn Jacobs

dit merck gestelt
bij Trijn mij present
C. Keetman nots.publ.

Bron: Noord-Hollands Archief, Haarlem, Notarieel Archief,
NO. 502.

Ontslag van Geertje Dircx uit het tuchthuis van Gouda
31 mei 1655

Maenendach den lesten Mey 1655 publ[icaties] de vier Burgem[eester]en:
Tuchthuys:
Geertge Dircx is ontslagen uut het tuchthuys

Bron: Streekarchief Midden-Holland, Gouda, Groene Hart Archieven, NO. 101
Resolutieboek der Burgemeesters

Meer lezen van Simone van der Vlugt
bij Ambo|Anthos *uitgevers*?

De reünie
Beste thrillerdebuut 2004 door Crimezone
Nominatie voor de NS Publieksprijs 2005

Schaduwzuster

Het laatste offer
Nominatie voor de NS Publieksprijs 2007

Blauw water
Nominatie voor de NS Publieksprijs 2008
Nominatie voor de Gouden Strop 2008
Winnaar Zilveren Vingerafdruk 2009

Herfstlied

Jacoba, Dochter van Holland

Op klaarlichte dag
Winnaar NS Publieksprijs 2010
Beste Nederlandstalige thriller 2010 door Crimezone

In mijn dromen
Nominatie voor de NS Publieksprijs 2012

Rode sneeuw in december

Aan niemand vertellen
Nominatie voor de NS Publieksprijs 2013
Beste thriller Radio Noord-Holland
Beste thriller Vrouwenthrillers.nl
Oeuvreprijs Alkmaarse Cultuurprijs

Morgen ben ik weer thuis

Vraag niet waarom

De ooggetuige & Het bosgraf

De lege stad

Nachtblauw
Nominatie Hebban Award voor Beste Roman

Toen het donker werd
Nominatie voor de Gouden Strop 2017

Ginevra

Het schaduwspel

Met Wim van der Vlugt
Fado e Festa. Een rondreis door Portugal
Friet & Folklore. Reizen door feestelijk Vlaanderen

Simone van der Vlugt ontving in 2006 de Alkmaarse Cultuurprijs voor haar tot dan toe verschenen werk